www.tredition.de

AF176992

Anne C. Voorhoeve

Kascha und der große Schnee

www.tredition.de

© 2018 Anne C. Voorhoeve

Verlag und Druck: tredition GmbH, Hamburg

Die Originalausgabe erschien 2015 unter dem Titel „Kascha Nord-Nordost" im Ravensburger Buchverlag Otto Maier GmbH.

ISBN
Paperback: 978-3-7469-9315-7
Hardcover: 978-3-7469-9316-4
e-Book: 978-3-7469-9317-1

I

Nie mehr. Zwei kleine Worte können über dich hereinbrechen wie ein einstürzendes Dach, und genau so ging es mir, als meine Schwester die Küche betrat. Dabei wusste ich im Tiefsten meines Herzens längst Bescheid, hatte ich Zippi doch seit Wochen im Auge behalten und Zwei und Zwei zusammengezählt. Wobei man in diesem Fall, wenn ich ehrlich sein soll, nicht gerade Inspektor Columbo sein musste.

„Groschen bitte alle aufheben fürs Telefonhäuschen!" (Wir hatten seit über einem Jahr ein eigenes Telefon.)

„Ich habe ein paar Klamotten aussortiert. Schau mal in den Karton, Kascha!" (Dass ich Zippis Sachen auftrug, war normal, aber noch nie hatte sie sich von so vielen Kleidungsstücken auf einmal getrennt. Selbst Bücher und angebrochene Kosmetik waren in dem Karton.)

„Träumst du nicht manchmal davon, dass du das Zimmer für dich hast?" (Nein, davon hatte ich nie geträumt, was Zippi genau wusste, also konnte die Frage in Wahrheit nur eins bedeuten: Mach dich schon mal darauf gefasst, dass bald keiner mehr zum Quatschen da ist.)

Unser Dorf Groß-Mooren ist nicht sehr geeignet, um unbemerkt hinter jemandem herzuschleichen. Das Land hier oben ist platt wie eine Seite im Atlas; wenn du dich auf unsere Mauer stellst, kannst du an klaren Tagen zwischen Scheune und Wohnhaus des linken Nachbarhofs hindurch bis zu einem dunklen Streifen am Horizont gucken. Dieser Streifen ist der Deich und liegt genau 1,7 Kilometer von unserem Hof entfernt. Hinter dem Deich liegt der Strand. Wenn der Deich bricht, was schon vorgekommen ist, liegst du also entweder in der Ostsee oder auf dem Dach, bis der Hubschrauber kommt.

Zugegeben: Der Deich hatte, seit wir in Groß-Mooren wohnten, gehalten. Es war unser dritter Winter an der Küste und ich wartete vergebens darauf, dass etwas Ungewöhnliches passierte. Ich habe die Landschaft auch nur erwähnt, um zu erklären, warum man in Groß-Mooren nicht unbemerkt hinter seiner Schwester herschleichen kann. Wenn du es dennoch tust und sie nicht stehen bleibt, um zu rufen: *He, Kascha, was tust du da hinter dem nicht mehr als fünfzehn Zentimeter breiten Lichtmast...?,* dann weiß sie genau, dass du da bist, und will dich bloß nicht blamieren. (Was nicht heißt, dass man sich weniger albern vorkommt.)

Zippi machte sich erst nach dem Abendessen auf den Weg ins Dorf, woraus ich ableitete, dass ihr Freund Arbeit hatte, denn Zippi hätte ihn ja sonst schon am Nachmittag aus dem Telefonhäuschen vor der Fabrik anrufen können. Ich nahm nicht an, dass sie sich erst einmal schön machen und den Fischgeruch abduschen wollte, wovon der Unbekannte am Telefon schließlich nichts gehabt hätte.

In sicherem Abstand huschte ich am Rande der Landstraße hinter Zippi her. Die Fenster der Nachbarhöfe tupften Licht in den dunklen Winterabend. Vier Höfe liegen auf dem Weg ins Dorf, die aussehen wie unserer und auch genau gleich groß sind, und von jedem Hof führen dieselben schnurgeraden Einfahrten zur Straße. In den Einfahrten stehen die schon erwähnten Lichtmasten und der jeweilige Briefkasten, und außerdem lebt auf jedem Hof ein Hund.

Inferno! In Groß-Mooren haben alle Hunde einen Knall, weil sie an Ketten vor ihren Hütten angebunden sind. Unser Muggele geht, wenn jemand in der Einfahrt auftaucht, erst mal nachsehen, ob er Freund oder Feind zu melden hat. Die Groß-Moorer Hunde hingegen haben gar keine andere Wahl, als bei jeder Bewegung auf der Straße komplett durchzudrehen. Es ist ihre einzige Freiheit, von der sie ausgiebig Gebrauch machen. Kaum fängt einer an, machen die anderen mit. Erzähl mir einer was über die Ruhe auf dem Lande!

Der Ortsvorsteher war wegen Muggele schon mehrmals bei uns. Unternommen haben sie aber noch nichts.

Nicht einmal die Hunde brachten Zippi dazu, sich umzudrehen, was ich ziemlich leichtsinnig fand – statt meiner hätte schließlich auch ein gesuchter Straftäter hinter ihr her sein können! Meine Schwester ist sehr hübsch, und wann immer die Lichter eines Autos auftauchten, bildete ich mir ein, dass ich sie in Wirklichkeit nicht bespitzelte, sondern beschützte. Aber die Fahrer bremsten nur leicht ab, wenn sie erst Zippi, dann mich am linken Straßenrand sahen, gingen kurz vom Gas und fuhren weiter.

Groß-Mooren hängt wie an einer Schnur links und rechts der Landstraße, die zwischen den beiden Ortsschildern Dorfstraße heißt und sich rühmen kann, damit auch schon die einzige Straße in Groß-Mooren zu sein. In zweiter Reihe liegen weitere Häuser, die man durch Einfahrten zwischen den Häusern der ersten Reihe erreicht; genau in der Mitte des Dorfes befinden sich ein winziger *Supermarkt*, die Kneipe „Zum Walfisch", ein Kiosk und ein

Telefonhäuschen. Du guckst in Groß-Mooren ein einziges Mal auf und ab und kennst dich bereits aus. (Schule, Kirche, Apotheke und Post brauchst du gar nicht erst zu suchen, die liegen acht Kilometer weiter in Gelting.)

Das gelbe Telefonhäuschen auf dem Bürgersteig war schwach beleuchtet und ich sah Zippi den Hörer abnehmen, Münzen einwerfen und sich mit dem Rücken zu mir an die zerkratzte, mit Handabdrücken bedeckte Seitenwand lehnen. Von meinem Platz hinter der Hecke von Hausnummer 17 starrte ich so intensiv hinüber, dass ich den typischen Telefonhäuschengeruch geradezu in der Nase hatte: jene besondere Mischung aus kaltem Zigarettenrauch, fremdem Körpermief und vergammeltem Metall. Oft liegen leere Flaschen herum, du klebst mit der Sohle in einer Bier- oder Fantapfütze oder musst als besonderen Höhepunkt den Münzeinwurf erst mal von Kaugummi befreien. War ich froh, dass wir endlich ein eigenes Telefon hatten!

Aber Zippi war das alles egal; nach wenigen Sekunden durchlief ein kleiner fröhlicher Ruck ihren Körper – und ich zerbrach mir vergebens den Kopf, wer jetzt wohl am anderen Ende der Leitung hing.

Dabei hätte es so einfach sein können. *Wo* das Schicksal die beiden ereilt hatte, war nämlich nicht schwer zu erraten. Im vergangenen Sommer waren wir wegen der Krankheit meines Puro* nur auf einem einzigen Sippentreffen gewesen, der Wallfahrt in Frankreich. Zu meinem Verdruss konnte ich mich jedoch nicht erinnern, zu welchem Jungen Zippi auffallend freundlich gewesen war, mit wem sie besonders häufig gesprochen oder neben wem sie bevorzugt gesessen hatte. Mit Sicherheit hatte es jemanden

8

gegeben, aber ich war leider voll und ganz damit beschäftigt gewesen, Donny Leverenz aus dem Weg zu gehen (Stichwort: hoffnungslose erste Liebe) und mit gleichaltrigen Mädchen und Jungen herumzuhängen. Was schließlich der Sinn dieser Treffen war, oder nicht? Dass wir weit verstreuten Familien uns nicht aus den Augen verloren, dass Freundschaften entstanden, sich vertieften ...

... und die Älteren von uns einen Partner fürs Leben fanden. Zu dumm, dass ich diesen Teil des Plans den ganzen Sommer nicht in Zusammenhang mit meiner eigenen Schwester gebracht hatte! So musste ich nun hinter der niedrigen Hecke von Hausnummer 17 in Deckung gehen und grübeln und wachen.

Das ging genau zwei Abende gut.

Als wir im Herbst 1976 nach Groß-Mooren gekommen waren, hatte selbst mein kleiner Bruder Janko schnell begriffen, was los war. Die Groß-Moorer hatten über uns abgestimmt, und dass wir den Hof von Müller Zwo am Ende doch übernehmen durften, lag einzig daran, dass der Sohn und Erbe von Müller Zwo keinen anderen Käufer fand. Mal ehrlich: Wer wollte schon nach Groß-Mooren? Auf einen abgetakelten alten Hof, wo es durch alle Ritzen pfiff, durchs Dach tropfte, wo sich das Gerümpel im Wohnhaus bis unter die Decke türmte und der Belag auf dem Boden der künftigen „Antik-Scheune" aus einem Meter knochenharter, plattgewalzter Kuhscheiße von vor zwanzig Jahren bestand?

Die Sohn von Müller Zwo war so happy, als wir mit unserem Wohnwagen in den Hof gerollt kamen, dass er uns entgegenrannte, das Tor aufriss und es blitzschnell hinter uns abschloss. Den Schlüssel versenkte er tief in seiner Hosentasche, wohl in der Absicht, ihn erst herauszurücken, wenn Dadas* Unterschrift schwarz auf weiß unter dem Vertrag stand.

Keiner im Dorf war seitdem besonders gut zu sprechen auf den Sohn von Müller Zwo. Dem konnte es egal sein, der wohnte in Kiel.

Später, während der Renault von Müller Zwo mit überhöhter Geschwindigkeit vom Hof buckelte, stellte Dada uns mit Blick zur Straße auf: mich selbst, Janko und Zippi und meine älteren Brüder Hanno und Gecko, daneben unseren Puro, Mama und natürlich Muggele.

„Ab der Landstraße wird nur noch Deutsch gesprochen", schärfte mein Vater uns ein, „immer, selbst wenn ihr unter euch seid, damit ihr es nicht vergesst. Geht in sauberen Sachen vom Hof. Wer euch begegnet, wird gegrüßt. Seid höflich, lasst euch auf keinen Streit ein." Und nach kurzem Nachdenken fügte er hinzu: „Bleibt im Dunkeln von ihren Häusern weg."

Junge, das saß. Meine Mutter und der Puro wurden ganz grau im Gesicht, als mein Vater das sagte. Aber auch Janko und ich, die Jüngsten, hatten eigentlich erwartet, dass wir am Ende der langen Fahrt aus Süddeutschland endlich *zu Hause* angekommen sein würden. Dass wir die Toten zurücklassen konnten – nicht vergessen, bestimmt nicht, aber dass die Geschichte ganz weit oben im Norden vielleicht keine so große Rolle mehr spielen würde.

Dumm von mir, das weiß ich jetzt. Mama denkt ständig an ihre eigene Mutter und die beiden Schwestern, obwohl sie bei dem Mord erst fünf Jahre alt war. Sie und der Puro waren nicht zu Hause, als es passierte; das ist der einzige Grund, warum sie noch leben.

Und warum es mich gibt, Zippi und meine Brüder. Mehr ahnte ich damals allerdings nicht. Ich spürte nur, wann die Erwachsenen wieder einmal darüber geredet hatten: wenn sie schlagartig still wurden, sobald ich das Zimmer betrat. Und das kam ziemlich häufig vor.

Trotzdem fiel Dadas Mahnung, mich im Dunkeln von den Häusern der Gadsche* fern zu halten, mir erst wieder ein, als es zu spät war. Ich muss einfach so intensiv auf Zippis Rücken gestarrt haben, dass ich die Männer auf der Straße erst bemerkte, als ich schon keine Chance mehr hatte, zu verschwinden. Instinktiv warf ich mich hinter der Hecke auf den Boden, aber ihre Schritte und Stimmen kamen unaufhaltsam näher, von vorn, von der Seite, von hinten.

Ich kniff die Augen zu, als Schatten über mich fielen. Angst fuhr mir in die Knie, die Brust, den Kopf, Angst schoss durch mich hindurch und wieder hinaus. Und dabei schien sie etwas von mir mitzunehmen, denn plötzlich spürte ich, wie ich zu schweben begann, und erwartete dankbar und überrascht, mich im nächsten Moment einfach über die Hecke in die Luft zu erheben.

Eine Taschenlampe blitzte, jemand riss mich hoch und zischte: „Wo sind die anderen?"

Ich fühlte mich wie ein Fisch: Ich zappelte und klappte den Mund auf, um zu brüllen, aber es kam kein Ton heraus. Der Gadscho mit der Taschenlampe gab mir eine Ohrfeige.

„Wusste ich's doch!", knurrte er. „Das Pack vom Müllerhof!"

Als könne ich mich selbst von außen beobachten, sah ich mich zwischen ihren Schatten stehen: sieben oder acht

Männer, denen ich allesamt schon begegnet war, zwischen denen ich am Kiosk gewartet hatte, an denen ich auf der Straße vorbeigegangen war.

„Da sind bestimmt noch mehr! Hat jemand eine Waffe?"

„Vorsicht, die fackeln nicht lang und ihr kriegt ein Messer zwischen die Rippen!"

„Wir sollten besser die Polizei rufen!"

„Bis dahin sind die über alle Berge!"

Zwischen meinen Zähnen spürte ich Blut und stocherte erschrocken mit der Zunge herum, aber mein Gebiss schien komplett. Kam es noch darauf an? In den umliegenden Häusern gingen Lichter an, Leute erschienen an den Fenstern; keiner wollte etwas verpassen, jetzt, wo es endlich losging. Weitere Männer und auch zwei Frauen rannten über die Straße und warfen sich im Laufen ihre Mäntel um. Einer hatte einen Hund dabei.

Nur meine Schwester Zippi in ihrem Telefonhäuschen bekam von alldem nicht das Geringste mit. Sie lehnte an der Glaswand, wickelte die Telefonschnur um ihren Finger und hing selig am Hörer.

„Ziiiiippiiiii!" Endlich fand ich meine Stimme wieder. „Zippi, lauf!"

Immer noch lachend, drehte sie sich halb um und legte die Stirn an die Scheibe, um ins Dunkle zu spähen. Ich sah, wie ihr der Mund aufklappte und der Hörer aus der Hand fiel. Ich sah, wie sie die Tür aufstieß und nicht weg-, sondern auf mich zu rannte.

Ich muss zugeben, dass ich trotz allem heilfroh war. Zwei Mädchen sind schließlich schwerer zu erschlagen als so ein einziges dünnes Ding wie ich.

Doch meine Schwester Zippi, das fiel mir an diesem Abend staunend auf, war kein Mädchen mehr. Sie stieß die Männer beiseite, stemmte die Hände in die Seiten und blitzte den, der mich festhielt, furchtlos und zornig an.

„Sind Sie noch ganz bei Trost? Lassen Sie sofort das Kind los."

„Das Kind", spuckte der Gadscho, „ist auf meinen Grund und Boden eingedrungen!"

„Meinen Sie etwa Ihre mickrige Hecke?", fragte Zippi verächtlich. „Wie können Sie von *eingedrungen* reden, wenn Sie nicht mal einen Zaun haben?"

„Frech wie Dreck", knurrte ein anderer, aber immerhin: Niemand hinderte meine Schwester daran, auf mich zuzugehen und meinen Arm zu befreien.

„Ist das Blut, Kascha? Hat er dich geschlagen?"

„Keiner hat hier irgendwen geschlagen!"

„Stimmt, das kann ich bezeugen!"

Zippi drehte mich ins Licht der Straßenlaterne und begutachtete meine Lippe. „Schämen Sie sich", sagte sie verächtlich. „Ein achtjähriges Kind!"

„Sie ist nicht acht, sie ist in meiner Klasse!"

Ein paar Schritte hinter mir stand in der Hauseinfahrt der Junge, der in der Schule wegen seines runden Gesichts Qualle genannt wurde, und grinste triumphierend. Wahrscheinlich war er froh, dass er auch mal etwas wusste. In der Schule war Qualle nämlich nicht gerade eine Leuchte.

„Die lügen wie gedruckt!", schrie eine Frau. „Ruf doch endlich mal einer die Polizei! Da hinten sind gerade noch zwei von denen weggerannt!"

Weggerannt?, dachte ich. Na, das sind ganz sicher keine von uns!

Einige Groß-Moorer trabten halbherzig in die Richtung, die die Frau wies – um nach ein paar Schritten wieder stehen zu bleiben. „Die kriegen wir sowieso nicht mehr. Und wer weiß, ob es wirklich nur zwei waren ...“

„Polizei kommt!“, meldete jemand aus einem Haus.

„Sehr gut!“, erklärte Zippi und stellte sich neben mich.

Ich versuchte ihren verächtlichen Blick nachzuahmen, aber so ganz wollte es mir nicht gelingen. Ehrlich gesagt, hatte ich ganz schön Schiss. Die Polizei hat uns noch nie geholfen, im Gegenteil. Von der Polizei hören wir, wenn überhaupt, nur eins: „Haut ab!“, oder: „Macht, dass ihr wegkommt!“, oder: „Ihr habt zwei Stunden, um zu verschwinden.“

Andererseits: War Verschwinden heute Abend nicht genau unser Ziel? Ich fasste Mut. Als der Hund, ein hübscher Boxer, an meinen Beinen schnüffelte, streckte ich die Hand nach ihm aus. Ich kenne keinen Hund, der mir oder meinen Geschwistern je etwas getan hätte. Hunde sind schlau, die merken, wer sie gern hat. Doch der Besitzer riss den Boxer augenblicklich von mir weg und herrschte: „Pfui, Tarras!“

Das Warten war so feindselig, dass es knisterte. Nach einer kleinen Ewigkeit kam ein Polizeiwagen ziemlich langsam und wichtigtuerisch angerollt. Kurz bevor er uns erreichte, ging das Blaulicht an, als wäre dem Fahrer im letzten Moment eingefallen, dass das ja auch noch irgendwie dazugehörte.

Dem Wagen entstiegen die beiden dicken Beamten von der Wache in Gelting. Sie heißen Heinrich und Schulz und waren schon mehrmals auf unserem Hof. Sie sehen sich wortlos um und verschwinden ebenso wortlos wieder.

Keine Ahnung, was sie bei uns zu finden hoffen; wahrscheinlich wollen sie nur ab und zu darauf hinweisen, dass sie da sind.

Heinrich warf einen Blick auf uns und bemerkte: „Aha!", als brauchte ihm niemand mehr etwas zu erklären.

Die Groß-Moorer bestürmten die beiden dennoch. Zippi und ich hatten uns, wie wir bei der Gelegenheit nun auch endlich erfuhren, auf mehreren Grundstücken herumgetrieben. Unsere Komplizen, die einzig durch aufmerksame Anwohner an einem Raubzug gehindert worden waren, seien auf der Flucht über die Felder von Zeugen beobachtet worden. Außer uns beiden seien es noch mindestens zwei gewesen, *wahrscheinlich die beiden Brüder*, und wo denn wieder mal die Polizei gewesen sei, als man sie brauchte.

„Was willst du denn, Fritz, wir sind doch da!", sagte Heinrich unwillig.

„Ja, jetzt! Ihr behauptet, dass ihr den Müllerhof im Auge behaltet, aber wenn der Piet nicht zufällig aus dem Fenster geguckt hätte ...!"

Und Bla, und bla, und bla. Ich war ganz schön baff. Wenn ich lüge, dann weiß ich das nämlich genau, und ich vergesse es keinen Moment, schon um mich nicht zu verplappern. Aber diese Leute waren phänomenal. Was sie dem Schulz ins Notizbuch diktierten, schienen sie tatsächlich zu glauben! Sie fielen sich gegenseitig ins Wort, einer setzte den Satz des anderen fort und am Ende stand eine komplette Geschichte, als hätten sie sich vorher abgesprochen.

Der Schulz schrieb mit wie verrückt. Wenn ich mich nicht genau erinnert hätte, wo Zippi und ich tatsächlich gewesen waren, während das alles mit uns in der Hauptrolle angeblich stattgefunden hatte, hätte ich jedes Wort glatt selbst geglaubt.

„Ich hab da drüben telefoniert, das hat hier jeder gesehen", erklärte Zippi, als sie endlich auch mal etwas sagen durfte. „Meine kleine Schwester hat mich begleitet. Wegen der freundlichen Herrschaften hier würde nämlich keine von uns allein ins Dorf gehen."

„Euch hat hier auch keiner eingeladen!", schnappte Nummer 17, wohl der Vater von Qualle.

„Hat jemand gesehen, dass sie telefoniert hat?", fragte Schulz und leckte an seinem Bleistift.

Lange Stille. Ich blickte von einem zum anderen. Einige hatten immerhin den Anstand, den Kopf zu senken.

„Ich hab's gesehen", ertönte plötzlich eine müde Stimme. In der erleuchteten Haustür von Nummer 17 stand eine Frau in Bademantel und Pantoffeln.

„Du gehst wieder ins Bett, Line", befahl ihr Mann.

„Sie hat telefoniert. Wir haben es alle gesehen", wiederholte Qualles Mutter, zog den Bademantelgürtel enger und verschwand mit schleppenden Schritten wieder im Haus.

Als sie gegangen war, lag plötzlich etwas ganz Seltsames über dem Abend, etwas Dumpfes, Schweres, Atemloses, aus dem man sekundenlang gar nicht herauskam. Dann sagte jemand: „Vielleicht hat sie telefoniert, um ihre Komplizen ..."

Aber er brach ab und wir erfuhren nicht, was Zippis „Komplizen" im Sinn gehabt haben mochten. Stattdessen öffnete Heinrich die rückwärtige Tür des Polizeiwagens und ordnete an: „Rein mit euch."

„Warum?", fragte Zippi misstrauisch.

„Weil wir keine Lust haben, euretwegen den ganzen Abend hier herumzustehen!"

Ich hatte erwartet, dass die Groß-Moorer unseren Abgang im Polizeiwagen beifällig kommentieren würden, aber niemand sagte mehr etwas. Auf dem Rücksitz drückte Zippi ermutigend meine Hand. Es ging nicht sofort nach Hause, aber auch nicht zur Wache; der Wagen fuhr einfach eine Viertelstunde mit uns durch die Gegend, wendete dann und fuhr durch Groß-Mooren zurück. Die Dorfstraße war längst wieder menschenleer, so leblos und langweilig, wie die Leute hier oben es schätzen.

Wahrscheinlich war das der Zweck der kleinen Rundfahrt gewesen: die Groß-Moorer denken zu lassen, dass „Heinrich & Schulz" etwas unternommen hatten. In der Einfahrt zu unserem Hof setzten sie uns ab.

„Passt beim nächsten Mal besser auf", riet Schulz. „Die Leute hier sind nicht verkehrt, sie haben einfach Angst."

„Vor uns?", erwiderte Zippi, aber sie bekam keine Antwort. Der Polizeiwagen setzte rückwärts aus der Einfahrt und entfernte sich Richtung Dorf.

Wir blickten seinen Lichtern nach. „Mit wem hast du eigentlich telefoniert?", fragte ich.

Ich fand mich ziemlich abgebrüht, als ich mich so reden hörte – als wäre mir alles, was wir eben erlebt hatten, bereits egal! Dabei war die Frage in Wahrheit echte Notwehr. Dieser Abend gehörte zu denen, die du am besten von der ersten Sekunde zu vergessen versuchst, sonst setzen sie sich fest und du wirst sie nie mehr los.

Zippi zog mich an den Haaren. „Sei nicht so neugierig!"

Wir gingen zum Haus. Ich wartete, ob Zippi noch etwas sagen wollte, aber von ihr kam nichts und mir wurde dreierlei klar. Erstens, dass wir uns in der Einschätzung des Abends einig waren. Zweitens, dass ich, wenn Zippi zu Hause nichts erzählte, auch kein Wort sagen durfte, um nicht die Frage aufkommen zu lassen, was meine Schwester im Dorf eigentlich gewollt hatte. Und drittens, dass ich mit genau dieser Frage am Ende des Abends nicht weniger allein dastand als vorher, eben weil Zippi nicht darüber redete.

Das hieß, es war ernst. Verdammt ernst. Was wiederum *in sich* eine Art Antwort war.

In den folgenden Nächten hielt ich mich unter äußerster Selbstbeherrschung wach, indem ich mir ausmalte, in unserem Kleiderschrank säße der Mörder aus dem letzten *Aktenzeichen XY.* Es funktionierte so gut, dass ich wie erstarrt im Bett lag, bis Zippi endlich aus dem Zimmer schlich. Nur einmal konnte ich mich dazu zwingen, aufzustehen und – am Schrank mit dem Mörder vorbei – meiner Schwester bis zum Treppenabsatz zu folgen. Unten im Flur, wo das Telefon steht, hörte ich sie leise kichern.

Das war alles. Die Kürze ihrer Telefonate konnte auf Ferngespräche hindeuten, andererseits auch bloß darauf, dass meine Schwester an die Telefonrechnung dachte. *Keine gesicherten Erkenntnisse,* wie es bei Eduard Zimmermann immer heißt.

Doch als Zippi anfing, hinter sich aufzuräumen, wurde mir alles klar: Zippis Zukünftiger würde nicht zu uns auf den Hof ziehen, obwohl wir genügend Platz hatten. Zippi würde in die andere Familie wechseln.

Ich stand unter Schock. Praktisch jeden Tag konnte ich jetzt also aus der Schule kommen und von der Entdeckung niedergeworfen werden: Zippis Sachen aus unserem Schrank verschwunden, ihr Bett abgezogen, ihr Platz am Tisch verwaist.

Neben der Treppe in unserem Hausflur steht ein kleines Altärchen: die Muttergottes mit einem Zweig vom Palmsonntag, einem ewigen Licht, einem Weihwasserfläschchen und Fotos von der Puri* und meinen ermordeten kleinen Tanten. Sie alle flehte ich mehr oder weniger an, etwas zu unternehmen.

„Eine Flucht ist ja normal", argumentierte ich mit meiner Großmutter, „irgendwann trifft es jede, auch mich. Aber deine Enkelin Zippi ist gerade erst siebzehn! Was, wenn sie weit weg geht? Sie wäre doch todunglücklich ohne uns! Ja, wäre es nicht besser, sie wartet, bis sie jemanden aus der Nähe kennen lernt? Könnt ihr da nicht schnell noch was drehen ...?"

Und wirklich: Die Weihnachtsferien begannen und Zippi war noch da, Heiligabend verstrich, der erste und zweite Feiertag und der Tag danach und an diesem Morgen hatte ich den ersten unerlaubten Silvesterböller gehört. War Zippi ins Grübeln gekommen? Hatte sie es sich noch einmal überlegt? Als ich auf dem Weg zum Frühstück am Altärchen vorbeiging, konnte ich nicht anders: Ich zwinkerte Puri zu.

Doch als Zippi die Küche betrat, wusste ich sofort Bescheid. Dies war der Tag. Donnerstag, der 28. Dezember 1978. Der Tag, an dem meine Schwester niemandem von uns mehr ins Gesicht sah: weder meinem Vater noch Hanno und Gecko, die kurz danach vom Tisch aufstanden, um in die Scheune zu gehen, und auch nicht Mama, Janko und mir, die an diesem Ferientag noch etwas herumtrödelten. Und bei Puro würde Zippi bestimmt erst vorbeischleichen, wenn er nach seinem Frühstück im Bett wieder eingeschlafen war.

Ich senkte den Kopf tief über meinen Teller und versuchte zu schlucken, aber das Butterbrot steckte mir im Hals wie ein Pflock. Außer mir schien nur Muggele etwas zu ahnen. Normalerweise liegt er beim Frühstück gehorsam auf seinem Platz neben der Sitzbank; heute trabte er mit hängender Zunge zwischen Küche und Haustür auf und ab, als wäre es Mai und Zeit, den Wagen fertig zu machen.

Unser Muggele gab mir den Rest. Ich fühlte, wie Tränen den letzten Bissen Brot wieder nach oben drückten. Ich bekam größte Lust, ihn geradewegs vor mich auf den Tisch zu würgen.

In diesem Augenblick stieß von unten Jankos Fuß gegen mein Schienbein. „Heulsuse, Heulsuse!"

Mein Fuß, meine beiden Beine, mein ganzer Körper stieß zurück, dass es nur so krachte. „Die Katze soll deine Hoden fressen!"

„Valentina Natzweiler!"

Wenn Mama meinen Papiernamen benutzt, kann das zweierlei bedeuten: Entweder habe ich einen richtig guten Witz gemacht, worunter Flüche bei meiner Mutter in der Regel nicht fallen, oder es heißt Rausschmiss. Ich stand langsam auf. Meine Beine fühlten sich an, als hätte ich sie einen dieser Fernsehtürme hochgehetzt, wo oben Kameras stehen und filmen, wie die Leute mit baumelnden Spuckefäden vor der Brust über die letzte Stufe kriechen.

Janko sagte nichts, doch ich war sicher, dass ich es später zurückbekommen würde. Mein Bruder Janko ist zwei Jahre jünger als ich, aber leider ein Junge, was bedeutet, dass er sich einbildet, mich herumkommandieren zu dürfen.

Jetzt – jetzt war es also soweit. Jetzt war nur noch ich übrig, als einziges Mädchen unter drei Brüdern. Meine bisherige Verbündete schmierte Marmelade auf ihr Brot und schickte sich an, mich im Stich zu lassen. Ihrem traumverlorenen Gesichtsausdruck nach zu urteilen, war sie bereits weg.

Ich stand vor der Haustür, blickte in den nassen, schmuddeligen Morgen und dachte: Nicht mal der Scheiß-Winter ist kalt genug, um sich noch schnell eine Lungenentzündung zu holen.

2

Als wir noch in Ravensburg wohnten, stellten sich mir jedes Mal die Haare auf, sobald die Rede darauf kam, wann der Puro endlich *unser Haus* zurückbekam. *Unser Haus* stand am Rande der Altstadt und da wir, wenn wir in die Stadt fuhren, das Auto immer auf einen bestimmten Parkplatz in der Nähe stellten, kamen wir ziemlich oft daran vorbei. Zu oft, wenn du mich fragst! Puro und meine Eltern blieben jedes Mal stehen und guckten sich *unser Haus* ratlos und vorwurfsvoll an, bis irgendwann das Fenster im Erdgeschoss aufflog und die Gadschi, die jetzt dort wohnte, brüllte, wir sollten verschwinden.

Ich wurde nie angebrüllt – ich war nämlich längst weg. Ich konnte gar nicht schnell genug an *unserem Haus* vorbeikommen. Ein kalter Wind wehte mich daraus an, selbst im Sommer, und während ich an der Straßenecke auf meine Familie wartete, ganz Gänsehaut und Zähneklappern, betete ich aus tiefstem Herzen, dass wir es bitte nie, nie zurückbekamen.

Ich lebte gern im Ummenwinkel, obwohl die Gegend so heruntergekommen war. Im Ummenwinkel gab es Holzöfen statt Heizungen und Generatoren für den Strom, es gab kein fließendes Wasser und bei Regen liefen wir alle in Gummistiefeln, weil die Straße nicht geteert war. Aber das störte mich nicht. Tausendmal lieber wollte ich mit einem Kanister an der Wasserpumpe anstehen, als in einem Haus zu wohnen, in dem drei Morde geschehen waren!

Im Schrank über unserem Küchenherd stand ein dicker Ordner, der sich kaum zuklappen ließ vor lauter abgeheftetem Papier. So lange, seit fast zwanzig Jahren, versuchte Puro nämlich schon, *unser Haus* zurückzubekommen. Manchmal kam ein Mann in einem weißen Audi, *der Anwalt,* und las den Erwachsenen ein neues Schreiben *von der Stadt* vor. Einer meiner Brüder musste unterdessen auf den Audi aufpassen, weil der Anwalt glaubte, die Ravensburger Verbrecher lebten alle im Ummenwinkel. Dabei lebten sie in Wirklichkeit ganz woanders, aber zu meiner Enttäuschung brachte Eduard Zimmermann nie etwas darüber.

Eines Nachmittags stieg der Anwalt mit diesem besonderen Grinsen aus dem Audi und mir war klar, dass meine Tage im Ummenwinkel gezählt waren. Meine glückliche Kindheit war vorüber. Wir zogen zurück in *unser Haus.*

Als es anfing, dunkel zu werden, versammelte sich halb Ummenwinkel unter dem Baum, auf dem ich saß.

„Ich komme nicht mit!", schrie ich und trat nach Geckos Hand. „In dem Haus ist der Mulo*!"

Es regnete Kastanien. „Wovon in aller Welt redet das Kind?", wunderte sich Tante Tiki.

Der Duft von Grillfleisch umwehte meine Nase, ich hörte Geigen und Schifferklaviere. Die andere Hälfte vom Ummenwinkel, die nicht unter meinem Baum stand, feierte, dass wir *unser Haus* zurückbekamen.

„Aber wir ziehen doch gar nicht zurück in unser Haus, Kascha!", rief Zippi, der plötzlich ein Licht aufging. „Wir haben bloß endlich Geld dafür bekommen!"

Ich guckte vom Baum. Zwischen Blattwerk erblickte ich die aufrichtigen Gesichter mehrerer Tanten und Nachbarinnen, die aus meiner Perspektive direkt in bunte Pantoffeln übergingen.

„Gott bewahre, Kindchen!", versprach Großtante Öggla. „Ihr zieht doch nicht zurück in dieses Haus!"

Sie mussten beiseite springen, so schnell kam ich vom Baum.

„Und mit dem Geld vom Haus", ergänzte Zippi mit leuchtenden Augen, „können wir jetzt machen, was wir wollen."

Ich hätte es ahnen müssen: Bei so vielen Möglichkeiten, die du hast, wenn du machen kannst, was du willst, konnte es gar nicht weit genug weggehen vom Ummenwinkel. Von *Machen, was wir wollen* führt eine schnurgerade Linie direkt nach Groß-Mooren, und an manchen Tagen kannst du entlang dieser Linie nur noch sehen, was du verloren hast.

Dies war so ein Tag. Im Ummenwinkel wäre ich nach meinem Rausschmiss aus der Küche einfach nach nebenan gegangen zu Mali. Ich hatte Dutzende Freundinnen dort, und wenn ich mal heimlich heulen wollte, den Pferdestall mit sechs warmen, duftenden Ponys. In Groß-Mooren bleibt nur die Scheune. *Antik-Scheune* hat mein Bruder Hanno in großen weißen Buchstaben an die Mauer gepinselt, und kleiner darunter: *An- und Verkauf von Möbeln und Musikalien.*

In den Sommermonaten halten Touristenautos auf dem Weg zum oder vom Strand. Im Winter restaurieren meine Brüder alte Möbel, in einem kleinen Extra-Raum baut Dada an seinen Geigen und du kriegst einen Besen in die Hand gedrückt, sobald du die Scheune betrittst.

Andererseits ist die Scheune der Ort, an dem ich es beinahe wieder in Ordnung zu finden beginne, dass wir nach Groß-Mooren gezogen sind. Wenn Dada den Klang der Geigen testet, wenn meine Brüder singen und pfeifen und ich das Holz hören kann: das Holz, wie es unter der Raspel, dem Schmirgel, dem Messer klingt, wie es unter dem Pinsel gierig schmatzt und wie es knarzt und quietscht, wenn irgendwas nicht passt. Im Ummenwinkel habe ich das gar nicht gewusst, weil meine Brüder in einem gemieteten Schuppen in der Stadt arbeiteten.

Hanno und Gecko kaufen aber nicht nur Möbel, wenn sie über Land fahren. Im letzten Jahr bekamen wir eines Tages die Mitteilung, wir sollten auf dem Güterbahnhof *Pferde* entladen! Dada rührte fast der Schlag, aber leider hatten meine Brüder in Frankreich bloß ein altes Kinderka-russell gekauft und die zwölf Holzpferde per Bahn zu uns geschickt.

Die Pferde sind Geckos Winterprojekt; er befreit sie von ihren abgeplatzten Farben, malt ihnen anstelle des alten gelbzahnigen Grinsens verschmitzte, erwartungsvolle Gesichter und stellt sie auf stabile Podeste mit Rollen. Man könnte die Gadsche-Kinder glatt beneiden, deren Eltern ihnen im kommenden Sommer eines dieser Pferde kaufen.

Ich natürlich nicht – ich bin längst zu alt für ein Holzpferd. Ich setze mich nur gern mal drauf, das ist alles, setze mich drauf und träume von den Ponys im Ummenwinkel, und wie sie uns im Winter mit unseren Schlitten und Skiern durch den Schnee zogen. In Groß-Mooren hatten wir Ende Dezember immer noch über zehn Grad plus, auf den Wiesen lag Matsch und weiter nichts und allmählich färbte das Wetter auf meine Fähigkeit ab, mich aus diesem Kaff hinaus zu träumen. Den ganzen Morgen konnte ich an nichts anderes denken als an Zippi, ob sie sich vielleicht gerade in diesem Moment davonschlich und welch trübseliges Licht es auf ihre Zukunft warf, dass sie ausgerechnet in diesen grauen Tag flüchtete.

Fortwährend ging mein Blick zur verschlossenen Scheunentür, als könne ich noch etwas, *irgendetwas* unternehmen. Aber was? Dada und meinen Brüdern im letzten Moment alles erzählen? Undenkbar. Noch nie hatte ich davon gehört, dass eine Flucht durch eine jüngere Schwester verraten worden war. Verachten würde man mich, vielleicht würde nicht einmal jemand mit *mir* flüchten wollen, wenn der Tag kam!

Der Gedanke zog mich noch mehr herunter. Ich war froh, als die einzige Abwechslung des Tages nach zwei Stunden endlich auftauchte.

Die einzige Abwechslung in der Scheune ist im Winter der Hugomüller. Da er jeden Vormittag um dieselbe Zeit auftaucht, ist er eigentlich schon gar keine Abwechslung mehr, aber egal, er ist derjenige unserer Nachbarn, der nicht nur nichts gegen uns hat, sondern sich im Gegenteil über uns freut. Selbst wenn das weniger an uns persönlich liegt, sondern daran, dass der Hugomüller so spinnefeind war mit seinem Cousin Müller Zwo.

Denn wenn nur die Hälfte von dem stimmt, was der Hugomüller behauptet, dann muss auf diesem unscheinbaren Grund und Boden über Jahre *Die Schlacht von Groß-Mooren* stattgefunden haben. Der Hugomüller weiß noch genau, wo die Stolperfallen auf den Zufahrten lauerten und wer wem wann die Bremsen durchgeschnitten hat. Es gab rätselhafte Tode von Hoftieren und Luftgewehrbeschuss von Haus zu Haus, bis Heinrich & Schulz anrückten. Mit Verstärkung!

Die beiden alten Müllers müssen sich richtig reingesteigert haben und dass einer von beiden noch lebt, kann einzig daran liegen, dass der andere eines Morgens tot im Bett lag. Der Hugomüller ist über siebzig und sieht nicht aus, als hätte er viel länger durchgehalten. Nicht dass er das je zugeben würde, aber Müller Zwo hat ihm durch sein eigenes Dahinscheiden praktisch das Leben gerettet.

„Wirfst du einen Brief für mich ein?", fragte der Hugomüller und wedelte mit einem länglichen Umschlag vor meiner Nase herum. „Kriegst auch ne Mark."

„Klar, Herr Hugomüller", sagte ich und schnappte mir den Umschlag.

Der Hugomüller kicherte. Langsam tut er mir leid, weil er immer noch solchen Spaß an dem alten Scherz hat.

Denn natürlich hatte ich damals schnell kapiert, dass unser Nachbar Hugo Müller und nicht „Herr Hugomüller" heißt. Wenn der Arme aus dem kleinen Missverständnis unserer ersten Begegnung nach über zwei Jahren noch einen solchen Heiterkeitsgewinn zieht, dann muss er außerhalb der Antik-Scheune ein freudloseres Leben führen, als man ohnehin schon ahnt, wenn man Groß-Mooren kennt.

Deshalb bin ich auch immer besonders freundlich zum Hugomüller; ich gehe auch für ihn zum Briefkasten, wenn es keine Mark gibt. An diesem Vormittag wäre ich schon deshalb sofort gegangen, um endlich einen Blick vors Haus werfen zu können.

Aber draußen war alles ruhig. Ob Zippi fort war, konnte ich nicht erkennen, und plötzlich hatte ich alles so satt, dass ich es nicht einmal mehr wissen wollte. Ich griff nach meinem Rad, das an seinem Platz an der Scheunenwand lehnte.

„Wohin fährst du?"

Janko stand hinter mir und hielt mich am Gepäckträger fest. Damit ich nicht trotzdem wegkonnte, schob er einen Scheit aus unserem Brennholzstapel zwischen die Speichen.

Was hätte ich darum gegeben, große Schwester eines Mädchens zu werden! Aber stattdessen musste Mama als Letztes nach mir ausgerechnet noch einen Jungen bekommen.

„Das geht dich gar nichts an", erwiderte ich aus Prinzip und schob den Brief vom Hugomüller etwas tiefer in die Innentasche meines Anoraks, worauf mein Bruder den Holzscheit aus meinen Speichen nahm, ein Bein über den Sattel seines Bonanzarads schwang und mich aufforderte: „Na, dann mal los."

Ich hätte daran denken sollen, sein Rad zu nehmen anstatt meins – um nichts in der Welt hätte Janko ein Mädchenfahrrad bestiegen! Jetzt blieb mir nichts anderes übrig, als einen Umweg zu fahren, um meinen Bruder wenigstens noch ein Weilchen darüber hinwegzutäuschen, dass ich nichts Geheimnisvolleres vorhatte, als einen Brief vom Hugomüller einzuwerfen. Aber warum nicht? Auf einmal konnte es für mich gar nicht weit genug weggehen.

Auf dem Deich blies uns der Wind schärfer und kälter entgegen, als ich nach dem lauen Morgen erwartet hatte. Auch das Wasser stand höher als sonst, vom Strand war nur ein schmaler Streifen übrig. Regentropfen, die an spitze Steinchen erinnerten, schleuderten gegen meine Wangen, schon nach wenigen Minuten liefen mir eisige Tränen übers Gesicht. Ich hörte das Krachen und Rollen der Kiesel, die von den Wellen umhergeworfen wurden. Möwen ritten kreischend auf dem Wind, noch weit draußen auf dem Meer waren Schaumkronen zu erkennen. Kein Mensch war am Strand, nur einige Vögel rannten mit aufgeregten Trippelschritten auf und ab und pickten hinter den zurückbrandenden Wellen nach Würmern.

„Aha!", keuchte Janko hinter mir. „Zu Tante Lonny willst du!"

Wie schön manchmal alles ineinander greift. Gerade in diesem Augenblick hatte ich mich nämlich gefragt, was ich eigentlich auf dem Deich tat. Mamas Cousine Lonny wohnt eine knappe Fahrradstunde entfernt; wenn wir uns beeilten, kamen wir genau zum Mittagessen bei ihr an. Ich stemmte mich gegen den Wind, bis mein ganzer Körper schmerzte. Es fühlte sich so gut an, dass ich erst nach einer Viertelstunde merkte, wie ich praktisch auf der Stelle trat.

Wir hielten an. Janko schnaufte wie eine alte Lok und blies zwischen seine blaugefrorenen Finger. „Meinst du, es gibt doch noch Schnee?", fragte er hoffnungsvoll.

Über dem Meer türmten sich grauschwarze Wolken, schlangen sich ineinander oder streckten spitze Finger nach den Wellen aus. Ja, mit einem Mal sah es nicht nur nach Schnee aus, es roch auch bereits so. Aber umkehren und nach Hause fahren? Mit ansehen müssen, wie Zippi davonschlich?

„Sehen wir lieber zu, dass wir zu Tante Lonny kommen!", meinte ich und ließ mein Rad auf die windgeschützte Straße unterhalb des Deichs rollen.

In Tante Lonnys Siedlung mussten wir erst einmal eine Weile hin und her kurven, weil alles so gleich aussieht. Ein weißer Bungalow mit Vorgarten reiht sich an den nächsten und es gibt nicht einmal einen ordentlichen Baum, der als Orientierung dienen könnte. In vielen Fenstern hängen Schilder mit der Aufschrift *Ferienwohnung zu vermieten*, aber im Winter ist die Siedlung wie ausgestorben.

Nur ein paar Kinder hockten und standen am Rand einer offenen Garage und dotzten einen Ball auf den Boden, als warteten sie auf das Ende des schlechten Wetters. Als wir aufs Geratewohl auf sie zufuhren, entdeckten wir unter ihnen tatsächlich Andi, unseren Cousin. Bei unserem Anblick brach er aus der Schar seiner Kameraden aus, sprang auf sein Fahrrad und jagte (gefolgt von uns) davon, um das Rad vor einem der Bungalows auf die Wiese zu werfen und mit dem gellenden Schrei zur Tür zu stürmen: „Mami, die Natzweilers kommen!"

Janko und ich lehnten unsere Räder gegen den Mülltonnenkasten und gingen freundlich grinsend aufs Haus zu. Mittlerweile stand unsere Cousine Bettina neben Andi im Eingang und erklärte mit abschätzigem Blick: „Hoppla, das passt jetzt aber gar nicht."

Hoppla! Hast du je von einem Mädchen gehört, das zur Begrüßung *Hoppla* sagt? Bettina und Andi sind genauso alt wie Janko und ich, waren damals also zehn und fast zwölf, aber das ist leider auch schon alles, was wir gemeinsam haben.

Plötzlich fiel mir ein, warum wir so lange nach ihrem Haus hatten suchen müssen: Wir waren erst zwei Mal hier gewesen. Und was glaubst du, warum? Genau.

Ein zweites Mädchen mit langen blonden Haaren und misstrauischen Augen schob sich hinter Bettina. „Wer sind denn die? Kennt ihr die etwa?"

„Nee", erklärte Bettina wie aus der Pistole geschossen und das letzte, was wir durch die zuschlagende Tür erblickten, war das schadenfrohe Grinsen von Andi.

Wir klingelten. Von drinnen waren Stimmen zu hören, Schritte trappelten nach rechts Richtung Küche, andere Schritte kamen – langsamer – von dort zurück.

Endlich öffnete Tante Lonny. Wie immer war sie eine Schau: groß, schlank, die schwarzen Haare nach der aktuellsten Mode hochtoupiert und in einem engen grünen Hosenanzug, als wäre sie eine der ABBAs. Tante Lonny sortiert Briefe bei der Post und hofft, sich vom Hinterzimmer zum Kundenlaufbereich vorzuarbeiten. Ich brauche immer einen Moment, um mich an den Anblick zu gewöhnen. Bei uns gilt es als schlechtes Benehmen, wenn erwachsene Frauen Hosen tragen.

„Kascha! Janko!", rief Tante Lonny, als sei sie äußerst überrascht, und trat beiseite, um uns einzulassen.

Ja, hätten wir denn sagen sollen: „Entschuldigt die Störung ...?" Tante Lonny, Onkel Harald, Bettina und Andi sind, seit wir in Groß-Mooren wohnen, unsere nächsten Verwandten und langsam müsste ihnen doch mal klar werden, was das bedeutet. Wenn einer von der Familie in der Tür steht, dann hat er einen Platz am Tisch, das weiß jedes Kind. Tante Lonny mag mit einem Gadscho verheiratet sein, aber ist das ein Grund, alle Regeln zu vergessen? Kommt sie zu uns nach Groß-Mooren, fällt es ihr wieder ein, aber triff sie in ihrem eigenen Zuhause und schon wird es kompliziert.

Wir zogen unsere Anoraks aus, aber niemand nahm sie uns ab; schließlich hängte ich sie selber an die überfüllte Garderobe und stellte unsere Schuhe in das Regal neben der Tür. Tante Lonny und die Kinder standen unterdessen im Flur und sahen zu, schnurgerade nebeneinander aufgereiht, als wollten sie jeden Augenblick anfangen zu singen.

„Wo können wir uns die Hände waschen?", fragte ich höflich.

„Mami, die wollen doch nicht zum Essen bleiben?", heulte Bettina auf.

Nein, wir wollen euch was vortanzen, du Hühnerblase!

„Die erste Tür links", sagte Tante Lonny.

Nebeneinander standen Janko und ich am Waschbecken und seiften unsere Hände ein, während im Spiegel unsere ratlosen Blicke aufeinander trafen.

„Hauen wir wieder ab?", flüsterte Janko.

„Kommt gar nicht infrage!", bestimmte ich, und als ich meinen Bruder und mich so im Spiegel beguckte, merkte ich, wie mir mit einem Mal ganz heiß wurde vor Wut. In der Fußgängerzone in Ravensburg hat uns mal jemand fotografiert, weil er uns so schön fand, und das habe ich nie vergessen, weil mir damals zum ersten Mal aufging, dass er verdammt noch mal recht hatte! Aber die meisten Leute tragen leider eine andere Brille. Wenn sie schwarze Haare sehen, dunkle Augen und eine selbst im Winter leicht gebräunte Haut, dann sehen sie ... ja, was eigentlich? Was in aller Welt stimmt eigentlich nicht mit uns?

In der Badezimmertür erschien Tante Lonny, um ein Gästehandtuch hineinzureichen, und unwillkürlich ging mein Blick von dem Tuch in ihrer Hand zu dem Handtuchständer neben dem Waschbecken, in dem doch schon ein ganzer Stapel Tücher lag.

War dieses hier vielleicht nicht ganz sauber? Hatte es schon ein kleines Loch? Aber als ich Tante Lonny etwas zögerlich das Tuch aus der Hand nahm, sah ich, dass damit alles in Ordnung war, und dass Tante Lonny Tränen in den Augen standen.

„Es tut mir leid, Kinder", flüsterte sie. Sie hatte uns das Handtuch nur gebracht, um uns dies unter sechs Augen zu sagen.

Arme Tante Lonny. Sicher hat sie es auch nicht gerade leicht mit diesen eingebildeten Fatzken als einzigem Nachwuchs und mit der ganzen anstrengenden Lügerei, um zu vertuschen, wer sie ist. Oder war. Oder vielleicht weiß sie das selbst nicht so genau.

Im Esszimmer herrschte eine solche Stille, dass wir auch dieses allein bestimmt nicht mehr gefunden hätten.

„Setzt euch an die lange Seite", wies Tante Lonny uns an.

Wir taten wie geheißen. Uns gegenüber hatten sich Bettina, Andi und die Blondine hinter ihren Tellern verschanzt und guckten, als wären sie entführt worden. Kaum hatten wir uns gesetzt, kam auch Onkel Harald die Kellertreppe hinauf und man muss es ihm lassen, er wirkte ehrlich erfreut, als er uns entdeckte.

„Kascha! Janko! Ihr kommt gerade recht. Ich habe Weihnachten eine neue Lok bekommen."

Als ob es irgendetwas anderes hätte sein können! Bei der Idee, Tante Lonny zu besuchen, hatte ich den Hobbykeller glatt vergessen.

„Wir müssen nach dem Essen aber gleich wieder nach Hause", sagte ich rasch und wies zum Fenster, hinter dem erste dünne Schneeflocken ziellos zwischen den Regentropfen herumzuwirbeln begonnen hatten.

„Ach, wir packen eure Räder ins Auto, dann habt ihr noch viel Zeit. Ihr werdet staunen! Ich habe einiges an der Anlage gemacht, seit ihr letztes Frühjahr hier wart."

„Letztes Frühjahr", wiederholte Tante Lonny durch die geöffnete Küchentür. „So lange ist das schon her."

Da es keine Frage war, antwortete ich auch nicht, sondern stand auf, um Tante Lonny beim Hereintragen des Mittagessens zu helfen.

„Siehst du, Tina? Daran könntest du dir ruhig ein Beispiel nehmen", wandte sich mein Onkel mit hochgezogenen Augenbrauen an meine Cousine.

Klar. Klar hätte ich zehn Sekunden warten können, ob Bettina den Hintern vom Stuhl bekam! Aber dann wäre es zu spät gewesen, Tante Lonny und ich stießen fast in der Tür zusammen, so wenig hatte sie damit gerechnet, dass ihr jemand zu Hilfe kam.

Wobei es, wenn ich ehrlich sein soll, ohnehin nicht viel hereinzutragen gab. Denn auch das hatte ich vergessen:

Gadsche rechnen nicht mit Überraschungsgästen. Aus den beiden Schüsseln guckten mich ein paar abgezählte Frikadellen und Kartoffeln groß an.

„Nudeln sind gleich fertig", sagte Tante Lonny tapfer.

Janko und ich tauschten einen Blick und erklärten gleichzeitig: „Nudeln, super!"

Uns gegenüber stürzte Bettina unterdessen wie ein Falke auf die Schüsseln los. Ihr Bestreben war immerhin ehrenwert: ihre Freundin satt zu kriegen, während Andi angesichts des drohenden Engpasses vergebens versuchte, ihr den Topf zu entwinden und sich als Erster zu bedienen. Bettina biss ihn in die Hand. Onkel Harald schlug sein Messer auf den Tisch. Tante Lonny sah aus, als würde sie jeden Augenblick anfangen zu kotzen.

In mir selbst regte sich der rätselhafte Impuls, mich zu entschuldigen, dabei war dies nicht einmal meine Blamage.

Schließlich zog Onkel Harald der Blondine den Teller weg, rollte Kartoffeln zurück in die Schüssel, verschaffte sich einen Überblick und begann, gerecht und schweigend zu verteilen. Die Blicke der anderen folgten ihm erleichtert und vertrauensvoll, und je länger es dauerte, desto friedlicher und entspannter wurde es am Tisch.

Mit einer Ausnahme: Bettinas Gesicht nahm eine zunehmend ungesunde Rötung an. Die Gabel in der Hand, sah ich fasziniert zu und wartete darauf, dass sie platzte. Endlich hob sie den Kopf. Unsere Blicke trafen aufeinander, ihre Augen feuerten aus allen Rohren.

„Das ist alles eure Schuld! Ihr Scheiß-Zigeuner, lasst uns doch einfach in Ruhe!"

Von Schluchzern überwältigt, rannte sie aus dem Zimmer.

Ich gebe zu, das passiert mir auch manchmal, und noch bevor die Tür hinter mir geknallt ist, tut es mir meistens auch schon leid, weil es immer so ausweglos peinlich ist, zurückzukommen. Bettinas Freundin guckte dermaßen betreten, dass ihr Gesicht ganz flach wurde.

„Können Tina und ich vielleicht auf ihrem Zimmer essen ...?"

„Nein", beschied Onkel Harald, griff nach Bettinas Teller und verteilte in aller Seelenruhe ihr Essen.

Was blieb uns übrig ...? Zwar hob ich die halbe Kartoffel von Bettina bis zuletzt auf, weil ich nicht wusste, wie das bei ihr mit dem Zurückkommen war, aber wahrscheinlich hatte sie – wie ich – für solche Fälle einen kleinen Vorrat an rettenden Keksen.

3

Erst gegen vier, als es draußen schon dunkel wurde, kamen wir aus dem Hobbykeller wieder heraus. Tante Lonny erlöste uns mit den Worten: „Harry-Schatz, die Autobahnen sollen schon dicht sein ..."

Das Problem ist nicht die Modelleisenbahn, wirklich nicht. Ich kann mir gut vorstellen, wie viel Spaß es macht, all diese niedlichen Häuschen und Leutchen zusammenzubasteln und in die Landschaft zu stellen, sich neue Schienenführungen zu überlegen und mehrere Züge gleichzeitig so zu steuern, dass Weichen im rechten Moment gestellt werden und Schranken sich nicht zu früh öffnen. Onkel Harald hat kleine Dörfer gebaut, einen langen Tunnel und mithilfe einer Aquarienpumpe sogar einen muffig riechenden Fluss. Wenn er einen Schauplatz in der Mitte der ehemaligen Tischtennisplatte ändern will, dann zielt er mit einem langen Stab hinein, an dessen Ende ein Greifer angebracht ist, und balanciert seine Requisiten geschickt durch die Luft an die Stelle, wo er sie haben will.

Das Problem ist, dass man selber auch gern mal steuern oder greifen oder wenigstens auf irgendeinen Knopf drücken würde, aber wie eine Platte, die einen Sprung hat, wiederholt Onkel Harald in kurzen Abständen: „Nichts anfassen." Die einzige Abwechslung, die du hast, während du ihm beim Spielen zuschaust, ist ihm zuvorzukommen und „Nichts anfassen" im passenden Moment schneller zu sagen als er, worauf er antwortet: „Genau", aber mit der Zeit ziemlich komisch und beleidigt guckt.

Beim Blick vor die Haustür war es mit Onkel Haralds Vorführung schlagartig vorbei. „Verdammt, Leonore, warum hast du nichts gesagt?"

„Wer denkt denn, dass der Schnee liegen bleibt?", erwiderte Tante Lonny kleinlaut. „Heute Morgen hatten wir zehn Grad plus!"

Ich behielt für mich, dass es schon mittags auf dem Weg zu ihnen ziemlich eisig gewesen war; ich verspürte keine Lust, auch noch für den Schnee verantwortlich gemacht zu werden. „Hast du Winterreifen drauf, Onkel Harald?", erkundigte ich mich.

Mein Onkel blickte noch finsterer. Zehn Minuten später standen Tante Lonny, Janko und ich in der Garage und sahen zu, wie er wortlos den Wagenheber unter seinen Volvo rammte. Durchs Tor stob Schnee zu uns hinein, als würden wir aus einer Kanone beschossen. Janko und ich baten um Schaufeln, damit wir die Einfahrt räumen konnten, aber kaum hatten wir zwei Meter freigeschaufelt, wehte sie in unserem Rücken auch schon wieder zu. Flockentrichter wirbelten, der Wind blies uns beinahe um.

„Das schaffen wir nie", protestierte Janko.

„Das müssen wir aber schaffen!", erwiderte ich verbissen. „Oder willst du hier übernachten?"

Worauf mein Bruder so eifrig zu schaufeln begann, als hätte ich seine Batterie gewechselt. Aus dem Fenster hinter uns sahen Bettina, Andi und die Blondine zu, aber auf die Idee, unser Fortkommen durch Mithilfe zu unterstützen, kamen sie nicht. Unterdessen ließ sich den Stimmen in der Garage entnehmen, dass Tante Lonny und Onkel Harald tatsächlich darüber diskutierten, uns für die Nacht einzuladen, aber zum Glück zum selben Schluss kamen wie wir. „Willst du Löwen und Tiger miteinander einsperren?", fragte Onkel Harald.

Danach war es eine Weile still und wir hörten nichts außer dem Pfeifen des Windes und dem Klappern der Werkzeuge in der Garage. Wir rackerten schweigend und aussichtslos. Auf der Straße kroch ein einzelnes Auto vorbei, ein paar Kinder zogen jubelnd einen Schlitten. Wo sie hier einen Hügel finden wollten, war mir schleierhaft, aber ich halte nicht für ausgeschlossen, dass es bei den Gadsche eine Art Kulturerbe ist, bei Schnee einen Schlitten zu ziehen – egal ob man etwas damit anfangen kann oder nicht.

Schneeschaufeln gehört zu den Tätigkeiten, die man besser meiden sollte, wenn man einen Grund zu grübeln hat. Eintönige Bewegungen ziehen einem die traurigen Gedanken nur so aus dem Kopf. Wo Zippi jetzt wohl steckte? Trotz meiner Enttäuschung über sie hoffte ich, dass sie nicht unterwegs im Schnee festsaß. Es spielt zwar keine Rolle, *wo* ein Paar die Nacht nach der Flucht verbringt, aber eine Flucht ist für uns das, was für die Gadsche eine Hochzeit ist, und da stellt man sich etwas Schöneres für seine Schwester vor als eine schmutzige, kalte Bahnhofshalle. Stau auf der Autobahn. Nasse Füße am Rande der Landstraße.

Plötzlich musste ich aufpassen, dass ich nicht anfing zu heulen. Ach Zippi.

Nach einer kleinen Weile erschien eine nicht mehr lächelnde Tante Lonny in der Haustür und stand einige Sekunden schweigend da, wie Eduard Zimmermann kurz vor der nächsten unheilverkündenden Meldung.

„Ich habe mit eurem Dada telefoniert. Harald fährt euch, aber Krischa oder einer eurer Brüder muss auf halbem Wege entgegenkommen", sagte sie schließlich streng und ich übersetzte ihre Worte so: Das ist nur fair, dass ihr die Suppe selber auslöffelt. Wozu müsst ihr auch an einem Wintertag unaufgefordert mit den Fahrrädern zu uns zu kommen?

„Hurra!", schrie Janko und warf seine Schaufel in den Schnee, als wären wir bereits so gut wie gerettet. Mir hingegen fiel bei Tante Lonnys Ankündigung schlagartig wieder ein, dass Janko und ich ohne ein Wort von zu Hause verschwunden waren und dass der einzige Hinweis auf unseren Verbleib Hugomüllers Frage gewesen war ...

Mist! Der Brief!

„Gibt es hier irgendwo einen Briefkasten?", fragte ich erschrocken. Aber Tante Lonny sah mich nur an, als wäre ich nicht recht gescheit.

Mein Bruder Hanno schleift abgenutzte Scheibenwischer vor jedem Winter mit einer Feile ab, aber Onkel Harald ist wohl das ganze Jahr zu sehr mit seinen Loks beschäftigt. Für ihn kam der Winter völlig unerwartet. Auf seiner Frontscheibe drängten sich Tausende glitzernde Eisklümpchen, unterbrochen von zwei verdreckten Regenbogenstreifen, durch die ein Wirbel aus Schneeflocken im Licht viel zu heller Scheinwerfer zu erkennen war. Von drinnen fuhrwerkte Bettina ihrem Vater mit dem Antibeschlagtuch vor der Nase herum.

„Wenn du auf Abblendlicht runterschaltest, kannst du bei Schneetreiben besser sehen", bemerkte ich. „Und Vorsicht, Onkel Harald, unter dem Schnee könnte es glatt sein."

„Wie alt bist du, Kascha – elf? Ich bin schon Auto gefahren, da warst du noch nicht einmal geplant!", erwiderte Onkel Harald und lachte angestrengt.

Ich lehnte mich zurück, obwohl es mir schwer fiel. Schneeunerfahrene Leute am Steuer von Autos, die nicht gewartet werden, lösen bei mir ein Gefühl akuter Bedrohung aus, was mir bis zu diesem Moment allerdings nicht klar gewesen war, weil in Süddeutschland jedes Kind weiß, wie man bei Schnee zu fahren hat!

„Soll ich aussteigen und vor dem Wagen herlaufen? Dann kannst du dich an mir orientieren, Onkel Harald", bot Janko an.

„Nun hör dir das an", sagte Onkel Harald zu Bettina. „Die Vorschläge werden immer besser."

„Lass sie doch beide aussteigen und wir fahren nach Hause!", giftete meine Cousine. Warum sie überhaupt eingestiegen war, war mir ein Rätsel. Weil Onkel Harald

für den Rückweg jemanden brauchte, der das Antibeschlagtuch bediente?

Schließlich hatte mein Onkel ein Einsehen und fuhr an
den Straßenrand, um bewaffnet mit einem völlig verbo-
genen Eiskratzer den Wagen zu verlassen. Janko und ich
sprangen so schnell hinter ihm her, als hätte der Sitz unter
unserem Hintern zu glühen begonnen. Ich wusch die
Scheibe mit ein paar Handvoll Schnee, Janko nahm dem
verdutzten Onkel Harald den Eiskratzer aus der Hand und
bearbeitete die Scheibenwischer. Die Wirkung kam an eine
Feile nicht heran, aber als wir weiterfuhren, hatten wir
wenigstens bessere Sicht auf den Schnee.

Onkel Harald brauchte eine Minute, um unserem Erfolg Beifall zu zollen. Er sagte: „Was einfachste Methoden
betrifft, seid ihr natürlich im Vorteil."

Und kaum konnte er wieder durch die Scheibe gucken,
trat dieser Anfänger fest aufs Gas. Ich ertrug es bis zum
Ortsschild von Ückersen.

„Hinter Ückersen liegt doch die kleine Brücke", warnte
ich. „Vor, hinter und auf Brücken sollte man bei solchem
Wetter sehr, sehr langsam fahren."

„Ja, ohne Winterreifen vielleicht", erwiderte mein Onkel von oben herab.

Ich umklammerte den Griff der Seitentür und verfolgte
über Onkel Haralds Schultern hinweg den Angriff der
Schneeflocken auf unsere Frontscheibe – und dabei bekam
ich plötzlich dieses ganz merkwürdige Gefühl. Erst wurde
mir warm. Dann wurde mir schwindlig. Dann spürte ich
einen Druck hinterm linken Ohr und dachte erschrocken,
dass Schneeflocken vielleicht eine Art hypnotischen Effekt
haben und ich lieber woanders hingucken sollte.

Und dann war alles zu spät und ich *war* woanders. Hellwach, immer noch im Auto und auf derselben Straße, aber dennoch weiter als die anderen. Vielleicht eine Viertelstunde, vielleicht ein paar Minuten. Sicher ist nur, dass ich den Ausdruck *starr vor Schreck* seitdem nicht mehr unbedarft benutze. Ich fühlte mich wie in einer engen Kiste, die Arme an den Körper gepresst; nur meine Augen und Ohren guckten oben heraus.

Ich hörte Bettina jammern: „Ich will heim, Papi! Lass die Natzweilers aussteigen und wir drehen um! Die werden doch sowieso abgeholt!"

„Davon will ich mich lieber selbst überzeugen", sagte Onkel Harald. „Stell dir vor, es kommt keiner und sie erfrieren."

„Aber so erfrieren wir vielleicht alle!", klagte Bettina.

Da tauchte auch schon der Pfeiler der Brücke vor uns auf. Ich schloss die Augen, ich hatte ja sowieso schon alles gesehen.

Schlittern. Schleudern. Krachen. Stille.

Dann Onkel Harald: „Scheiße! Alle raus!"

Ich saß im Schnee. Die Welt war weiß und neu und ich versuchte zu begreifen. Onkel Harald brach aus der Dunkelheit, eine Decke überm Arm, und schrie: „Bettinaaa!" Unter der verbeulten Motorhaube zischte Qualm hervor. Der einzige unbeschädigte Scheinwerfer richtete sich anklagend auf einen unbeteiligten Baum und man konnte dabei zusehen, wie Schneeflocken das Licht langsam zuklebten.

„Janko?", rief ich.

„Schrei doch nicht so!", beschwerte sich mein Bruder.

Erst jetzt merkte ich, dass er hinter mir saß und seine Nase kühlte. Der Schnee unter seinen Fingern färbte sich rot.

„Ich bin über den Sitz geflogen", erklärte er beeindruckt.

„Ich hab's gesehen", murmelte ich.

„Echt? Meine Nase, das war Bettina, oder? Als ich auf sie draufgeflogen bin?"

„Keine Ahnung."

„Aber du sagst doch gerade ..."

„Ich hab den Unfall gesehen, Janko. Vorher, meine ich. Ein paar Minuten vorher, verstehst du? Ich wusste, was passieren würde!"

Janko nahm die Hand aus dem Gesicht und starrte mich an. Er hörte sogar auf zu bluten. „Ach du Scheiße", sagte er.

Onkel Harald kam zurückgepflügt. Er guckte wie der Yeti – schneebedeckte Schultern, die Augen weit aufgerissen, der Mund auch nicht zu. „Ist euch was passiert?", keuchte er.

„Ja, Bettina hat mich geboxt", petzte Janko.

„Komisch nur, dass sie diejenige mit dem blauen Auge ist!", erwiderte Onkel Harald und sah meinen Bruder verkniffen an.

Als ob Janko etwas dafür konnte, dass er über den Sitz geflogen war! Familie hin oder her, auf einmal hatte ich Tante Lonnys Teil der Sippe so satt, dass ich nicht einmal im selben Schnee mit ihnen stecken wollte. Ich stapfte zum Wagen, warf mich durch die offen stehende Fahrertür auf den zugeschneiten Sitz und drückte meine ganze Hand auf die Hupe. Meinen Ärger auf Tante Lonny, meine Erschütterung über Zippi, meine ausgestandene Angst im Auto und der Spuk in meinem Kopf – das Auto hätte eigentlich explodieren müssen, als ich auf die Hupe drückte!

Doch der Wind übertönte alle anderen Geräusche, niemand würde unser Hupen hören.

Mit dem Warndreieck in der Hand krabbelte ich die Böschung hinauf, gefolgt von Janko, und sah mich um. Gegen den Brückenpfeiler waren wir nicht gestoßen, Onkel Harald hatte rechtzeitig den Lenker herumgerissen und den Straßengraben angesteuert. Das Auto war durchs Gebüsch gebrochen und steckte im Feld dahinter fest.

Wir rutschten und stolperten zum Wagen zurück. Das Schneetreiben war inzwischen so dicht, dass du kaum die Hand erkennen konntest, mit der du dir automatisch vor dem Gesicht herumfuchteltest. Nur das Heulen meiner Cousine, die auf dem Beifahrersitz unter einer Decke hockte, wies uns den Weg. Auf dem Fahrersitz hatte Onkel Harald Platz genommen und umklammerte mit beiden Händen das Lenkrad, als wollte er, wenn schon nichts anderes mehr ging, wenigstens die Zeit zurückdrehen.

„Wir werden jetzt keine Schuld verteilen", erklärte er, sobald er uns entdeckte. Als ob Janko oder ich auch nur ein Wort über seine Blamage verloren hätten!

„Hast du eine Taschenlampe?", fragte ich ohne viel Hoffnung und nein, es gab natürlich nichts, womit wir auf der Straße auf uns hätten aufmerksam machen können. Ohnehin schien der einzige Erwachsene unter uns gar nicht auf die Idee zu kommen, etwas zu unserer Rettung zu unternehmen. Es blieb Janko und mir überlassen, uns zum Straßenrand zurückzukämpfen, wo wir eine ganze Weile standen, froren und lauschten. Kein einziges Fahrzeug kam, obwohl die Strecke normalerweise viel befahren ist. Der Wind pfiff, Bäume ächzten und knackten, mit einem *Wusch* fielen Schneelawinen von den Ästen und einmal mühte sich etwas Großes, Lebendiges dicht neben uns vorbei. Du konntest hören, wie es zu springen versuchte, wie seine Brust sich durch die Schneeverwehungen schaufelte.

Was, wenn niemand vorbeikam, wenn auch mein Vater es nicht bis zu uns schaffte ...? Ich versuchte einen klaren Kopf zu bewahren. Schließlich brauchten wir nur über die Brücke zu gehen, zu den Häusern der Gadsche, die, wenn sie nicht auf der Straße waren, logischerweise zuhause sein mussten. Niemand würde uns in einer solchen Nacht draußen stehen lassen – nicht in Ückersen, und nicht wenn wir Onkel Harald und Bettina dabei hatten.

Noch fünf Minuten, dann klingeln wir bei den Gadsche!, dachte ich, und als es soweit war: Lieber noch zehn Minuten ... bitte, Dada, hol uns *ab*!

Wie aufs Zauberwort kam Antwort: Ein Brummen kroch durch die Dunkelheit, ein satter Diesel-Sound. „Das ist der VW-Bus", rief mein Bruder wie erlöst.

Unser Familienauto kam neben uns zu stehen und mein Bruder Hanno kurbelte das Seitenfenster herunter. „Mann, Mann, Mann", sagte er nur, als er uns sah, und: „Wo zum Teufel sind wir hier eigentlich?"

„In Ückersen, kurz vor der Brücke. Onkel Harald ist in den Graben gefahren."

„Ist jemand was passiert ...?"

„Nö, die sitzen im Auto und bibbern."

„Dann sollen sie mal schnell herauskommen, bevor uns auch noch einer reinfährt!"

Janko hüpfte wie ein Reh zwischen die Schneeflocken. Nach zwei Minuten kam er mit Onkel Harald und Bettina zurück, die sich einen Klumpen Schnee aufs Auge drückte. Das andere Auge funkelte uns an.

Und Hanno? Mein eigener Bruder? Als hätte er seit Monaten auf nichts als diese Gelegenheit gewartet, rief er: „Ah, meine hübsche Cousine!" – und ob du's glaubst oder nicht, er entlockte Bettina ein Lächeln!

Ich stand kurz davor, in den Schnee zu kotzen. Konnte Hanno sich nicht vorstellen, welch misslungenen Tag wir mit Tante Lonnys Nachkommenschaft wieder mal gehabt hatten? Und diese fade Hühnerblase – bildete sie sich tatsächlich ein, mein gutaussehender ältester Bruder fände sie *hübsch*?

Meine Dankbarkeit über unsere Rettung war wie weggeblasen. Am liebsten hätte ich in Bettinas anderes Auge auch noch einen Schneeball gestopft. Beim Einsteigen gab es nahezu ein Gerangel, weil weder Janko noch ich neben der alten Schnepfe sitzen wollten.

„Kascha! Janko! Schämt euch!" Hannos Stimme dröhnte wie ein Nebelhorn. „Onkel Harald und Bettina sind unsere Gäste! Janko, du setzt dich in die Mitte."

Janko wagte nicht zu murren, aber er rückte, nachdem wir endlich in den Wagen geklettert waren, so weit von Bettina weg, dass er mir fast auf dem Schoß saß. Was, streng genommen, nicht nötig gewesen wäre, da Bettina, um von ihm wegzukommen, schon praktisch an der Seitentür klebte, aber ich ließ ihn gewähren, ich hätte es auch nicht anders gemacht.

Die letzte Tür fiel zu, das Lämpchen über dem Rückspiegel verlosch, wir saßen im Dunkeln.

„Wieso Gäste?", fragte Onkel Harald alarmiert.

„Na, ihr kommt doch jetzt mit zu uns", erwiderte Hanno nicht weniger erstaunt. „Du glaubst doch nicht, dass wir die Strecke heute Abend zweimal schaffen?"

Ein kleiner Ruck ging durch den Wagen, als die Wucht dieser unvorhergesehenen Wendung Onkel Harald in seinen Sitz zurückwarf.

Bettina schrie: „Papi, ich *will* aber nicht mit zu denen!"

Ich war ganz froh, dass es dunkel war, weil ich plötzlich dermaßen grinsen musste.

4

Beinahe wären wir in die Schneeverwehungen hineingerollt, die sich in der Einfahrt vom Hugomüller türmten, weil sich im Flockengestöber nicht gleich erkennen ließ, welcher Hof zu wem gehörte. Ich musste aussteigen, um nach dem Briefkasten zu suchen, aber da ich schon vorher gegen das Holzschild mit der Aufschrift *Warnung vor dem Hunde* stieß, ging es noch etwas schneller. Wir haben nämlich einen Hund, aber kein Schild, und beim Hugomüller ist es genau umgekehrt, seit Müller Zwo ihm seine Hündin Fanta überfahren hat. (Das behauptet er steif und fest, obwohl die einzige gesicherte Erkenntnis darin besteht, dass Fanta eines Morgens tot am Straßenrand lag und *ein ihr Bekannter* sie von der Leine gelassen haben muss, damit sie überhaupt dorthin gelangen konnte.)

Ich entschuldigte mich im Stillen bei Groß-Mooren, während ich zurück ins Auto stieg. Bei der letzten Winterolympiade wären sie froh gewesen, solchen Schnee zu haben! Und Onkel Harald und Bettina waren inzwischen so erleichtert, zu Hanno umgestiegen zu sein, dass sie keinerlei Anstalten machten, den Wagen zu verlassen, nicht einmal, nachdem mein Bruder vor unserem Haus den Motor abgestellt hatte.

Dafür wurde zu meiner Linken die Autotür aufgerissen und eine helle Stimme jubelte: „Gott sei Dank, ihr seid da!"

Kann man eigentlich auch vor Freude einen Herzschlag bekommen? „Zippi!", schrie ich.

Meine Schwester erschauerte ein wenig, als sie mich umarmte, und erst jetzt wurde mir klar, welch unverschämtes Glück wir gehabt hatten. Vor allem ich, kannst du wohl sagen, denn wenn uns etwas zugestoßen wäre, wessen Schuld wäre es wohl gewesen? Genau. Ein kaputtes Auto, zwei gestrandete Verwandte und unsere Fahrräder im Kofferraum eines Wracks, das soeben im Schnee versank – nur weil ich nicht in der Lage gewesen war, auf direktem Wege einen simplen Brief einzuwerfen. Tote und Verletzte hätten mir noch gefehlt. Ich konnte die Schlagzeilen geradezu vor mir sehen: *Elfjährige verursacht Strecke der Zerstörung*. Oder: *Eltern von Elfjähriger verhaftet, Kinder im Heim*.

Doch die Wintermächte waren auf meiner Seite gewesen – schon die ganze Zeit, ohne dass ich es gemerkt hatte! Denn meine Schwester Zippi war noch da. Sie hatte uns nicht verlassen. Ich musste mich getäuscht haben, wochenlang getäuscht, hatte mir ganz umsonst den Kopf und das Herz zerbrochen. Eng umschlungen stapften wir ins Haus und ich war ganz sicher, es würde sich nie etwas ändern.

Drinnen war es warm und hell, es duftete nach Bratkartoffeln mit Zwiebeln und Speck und zum ersten Mal seit unserem Umzug nach Groß-Mooren dachte ich das Wort *Zuhause*. Im Vorübergehen streifte ich Puri und die kleinen Tanten mit einem dankbaren Blick – waren sie es gewesen, die auf uns aufgepasst hatten?

Meine Eltern breiteten die Arme aus. Kein Wort des Vorwurfs, dass Janko und ich einfach verschwunden waren; sie waren viel zu froh, dass wir unverletzt wieder vor ihnen standen. Während Mama und Dada auch Bettina umarmten, stellte Zippi zwei weitere Teller auf den Tisch und Gecko zeigte Onkel Harald, wo das Telefon steht.

Ich liebe es, in unsere Küche zu treten; ich kann mir überhaupt nicht vorstellen, dass es irgendjemand anders gehen könnte. Gleich neben der Tür steht der zwei Meter hohe rote Kachelofen, an dem Janko und ich uns erst einmal Hintern und Rücken wärmten. Die Schränke rings um Herd und Spüle sind aus hellem Holz, unterm Fenster steht eine lange Eckbank um einen Tisch, an dem bis zu zwanzig Personen Platz haben.

An der Kopfseite des Tisches wartet der gepolsterte Stuhl auf unseren Großvater, den meine älteren Brüder mittags und abends auf gekreuzten Armen so sanft wie möglich in die Küche tragen. Morgens zum Frühstück, wenn alles schnell gehen muss, liegt mein Puro lieber im Bett, weil ihm dort die Beine weniger weh tun, aber wenn wir zu den „gemütlichen Mahlzeiten" zusammenkommen, dann beißt er die Zähne aufeinander, dann darf er nicht fehlen. Mein Großvater ist derjenige, der das Gebet spricht, und wenn einer von uns vor allen anderen vom Tisch aufstehen möchte, fragt er Puro-Dada um Erlaubnis.

Auch würde uns Kindern nie in den Sinn kommen, einem Erwachsenen in aller Öffentlichkeit zu widersprechen – selbst dann nicht, wenn er solchen Stuss redet wie Onkel Harald.

„Ich hatte nicht den Hauch einer Chance", tönte er. „Unterm Schnee alles vereist, Sichtweiten von unter einem Meter und dann kam auch noch ein Reh direkt vors Auto gesprungen. Das konnte ich doch nicht einfach überfahren, mit den Kindern im Wagen ...!"

In solchen Momenten merke ich, was mir zu einer echten Schwindlerin fehlt: Der Punkt, an dem ich anfange mich zu schämen, kommt leider viel zu früh. Umso größer meine Achtung vor Leuten, die die Kunst des Lügens so unverfroren anwenden wie Onkel Harald! Verstohlen schielte ich nach Bettina, um zu beobachten, für welchen Gesichtsausdruck sie sich entschied, doch meine Cousine war nicht zu sehen.

Bettina war halb unter den Tisch getaucht und streichelte Muggele mit einer Hingabe, als hätte sie noch nie ein Hundefell angefasst.

Ich wusste sofort Bescheid: ein Versuch, sich mit demjenigen von uns anzufreunden, der ihr am wenigsten unheimlich war! Im Fernsehen jammern und heulen die Leute immerzu, wenn sie in die Hände von Feinden geraten; sie betteln und wimmern und fallen dem Feind auf die Nerven. Aber genau das würde ich nicht tun. Sollte ich je entführt werden, werde ich sofort anfangen, mich mit dem Feind anzufreunden, damit er mich verschont. (Abhauen kann man ja trotzdem, wenn sich eine Gelegenheit bietet.)

Irgendwie verdutzte es mich, dass Bettina und ich ähnlich darüber dachten. Unsere Blicke trafen sich unterm

Tisch und ich hörte mich sagen: „Du kannst deinen Mantel ausziehen, ich hänge ihn an die Garderobe."

Wie Bettina mit sich rang, war interessant zu beobachten – als sie sich von ihrem Mantel trennte, schwand damit schließlich auch der letzte Strohhalm einer Hoffnung, schnell wieder von hier verschwinden zu können. Ich schickte ein weiteres versöhnliches Signal aus, indem ich beim Empfang des Mantels kurz nickte. Bis morgen früh würden wir es schon miteinander aushalten, wenn sie so gut mitmachte.

Als ich von der Garderobe zurückkam, sagte meine Mutter gerade: „Besser wäre gewesen, Kascha und Janko wären über Nacht bei euch geblieben."

Doch mein Vater erwiderte: „Wer weiß, ob wir sie morgen überhaupt hätten holen können. Für den Kreis Flensburg besteht Hochwasserwarnung."

„Hochwasser?", fragte Janko mit großen Augen. „Kommt das Wasser über den Deich, Dada?"

Niemand antwortete. Ich schluckte, setzte mich und dachte: Das wäre uns im Ummenwinkel nicht passiert.

„Hoffentlich achten sie nicht nur auf das Wasser, sondern auch auf den Schnee", gab mein Großvater zu bedenken, der den größten Teil des Tages mit Radiohören verbrachte und am besten von uns allen über die Welt draußen informiert war, obwohl er so gut wie nie vor die Tür kam. „Das sieht mir nach einem veritablen Schneesturm aus. Eisige Kälte aus Nordost, die auf unsere Warmfront trifft, dazu Böen bis Stärke Zehn. Die Temperatur ist seit heute Morgen um fünfzehn Grad gefallen."

„Ach", erwiderte Onkel Harald, „ich lebe seit zwanzig Jahren hier und einen Schneesturm hatten wir noch nie. Im

Katastrophenschutzgesetz für die Küste kommt das Wort Schnee nicht einmal vor! Nein, nein, unser Nachbar holt uns morgen früh mit dem Geländewagen hier ab. Wir werden euch ganz gewiss nur eine einzige Nacht zur Last fallen."

„Zur Last fallen?", widerholte meine Mutter. „Aber Harald, ihr seid unsere Gäste, wir freuen uns!"

Onkel Harald wehrte eifrig ab: „Ach nein", und: „Wir machen euch doch Mühe", und „Essen und Bettzeug ...!", und während ich seiner Litanei zuhörte, die an den passenden Stellen von der Gegenlitanei meiner Mutter unterbrochen wurde, betrachtete ich voller Liebe meine Familie. Um ein Haar hätte ich sie nie wiedergesehen! Das weiche, stets etwas besorgte Gesicht meiner Mutter, die klein und energisch ist und der es schwer fällt, still zu sitzen. Mama ist den ganzen Tag in Bewegung, putzt und kocht und wäscht; selbst abends, wenn du meinst, es gäbe im Haus nun wirklich nichts mehr zu tun, findet sie garantiert noch etwas (oder trägt es dir auf). Ihr Name, Gili, bedeutet Lied.

Dada ist groß und breit wie ein Baum, die Idiotin an der Theke im Dorfladen habe ich mal zu einer Kundin sagen hören, ich gehörte zu „dem dicken Zigeuner mit den Geigen". Dass mein Vater Geigenbauer ist, hatte sich herumgesprochen, weil seine Stammkunden sich anfangs mühsam zu uns durchfragen mussten. Auf unserem Briefkasten steht Dadas Name für die Außenwelt: *Johannes Natzweiler, Geigenbauer*, aber eigentlich heißt mein Vater Krischa.

Mein Puro, Franjo Spindler, ist genauso groß wie Dada, war allerdings zeitlebens sehr dünn und hat es am

Magen, sodass er, seit ich mich erinnern kann, schon immer ein wenig gebeugt ging. Nun ist sein Rücken richtig krumm, seine Beine wollen nicht mehr, sein Herz spielt verrückt und lässt ihn bei Anstrengung blau anlaufen. Aber sein Kopf ist ganz klar, und wer von uns einen Rat braucht, geht zu Puro, oder zu Zippi.

Zippi ist Mama vor zwanzig Jahren: einfach bildschön. Wenn ich aussähe wie Zippi, würde ich mich den ganzen Tag im Spiegel anschwärmen! Auch Hanno sieht toll aus. Als er noch zur Schule ging, bekam er von den Mädchen seiner Klasse Liebesbriefe und die Jungs drohten ihm fortwährend Prügel an, obwohl ihn beim Fußball dann doch wieder jeder in seiner Mannschaft haben wollte. (Wenn du glaubst, dir schiene immerzu die Sonne, wenn du schön bist, solltest du mal mit Hanno reden.)

Gecko, der im Alter zwischen Hanno und Zippi kommt, Janko und ich fallen nicht durch besonderen Glanz auf. Das hat auch seine Vorteile.

Meine Augen glitten weiter den Tisch entlang und landeten bei Onkel Harald, an dessen rundlichem Gesicht und rotblonden Haaren Tante Lonny vor dreizehn oder vierzehn Jahren irgendetwas Besonderes aufgefallen sein musste. Was das gewesen sein könnte, weiß allerdings nur sie selbst. Bettina neben ihm ...

Hm. Das war eine Überraschung! Ich kniff die Augen zusammen und sah genauer hin. Und tatsächlich: Meine Cousine trug ein blödes T-Shirt von den Bay City Rollers, aber von ihrem Musikgeschmack abgesehen, hätte sie glatt für eine von uns durchgehen können! Ihr Haar, ihre Haut, ihre Augen waren bestenfalls ein kleines bisschen heller als meine.

Potzblitz, wie Donald Duck sagen würde. Wie kam es, dass mir das noch nie aufgefallen war? Und war es *ihr* eigentlich bewusst ...?

Die Erwachsenen redeten immer noch über das Wetter, und dass auf den Bundesstraßen Kolonnen von Leuten mit ihren Autos festsaßen.

„Ein Glück, dass wir niemanden mehr erwarten", meinte Dada. „Dass wir alle im Warmen sitzen, zu essen haben und nachher ganz ohne Sorgen zu Bett gehen können."

„Amen", murmelte meine Mutter dankbar.

Mein Platz am Tisch ist direkt gegenüber von Zippi und ich blicke oft zu ihr, um zu erkennen, wie sie über eine Sache denkt. Doch als ich es jetzt aus reiner Gewohnheit tat, stellte ich fest, dass sie den Kopf senkte – nicht rasch genug, um zu verbergen, dass ihr bei Dadas Worten die Tränen in die Augen geschossen waren.

Ich schnappte nach Luft.

Zippi wartete auf jemand.

Dieser Jemand steckte irgendwo dort draußen fest.

Wenn der Schnee nicht wäre, wäre Zippi fort.

Ich legte meine Gabel hin. Ich hätte sowieso nichts mehr in den Mund bekommen, weil die Zähne sich plötzlich aufeinanderpressten, als hätte Mama Pattex unter die Kartoffeln gerührt. Es war der Schnee, nur der Schnee, der Zippis Pläne durchkreuzt hatte. Hätte es den Schnee nicht gegeben, säßen wir jetzt alleine hier, ohne sie, und es zählte nicht, dass sie noch da war.

Wie aufs Stichwort begann mit einem Mal auch Janko zu heulen: „Mein Bonanzarad! Mein schönes Bonanzarad!"

„Wir holen es gleich morgen früh", versprach Dada. „Heute interessiert sich bestimmt niemand mehr dafür."

Jankos flehende Augen richteten sich auf mich. „Kannst du unsere Räder sehen, Kascha?"

Ich starrte entsetzt zurück.

„Kascha hat den Unfall nämlich gesehen", fuhr er ungerührt fort, aber zu meiner grenzenlosen Erleichterung beachtete ihn niemand, da die Erwachsenen noch beim Wetter festhingen.

Ich stieß meinen Bruder unterm Tisch gegen das Bein. *Kein Wort!* Er runzelte die Stirn, dann hellte sich sein Gesicht ein wenig auf und er nickte.

Uff! So viel zu meinen warmen Gefühlen. Kann man jemand mit derselben Sache zweimal verraten? Genau so fühlte es sich nämlich an, was Zippi tat, und obwohl mir im Tiefsten meines Inneren bewusst war, dass dies keineswegs ihr Plan gewesen und die Situation für sie bestimmt noch unerträglicher war als für mich, spürte ich Wut und Enttäuschung zwischen meinen Zähnen knirschen. Wut auch auf Janko, der mich interessiert *studierte*, als erwartete er, dass mir im nächsten Moment Hörner aus der Stirn wuchsen. Ich hasse es, wenn er etwas gegen mich in der Hand hat!

Und was war eigentlich, wenn Janko recht hatte? Wenn der Spuk in meinem Kopf zurückkehrte ...?

Wir waren fast achthundert Kilometer Luftlinie von unserer Heimat entfernt. Meine Schwester war im Begriff, mich im Stich zu lassen. Alle Nachbarn bis auf einen waren gegen uns und die Mörder unserer Familie liefen nach Jahrzehnten immer noch frei herum. Aber an diesem Abend wurde mir schlagartig klar, was *echte Probleme* sind.

5

Seit unserem Umzug nach Groß-Mooren ist so viel Zeit in den Umbau der Antik-Scheune geflossen, dass das Wohnhaus nur bis zum oberen Treppenabsatz renoviert ist. Mich stört das nicht. Dass in Zippis und meinem winzigen Schlafzimmer für nichts Platz ist außer dem gemeinsamen Kleiderschrank und zwei Betten – na und? Einen Schreibtisch brauchen wir sowieso nicht, denn Gecko hat kleine, zusammenklappbare Tische gebaut, mit denen Janko und ich ganz bequem auf dem Bett sitzen und unsere Hausaufgaben machen können.

Mich stört auch nicht, was Mama fortwährend hinter Dada herträgt: dass der Fußboden im ersten Stock sich biegt wie eine Rollschuhrampe, Heizungsrohre in zwei Metern Höhe die Wände entlanglaufen und die gelbliche Tapete darunter immer noch von Müller Zwo stammt. Auch das Bad finde ich völlig in Ordnung. Wenn du in deiner früheren Wohnung ein Außenplumpsklo ohne Spülung gehabt hättest, würdest du die eiserne Kette an unserem Klokasten genau wie ich für eine enorme Errungenschaft halten, auch wenn du zwei, drei Mal kräftig ziehen musst, bevor sie sich ihrer Aufgabe besinnt und einen Schwall Wasser in die Schüssel entlädt.

Nichts an unserem Wohnhaus hatte mich bisher gestört, deshalb war ich überhaupt nicht auf das komische Gefühl gefasst, das mich beschlich, als ich hinter Zippi und Bettina die Treppe hinauf in unser Zimmer ging. Wie schäbig unser oberes Stockwerk war! Ein richtiges altes Loch. Müller Zwo muffelte aus allen Ecken. Dass Bettina sich nichts anmerken ließ, machte es fast noch schlimmer, denn es bewies nur, dass sie nichts anderes als Schäbigkeit erwartet hatte. In ihrem Bungalow blitzt es wie in der Meister-Proper-Werbung; sie haben sogar die Marianne-Koch-Gardinen mit der Goldkante.

„Du kannst Kaschas Bett benutzen, Kascha und ich legen uns in das andere!"

Zippi hatte schon frisches Bettzeug unter dem Arm. Ich sagte nichts. Ich habe normalerweise nichts dagegen, mit Zippi in einem Bett zu schlafen, aber heute, nach allem, was ich über sie wusste, hätte ich am liebsten gesagt: „Ich lege mich auf den Teppich." Nur um zu sehen, ob ich sie dadurch wenigstens ein bisschen verletzen konnte.

„Anstelle einer Zahnbürste kann man für eine Nacht den Zipfel eines Waschlappens nehmen", fuhr Zippi fort, und Bettina erwiderte rasch: „Ach, für eine Nacht komme ich auch ohne Zähneputzen aus."

Zippi, eine fanatische Körperpflegerin, zog die Brauen in die Höhe. „Hast du denn keine Angst vorm Zahnarzt?"

„Ich habe vor überhaupt nichts Angst", erklärte Bettina und machte ein tapferes Gesicht.

Ich lehnte mich gegen den Türrahmen, verschränkte die Arme und merkte, wie ich mir selbst ganz fremd wurde. Als wollte etwas in meinen Kopf kriechen, etwas Hässliches, Beschämendes, das mich zwang, uns durch Bettinas Augen zu betrachten. Selbst die geliebten, von Mama selbst gehäkelten Tagesdecken schienen aus diesem Blickwinkel auf einmal nicht mehr bunt und schön, sondern nur noch ... abgewetzt.

Bravo-Starschnitte suchst du bei uns auch vergebens. Den Platz über unseren Betten haben Zippi und ich mit Plakaten von Django Reinhardt* und von Gastspielen des Zirkus Barum geschmückt, wo Verwandte von uns als Luftakrobaten auftreten. Es sind einige seltene Stücke darunter, die auf Flohmärkten hohe Preise erzielen würden, wenn wir bereit wären, uns davon zu trennen.

Und meine Cousine? Guckt, kichert, geht mit gespieltem Interesse näher an die altmodischen Poster heran und macht „Aaah ...!"

„Du magst Django?", fragte Zippi.

„Wen?", erwiderte Bettina und zuckte erschrocken zurück.

Etwas wie Verständnis wallte in mir auf für den einen oder anderen unerklärlichen Gewaltausbruch in meiner bevorzugten Freitagabendsendung. *(„Aus unerfindlichen Gründen schlug der Gesuchte seinem Opfer plötzlich einen Hammer auf den Kopf.")* Zum Glück erklang in diesem Augenblick die Stimme von Onkel Harald: „Bettina, die Mami ist am Telefon, Gute Nacht sagen!"

Meine Cousine entschuldigte sich höflich und lief mit Trippelschrittchen die Treppe hinunter. Wir hörten sie „Hallo, Mami ...?" sagen und zum dritten Mal binnen nur zwölf Stunden in Schluchzen ausbrechen. Wir hörten, wie Onkel Harald ihr mit einem klassischen Edgar Wallace so richtig Mut machte: „Es hilft nichts, wir werden die Nacht hier verbringen müssen."

Meine Mutter nahm die heulende Bettina in den Arm und führte sie mit den Worten zurück in die Küche: „Du Arme, welche Angst du ausgestanden haben musst! Trink noch einen heißen Kakao, das beruhigt."

Als ob Mama nicht genau wusste, was mit meiner Cousine los war. Vermutlich fand sie, bei einer Zwangsgemeinschaft von nur einer Nacht sei es die beste Taktik, zu tun als ob nichts wäre. Länger würde es nicht funktionieren, das war ihr hoffentlich klar! Mein rechter Unterarm juckte, wahrscheinlich bekam ich bereits eine Allergie gegen Bettina, und überhaupt hatten mehrere merkwürdige *Phänomene,* die mich in den letzten Stunden heimgesucht hatten, erst an diesem Abend angefangen. Zufall? Oder hieß das, sie gingen vorbei, wenn auch meine Verwandten verschwanden?

Ich schöpfte Hoffnung. Ich besann mich geradezu wieder darauf, wer ich war. Ich sagte: „Wenn ich jemand kennen würde, der bei diesem Wetter noch draußen ist – ich glaube, ich würde verrückt."

Schmerz huschte über Zippis Gesicht wie ein Schatten, doch sie antwortete nicht. Ihr Schweigen grub sich ein, die ganze Nacht würde es zwischen uns stehen.

Das hatte ich nun davon. Und auf wen sie wartete, wusste ich noch immer nicht.

Eine Stunde später lag ich neben Zippis kalten Füßen und blätterte in trüben Gedanken. Ich konnte mich kaum entscheiden, in welches Problem ich mich zuerst hineinsteigern sollte. Die Zippi-Angelegenheit war zu deprimierend. Der Spuk im Kopf so schaurig, dass ich mir beim besten Willen nicht vorstellen konnte, ihn mehr als nur ein Mal im Leben über mich ergehen lassen zu müssen. Vielleicht war er bloß eine Mahnung gewesen, der berühmte Schuss vor den Bug, damit ich beim nächsten Mal rechtzeitig auf meine innere Stimme hörte.

Ich kreuzte über der Bettdecke die Finger und gelobte, wem auch immer, dass ich verstanden hatte und nie, nie mehr zu einem Anfänger ins Auto steigen würde! Und dann brach ich den Gedanken an meinen Kopf und seine Vorahnungen ganz schnell ab, bevor sich die Unruhe noch tiefer in mich hineingraben konnte.

Blieb Bettina. Kaum war es im Zimmer dunkel und still geworden, ging mir ihr ängstliches Atmen auf die Nerven und wie unter Zwang musste ich schließlich doch an das denken, was ich den ganzen Tag zu vergessen versucht hatte: wie ich mich vor drei Jahren auf diese Hühnerblase *gefreut* hatte! Bettina, stellte ich mir damals allen Ernstes vor, würde meine erste und beste Freundin im Norden werden. Meine Schwester, wenn du es genau wissen willst, denn wer über irgendeine Ecke zur Familie gehört, wird Bruder und Schwester, Onkel und Tante, Großvater und Großmutter genannt.

Bettina kannte ich noch nicht persönlich, sie kam ja nie zu den Sippentreffen, aber ein einziger Blickwechsel bei ihrem Pflichtbesuch am Tag nach unserer Ankunft in Groß-Mooren genügte, um meinen Traum zerplatzen zu lassen. Gut, dass sie es nicht wusste: Ich hatte, nachdem Tante Lonnys Teil der Sippe wieder verschwunden war, sogar geheult. Keine Freundin zu haben, das war so unvorstellbar, dass ich in der Nacht nach unserer Begegnung den spontanen Plan fasste, mich allein nach Ummenwinkel zurückzuschlagen. (Dass *die Freundin* sich in der Schule auch nicht finden würde, war mir ja klar.)

Im Schutz der Dunkelheit zog ich meinen kleinen Koffer, den ich noch gar nicht ausgepackt hatte, unter dem Bett hervor, zog mich an und schlich auf Strümpfen die

Treppe hinunter. Meine Schuhe standen neben denen der anderen an der Eingangstür, und als ich sie aus der langen Reihe unser familiären Fußbedeckungen herauslöste, drückte mir die Tragweite des bevorstehenden Abschieds die Kehle zu.

„Was machst du denn da, Schätzchen?", flüsterte plötzlich meine Mutter.

Ich fuhr erschrocken herum. Mama stand hinter mir in der Küchentür und ich konnte auf den ersten Blick erkennen, dass auch sie geweint hatte.

„Kaschalein, nachdem ich sämtliche Schwestern und Freundinnen verloren habe, willst du mich auch noch verlassen?", fragte meine Mutter mit zitternder Stimme.

Es war wie ein Schlag in die Mitte der Magengrube, der Fingerschnipp eines Zauberers, der Abpfiff nach verlorenem Fußballspiel – all das gleichzeitig, und ich heulte und heulte. Mama heulte auch, und mein schlechtes Gewissen war grenzenlos, als ich erkannte, um wie viel einsamer sie war als ich, und dass ich glücklicherweise doch nicht abzuhauen brauchte und schon irgendwie zurechtkommen würde.

Denn ich habe es immer noch besser als meine Mutter: Ich habe zwar keine Freundin vor Ort, aber kann lesen und schreiben und kriege jede Woche Post von Mali. Mama hingegen musste, bevor wir ein eigenes Telefon bekamen, Groschen sammeln und sich, wenn sie das Heimweh nicht mehr aushielt, zum Telefonhäuschen aufmachen. Und wenn du quer durch die Republik nach Süddeutschland telefonierst, sausen die Groschen durch wie verrückt.

Ich habe beobachtet, wie Mama sich im Reden immer wieder unterbrechen und nachwerfen musste. Das Rattern der Groschen klang bis draußen auf die Straße und meine Mutter sah keinen Augenblick aus, als habe sie Spaß.

„Warum tauschst du die Groschen nicht im Laden gegen Markstücke?", schlug ich vor. „Dann kannst du mindestens zehn Minuten in Ruhe telefonieren."

Mama sah mich an, als sei ich nicht recht gescheit. „Kleingeld im Laden wechseln ...? Mach das bloß nicht, hörst du? Die denken doch sofort, wir hätten gebettelt."

Meine Mutter ist als Kind von der Frau, der sie kurz nach dem Mord zur Pflege gegeben wurde, zum Betteln gezwungen worden. Wie mein Vater durfte sie nie zur Schule, obwohl sie davon träumte, Bücher zu lesen und Briefe zu schreiben. Aber in der Kriegszeit wollten die Deutschen „Zigeunerkinder" nicht zur Schule lassen, und danach wollten die Sinti nicht mehr, solange noch Mörder frei herumliefen und dieselben feindseligen Lehrer unterrichteten wie vorher. Dada hat sich das Lesen selbst beigebracht, das Schreiben überlässt er lieber anderen.

Als Mali und ich eingeschult wurden, liefen die Mörder immer noch frei herum, deshalb wurden wir jeden Morgen im Auto zur Schule gebracht und mittags pünktlich wieder abgeholt, und in den Pausen scharten wir uns mit einigen Älteren in schützenden Gruppen zusammen.

Unsere schützenden Gruppen sind total weggebrochen, seit wir in Groß-Mooren wohnen – nicht nur Jankos und meine, sondern auch Mamas. Wir haben nur noch uns, den Hof und die Antik-Scheune, und Bettina hat keine Ahnung, von nichts! Bettina mit ihrem *Jugendzimmer,* das ich noch nie gesehen habe, ihrer Blondine und *Hoppla, das passt jetzt aber gar nicht.* Bettina mit ihrer Heulerei und ihrem dämlichen Antibeschlagtuch! Dass ich ihretwegen

Tränen vergossen hatte, drückte mir noch Jahre später die Eingeweide Richtung Speiseröhre.

Ich hasste sie in dieser Nacht, ich ertrug es nicht einmal, sie atmen zu hören – ein Geräusch, das umso lauter schien, da von draußen nur der Wind zu uns drang, der Wind und das feine Zischen, mit dem Schneekörner von unserem Fenster abprallten. Kein Motorenbrummen von der Landstraße, keine Autoscheinwerfer, deren Lichter wie sonst durchs Fenster zuckten, nicht einmal die armen angeketteten Hunde ließen von sich hören.

Auch kein Schneepflug, nichts. In Süddeutschland wären um diese Zeit längst die Räumfahrzeuge unterwegs, hier blieb alles stumm. Nur ein einziges Mal mitten in der Nacht meinte ich, das Knattern eines Hubschraubers zu hören, aber der war wahrscheinlich nur auf der Suche nach der Flut.

6

Schrapp. Ich konnte die Füße unter dem breiten Türspalt gut erkennen: zwei Paar Männerfüße in ausgetretenen braunen Schuhen, in denen vorne Löcher klafften. Kein Wunder nach dreißig Jahren auf der Flucht! Sie mussten froh sein, dass das Spiel vorbei war. Das Gebäude, in das sie sich zurückgezogen hatten, ähnelte überraschend dem Saloon von *Rauchende Colts* und ich hoffte, dass sie Kitty nichts getan hatten.

„Das Gebäude ist umstellt", rief ich. „Kommen Sie mit erhobenen Händen heraus – und keine Tricks!"

Schrapp. Waren das wirklich Füße? Plötzlich war nur noch ein brauner Streifen zu erkennen und erschrocken tat ich einen Schritt nach vorn, um mit wummerndem Herzen die Tür aufzustoßen und –

Schrapp!

Ich hasse es, beim Träumen unterbrochen zu werden. Träume sind etwas Wichtiges und Persönliches, Träume enthalten Botschaften, auf die du besser achtest. Unter anderem halte ich nicht für ausgeschlossen, dass meine Träume mir eines Tages verraten, wer für den Mord an Puri und den kleinen Tanten verantwortlich ist, deshalb lade ich die drei jeden Abend vor dem Schlafengehen ein, mir in der Nacht einen Hinweis zu geben. Aber jedes Mal, wenn du denkst, du hast sie soweit, wachst du auf.

Direkt unter unserem Schlafzimmerfenster liegt die Haustür, sodass du ausgezeichnet verfolgen kannst, wer kommt und geht, aber für kurze Pausen von der Welt ist diese Überwachungslage denkbar ungünstig. Zum Beispiel wenn sich jemand, während du träumst, mit der Schaufel durch den Tiefschnee arbeitet.

Als ich die nackten Füße auf den Teppich stellte, fiel mir sofort auf, wie kalt es war. Die Heizung war ein Eisblock, das Fenster bereits dabei, von innen zuzufrieren. Ich konnte nicht erkennen, wer draußen schippte, aber es hörte sich an, als versuchte derjenige, eine Schneise zwischen Wohnhaus und Antik-Scheune zu schlagen. Dada und meine Brüder zieht es jeden Morgen dorthin, als hätten sie Magnete umgeschnallt. Wenn wir wirklich eine Sturmflut bekämen, würden sie wahrscheinlich ihre Werkstücke aufs Dach retten, die Rettungshubschrauber fortwinken und ungerührt weiterbasteln.

„Das Licht geht auch nicht", klagte Bettina, deren linkes Auge von einem interessanten grünlichen Ring umflort war. „Ich hab heute Nacht das Klo nicht gefunden."

„Hast du ins Bett gemacht?", fragte ich alarmiert, denn sie lag schließlich in meinem Bett.

Mürrisch antwortete meine Cousine: „In den Blumenkübel an der Treppe", und es dauerte ein paar Sekunden, bis mir klar wurde, dass es sich nicht um einen Scherz handelte.

„Mann, Mann, Mann", sagte ich. „Das sind doch Trockenblumen!"

Bettina zog sich die Decke über den Kopf. „Ich hab sie natürlich vorher rausgenommen. Wie hätte ich denn sonst in den Kübel pinkeln können?", tönte es dumpf.

Sie klang, als wollte sie schon wieder anfangen zu heulen und ich behielt den Deckenhügel, unter dem sie sich verkrochen hatte, genau im Auge, während ich saubere Wäsche aus dem Schrank nahm. Von mir aus konnte sie den ganzen Tag unter der Decke bleiben. Ich hätte ihr das auch beinahe vorgeschlagen, denn Zippi, die sich mit Sicherheit auf Bettinas Seite gestellt hätte, war nicht mehr im Zimmer. Aber tritt man gegen jemanden, der schon am Boden liegt?

„Wir haben weder Leitungswasser noch Klospülung", verkündete ich zehn Minuten später in der Küche, obwohl mir klar war, dass alle Anwesenden das längst wussten.

„Der Eisregen heute Nacht hat die Überlandleitungen zerstört." Onkel Harald saß zerrauft auf der Bank und umklammerte mit beiden Händen eine Kaffeetasse. „Das Eis ist an den Leitungen gefroren und hat sie so schwer gemacht, dass viele Masten einfach umgestürzt sind.

Knack, das war's! Der Strom wird unterbrochen, und damit auch Heizung und Wasserversorgung."

„Aber zum Glück haben wir einen Brunnen und einen wunderbaren alten Kachelofen und hatten wegen Silvester sowieso schon eingekauft", erwiderte Mama. „Wir werden es uns hier schon gemütlich machen. Wenn du gefrühstückt hast, räum bitte die Sachen aus dem Gefrierschrank in die Holzkisten, Kascha, und stell sie in den Schnee."

„Aber", rief Onkel Harald, „ich kann Leonore und den Kleinen bei diesem Wetter doch nicht allein lassen und es mir *gemütlich* machen!"

„Glaub mir, Harald, Lonny kommt zurecht. Sie ist ohne Strom und fließendes Wasser aufgewachsen, genau wie ich, und wir sind beide völlig unbeschadet groß geworden", erwiderte Mama lächelnd.

„Was einfachste Methoden betrifft, sind wir im Vorteil, Onkel Harald, schon vergessen?", ergänzte ich.

„Valentina Natzweiler!"

„Ich hab ihn nur zitiert, Mama, wirklich!"

Onkel Harald hob beide Hände. „Das hab ich nie gesagt!"

Ich starrte ihn sprachlos an.

„Entschuldige dich bei Onkel Harald, Kascha."

„Ach", wehrte er ab, „das ist doch nicht nötig."

„Kascha ...?"

„Entschuldigung, Onkel Harald."

Er senkte den Kopf, eine Geste von Großmut für jeden, der nicht Bescheid wusste.

Wortlos zog ich zwei Holzkisten unter der Spüle hervor, schnappte mir mein Käsebrot und verschwand in der Speisekammer, wo die Eintönigkeit des Ausräumens von

Lebensmitteln aus dem Gefrierschrank mir reichlich Gelegenheit bot, die durch den Stromausfall verursachten neuen Probleme zu drehen und zu wenden.

Erstens: Bettina und Onkel Harald würden den ganzen Tag bei uns herumhängen, möglicherweise sogar länger, denn bei diesem Wetter kam der Nachbar, der sie abholen wollte, nicht einmal mit einem Geländewagen durch.

Zweitens: Kein Strom bedeutete nicht nur den Ausfall von Wasser und Heizung, sondern, was viel schlimmer war, des Fernsehers. Das Radio meines Großvaters ließ sich mit Batterien betreiben, aber mir half keiner, es war Freitag und ich würde *Aktenzeichen XY* verpassen.

Beim anschließenden Schleppen der Kisten auf die Terrasse hätte mir bestimmt jemand geholfen, wenn ich darum gebeten hätte, aber ich hatte es wieder mal so satt, dass ich niemanden sehen wollte. Nur Muggele folgte mir, oder vielmehr den Lebensmitteln, mit wachsamem Blick.

Draußen war es so kalt, dass mir der Atem in der Kehle gefror. Es schneite immer noch in dicken, undurchdringlichen Flocken und man konnte keine drei Meter weit in die Landschaft blicken. Der Wind hatte den Schnee rund ums Haus hüfthoch aufgetürmt, selbst auf der Terrasse war nur ein schmaler Streifen direkt neben der Wand frei geblieben, auf den ich die Lebensmittelkisten schieben konnte.

Und dabei wurde ich mir eines weiteren, ziemlich brennenden Problems bewusst.

Drittens: Wo ging man eigentlich bei solchem Wetter mit seinem Hund Gassi?

Muggele sah mich aus feuchten Augen an. Da ich diejenige bin, die meist mit ihm spazieren geht, schien er genau von mir die Lösung dieses Problems zu erwarten.

„Na los", forderte ich ihn fröstelnd auf. „Ich weiß, dass wir dir beigebracht haben, nicht an Hauswände zu pinkeln, aber wie du siehst, ist kein anderer Platz frei."

Unser Hund drehte sich um die eigene Achse und knabberte eifrig an seiner Schwanzwurzel, um zu signalisieren, dass wir beim richtigen Thema waren, er meinen Vorschlag aber nicht ganz verstanden hatte.

„Na los", wiederholte ich, griff nach seinem Halsband und zog und schob ihn auf den Trockenstreifen. „Gassi!"

Muggele kniff den Schwanz ein, ließ ein wenig übertrieben die Flanken beben und witterte mit halb geschlossenen Augen in Richtung Garten.

„Wir könnten ihm den Weg zum Baum freischaufeln", schlug Janko hinter mir vor.

Wir haben einen einzigen Baum auf dem Grundstück, eine Pappel kurz vor der Mauer zum Hugomüller, die von Muggele jeden Morgen gewissenhaft markiert wird.

„Schaufeln?", wiederholte ich. „Das darfst du machen, ich hab noch Blasen von gestern."

„Na, ich etwa nicht?" Sofort streckte Janko seine Hände aus und wir verglichen die Spuren der gestrigen Sklavenarbeit in Tante Lonnys Einfahrt.

„Da gibt's nur eins", entschied ich. „Du musst es Muggele vormachen."

Jankos Unterkiefer klappte herunter.

„Ganz recht", bekräftigte ich. „Komm schon, für euch Jungs ist es doch kein Problem, an eine Wand zu pinkeln."

„An unsere Hauswand? Spinnst du?"

„Von mir aus auch daneben. Wenn Muggele andere Pisse riecht, hebt er darüber sein Bein, das nennt sich Automatismus."

„Mir egal, wie sich das nennt, ich tu's auf keinen Fall!"

„Feigling!"

Ich glaube, das Wort Feigling ist auch so ein Automatismus – bei Janko wirkt es immer. Nach einem Blick auf das leidende Gesicht unseres Hundes nestelte er an seiner Hose, drehte sich mit dem Rücken zu mir und ich sah eine dampfende Pfütze an der Schneemauer wachsen. Was neben dem Schnee landete, spritzte meinem Bruder an die Hose, was mich um die Erkenntnis bereicherte, warum Männer im Allgemeinen gegen Wände, gegen Bäume und alles, was steht, pinkeln – und nicht auf den Boden.

Während Janko die Hose wieder schloss, hüpfte er wie verrückt auf der Stelle – dass es ziemlich schmerzhaft ist, bei dieser Kälte ein unbedecktes Körperteil ins Freie zu halten, daran hatten weder er noch ich gedacht.

„Jetzt du, Muggele", befahl ich und schob unseren Hund in Richtung der Pfütze, die er gehorsam, aber mit allen Anzeichen der Verwirrung beschnüffelte.

„Muggele! Pfui!"

Meine Mutter packte Muggele am Nacken. „Böser Hund!", schrie sie. „Böser, böser Hund!"

In panischen Sprüngen hechtete der Arme durch den Schnee und floh.

Aber Muggele hat gar nicht gepinkelt, Mama! Gepinkelt hat Janko, und den habe ich dazu angestiftet!

Ich gebe zu, es hätte mir gut gestanden, diese Worte zu sprechen, aber ich dachte die berühmte eine Sekunde zu lange darüber nach. Wem war damit geholfen, wenn ich die Schuld übernahm? Janko nicht, mir nicht, und Mama auch nicht, denn sie kennt Janko und mich im Allgemeinen als saubere, gut erzogene Kinder und möchte sicherlich an diesem Glauben festhalten, vor allem in der Öffentlichkeit.

Denn direkt hinter meiner Mutter standen Bettina und Onkel Harald und glotzten. Die plötzlichen unliebsamen Zeugen, denen im Krimi immer irgendetwas zustößt, weil sie zu blöd sind, den Mund zu halten.

„Siehst du, Tina", sprach Onkel Harald, „aus diesem Grund kommt uns kein Hund ins Haus."

Mama zog die Brauen hoch. „Na weißt du, Harald. Es ist ja nicht so, dass der Hund ins Haus gemacht hätte!"

„Aber ans Haus." Onkel Harald gab nicht nach. „Hunden kannst du kein Gefühl dafür beibringen, was sich gehört. Hunde riechen. Hunde verlieren Haare. Hunde lecken sich am Anus und anschließend deine Hand!"

Bettina gab einen würgenden Laut von sich, der ziemlich gehässig klang, wenn man bedachte, dass sie gestern Abend Muggele gegenüber noch wunder wie befreundet getan hatte.

„Heißt Anus Arschloch?", fragte Janko interessiert.

„Kascha, Janko." Meine Mutter fasste uns müde ins Auge. „Ihr nehmt jetzt eine Schaufel und grabt dem Hund einen Weg zu seinem Baum."

Es war das Mindeste, was wir für Muggele tun konnten.

Gegen Mittag drängten sich mir, ob ich wollte oder nicht, gewisse Dinge auf, die mich früher am Ummenwinkel gestört hatten. Ummenwinkel besser als Groß-Mooren zu finden, war so sehr Teil meines Lebens, dass es sich fast wie Verrat anfühlte, aber manches fiel mir einfach wieder ein. Zum Beispiel, wie klamm und feucht es jeden Winter in unserem ungeheizten Kinderzimmer gewesen war und dass es von Oktober bis April praktisch unmöglich gewesen war, es gleichzeitig warm und ein Privatleben zu haben.

Ich sitze gern allein im Zimmer, lese oder male oder höre eine Platte, und ich hätte mich noch lieber verkrochen, seit Bettina in unserer Küche saß. Aber plötzlich war es wie früher: Du hattest die Wahl zwischen deiner Ruhe in eisiger Kälte und dem einzigen Raum im Haus, der einen Ofen hat, aber voller Menschen war.

Zwar schippten Dada und meine Brüder immer noch Schnee – mittlerweile unterstützt von Janko – und mein Großvater lag im Bett, sodass reichlich Platz am Küchentisch war. Aber Onkel Harald schaffte es auch allein, eine Atmosphäre von Enge zu erzeugen. Jeder dritte Satz, den er anstimmte, begann mit den Worten: „Jetzt könnte ich ...", und während ich nichts als friedlich sitzen und den neuen *Tim und Struppi* lesen wollte, den ich von Gecko zu Weihnachten bekommen hatte, malte mein Onkel sich und uns aus, wie er an diesem kostbaren Urlaubstag Reparaturen im Haus machen, an seiner Eisenbahn basteln, Schnee schippen oder ganz allgemein seine Familie hätte beschützen können, wenn er nicht sinn- und tatenlos bei uns herumsitzen müsste.

Natürlich versäumte er auch nicht, zart darauf hinzuweisen, warum er und seine unschuldige Familie überhaupt in diese Lage geraten waren: weil Janko und ich, bevor wir Tante Lonny besuchten, die Wettervorhersage nicht beachtet hatten.

Schließlich riss selbst meiner Mutter der Geduldsfaden. „Schnee schippen kannst du auch bei uns. Krischa, Hanno und Gecko würden sich über Hilfe freuen."

„Du tust ja gerade so, als hätte ich es nicht längst angeboten!", plusterte mein Onkel sich auf. „Das habe ich aber, und dein Mann hat mich wieder ins Haus geschickt."

Ich verkniff mir ein Grinsen. Wenn Onkel Harald Schnee so geschickt schippte, wie er darin Auto fuhr, dann konnte Dada auf seine Hilfe bestimmt gut verzichten.

„Kann mir einer sagen, warum das Mädchen grinst?", fragte Onkel Harald gereizt. „Ist sie womöglich auch noch stolz auf sich?"

Mama legte ihr Flickzeug weg. „Jetzt hörst du mir mal zu, Harald. Bei uns bedeutet Verwandtschaft noch etwas. Es ist völlig normal, dass unsere Kinder ihre Tante besuchen wollen. Nicht normal ist, dass ihr euch nie bei uns blicken lasst. Immer lasst ihr Lonny alleine kommen! Mir ist klar, warum, und du brauchst auch gar nicht darauf zu antworten, aber das Allerletzte, was ich tun werde, ist Kascha und Janko einen Besuch bei ihrer Tante vorzuwerfen. Und für den Schnee", Mama nahm ihr Flickzeug wieder auf, „können die beiden nun wirklich nichts."

Zippi lächelte, zum ersten Mal an diesem Morgen, und in mir breitete sich ein warmes, seliges Gefühl aus. Wenn deine Eltern auf deiner Seite stehen — was willst du eigentlich noch?

Onkel Harald machte sein verkniffenstes Gesicht und erwiderte: „Tja, liebe Gili, seine Verwandtschaft kann man sich eben nicht aussuchen", worauf Mama liebenswürdig antwortete: „Das ist uns auch schon aufgefallen."

Stille legte sich über den Raum. Mama und Zippi nähten, ich las und Onkel Harald nahm Puro seine Kreuzworträtsel aus der neuen *Hörzu* weg. Ob ich ihn darauf aufmerksam machen sollte? Mein Großvater und ich lösen die Rätsel nämlich immer gemeinsam. Jedes Wochenende setze ich mich mit dem neuen Heft an sein Bett und lese ihm die Fragen vor, und ich schwöre: Er kann fast alle beantworten. Ich fülle die Kästchen für ihn aus und am Ende betrachten wir zufrieden unser gemeinsames Werk. Es kommt selten vor, dass wir eine Lücke hinterlassen.

Als hätte sie meine Gedanken erraten, schüttelte Mama unmerklich den Kopf und zwinkerte mir zu. Zufrieden und verschwörerisch beobachteten wir, wie viele Kästchen Onkel Harald frei ließ. Wusste er die Antworten wirklich nicht – oder konnte er sich nur nicht konzentrieren, weil bereits die nächste kleine Spannung zwischen uns auftauchte? In Form einer durchdringenden Stimme waberte sie durch die geschlossene Tür wie ein Gestank.

„Meine Mutter ist mit ihrer Mutter zur Schule gegangen, das ist alles. Sie haben sich rein zufällig wiedergetroffen und jetzt haben wir den Salat, jetzt wohnen wir alle in derselben Gegend. – Quatsch, es hat überhaupt nichts zu bedeuten, dass sie meine Mutter Tante nennen. Ihnen fehlt einfach total das Gespür, was sich gehört."

Bettina, die Haare schräg über ihr blaues Auge gekämmt, pendelte seit einer Stunde zwischen Küche und Flur, wo sie, in Mantel und Schal gemummelt, allen ihren Freundinnen telefonisch den Stand ihrer misslichen Lage durchgab. (Onkel Harald hatte mit großer Geste einen Zehnmarkschein auf den Tisch gelegt, um sich an den Kosten zu beteiligen.)

Je öfter Bettina den Raum verließ, desto tiefer sank meine Laune. Diese Hühnerblase hatte vier Freundinnen, wenn ich richtig mitgezählt hatte. *Vier!* Das Leben ist nicht gerecht.

Dass am anderen Ende der Leitung diesmal die mir bereits bekannte Blondine hing, war nicht schwer zu erraten, und während Onkel Harald, Zippi und meine Mutter taten, als wären sie plötzlich schwerhörig geworden, erfuhr ich bei dieser Gelegenheit endlich ihren Namen.

„Angela, ich schwör's, ich weiß nicht, wie ich eine weitere Nacht hier überstehen soll! Die liegen direkt neben mir, zu zweit in einem Bett! Das Klo ist kaputt und du machst dir keine Vorstellungen, wie saukalt es in dieser Hütte ist! – Echt, euer Klo geht auch nicht? Es spült nicht und es stinkt? Na schön, aber ihr sitzt wenigstens alleine drauf, oder? Ich meine, als Familie, das ist schon was anderes."

Die Haustür ging auf und wir hörten, wie ein paar schwere Stiefel auf der Matte erst abgetreten, dann ausgezogen wurden. Mein Vater betrat die Küche.

„Kann ich eine Kanne Tee ..." Er unterbrach sich. „Was ist denn hier los?", fragte er.

Niemand antwortete. Dada sagte: „Ich will den Teufel nicht an die Wand malen, aber es sieht ganz so aus, als säßen wir hier noch eine Weile miteinander fest. Also tut mir den Gefallen und vertragt euch. Harald, der Weg zur Scheune ist jetzt frei. Wir haben im Sommer ein paar sehr interessante Stücke aus Frankreich mitgebracht, vielleicht willst du sie dir einmal ansehen."

Einen Augenblick sah Onkel Harald aus, als wollte er antworten: „Wir kaufen nichts." Dann stand er ziemlich schnell auf und antwortete: „Gern."

Auch Mama stand auf und nahm den Wasserkessel vom Ofen. „Kascha bringt euch gleich den Tee", versprach sie.

Ein paar Minuten später öffnete ich mit der Thermoskanne unterm Arm die Haustür, und seitdem kann ich mir besser vorstellen, was der unglückliche Scott im Polarmeer mitgemacht haben muss. Das Thermometer neben der Tür zeigte minus zwanzig Grad, aber wahrscheinlich nur deshalb, weil die Skala nicht tiefer reichte. Den kurzen Weg zwischen Wohnhaus und Scheune legte ich beinahe rennend und mit fest geschlossenen Lippen zurück, damit die Kälte nicht an meinen Atem herankam.

Es war später Nachmittag und bereits dunkel, und Fetzen der provisorischen Beleuchtung aus den Scheunenfenstern flackerten über die Schneeberge, die sich zu beiden Seiten neben mir auftürmten. Sie waren schulterhoch, immer noch schüttelte der Himmel dicke weiße Flocken aus und der Wind wehte die freigeschaufelte Schneise wieder zu. Vielleicht hatten meine Brüder deshalb aufgegeben, sich auch noch zur Straße durchzugraben.

Wir waren abgeschnitten von der Außenwelt! Ich stand vor dem weißen Gebirge, das uns von der Landstraße trennte, und hatte noch nicht einmal angefangen, das mulmige Gefühl niederzukämpfen, als ich plötzlich auch noch Stimmen hörte.

Wenige Meter von mir lag die Mauer zum Hof vom Hugomüller. Sehen konnte ich sie nicht, aber das Kratzen und Scharren, das von ihr ausging, konnte nur eins bedeuten: Jemand schickte sich an, auf unsere Seite hinüberzuklettern.

Und dieser Jemand war ganz bestimmt nicht der alte, dicke Hugomüller.

Lass die Thermoskanne fallen! Schrei um Hilfe! Renn zurück zum Haus!

Du kannst noch so viele Krimis gucken, aber wenn's dich selber trifft, bist du genauso starr vor Schreck wie die unvorbereiteten Opfer.

„Herr Natzweiler? Herr Natzweiler!"

Ich machte vor Erleichterung fast in die Hose, als ich die Stimme vom Hugomüller erkannte.

„Herr Natzweiler, Sie haben Besuch!"

Ich legte eine Hand vor den Mund und rief zurück: „Wissen wir schon!", was gar nicht so einfach war, weil ich vor Kälte kaum die Lippen auseinanderbekam.

Eine jüngere Stimme rief: „Achtung, ich springe jetzt!", und mit einem dumpfen Plumps versank wenige Meter neben mir ein großes Gewicht im Tiefschnee.

„Na, wenigstens fällt man weich", lobte die Stimme, und lauter: „Alles in Ordnung. Vielen Dank, Herr Müller!"

Ungläubig trat ich einen Schritt zurück. Konnte es sein, dass ein einziger Kopf (meiner) binnen vierundzwanzig Stunden zwei so völlig unterschiedliche Arten von Spuk produzierte ...? Schnaufend ruderte eine Gestalt mit beiden Armen durch den Schnee, bis sie unmittelbar vor mir durch die Wand brach.

„Hallo, Kascha!"

Unkontrolliertes Atmen mit sechzehn Buchstaben: *Hyperventilieren.*

„Nicht erschrecken! Kennst du mich noch? Ich bin's, Donny Leverenz!"

Mit Mühe unterdrückte ich den Impuls, mich auf der anderen Seite in den Schnee zu graben. Die Thermoskanne fiel mir aus der Hand und Donny hob sie auf.

„Hallo", krächzte ich. „Oder vielmehr danke."

Noch nie war ich mit Donny Leverenz alleine gewesen. Komischer Gedanke.

Besser so: Was macht der denn hier ...? Donny Leverenz ist doch mein Sommerproblem!

7

Im vergangenen Sommer waren wir in einem Flipper Ass auf Reisen gegangen, einem Wohnwagen von fast sieben Metern Länge, für den Dada Kaufangebote bekam, noch bevor wir einen Meter gefahren waren. Die Zeiten, in denen meine Eltern einen eigenen Wohnwagen besaßen, sind lange vorbei; jedes Jahr um Ostern erstehen sie über *Kontakte* einen guten, gebrauchten Caravan, der im Herbst wieder verkauft wird.

Die Ankunft des Wohnwagens ist jedes Mal ein Ereignis. Der neue Flipper hatte Platz für sieben Personen, dazu ein Vorzelt, und Janko und ich kletterten begeistert im Fahrzeug herum und konnten kaum abwarten, dass es in wenigen Wochen endlich losging. Mama spielte mit und deckte im Wohnwagen den Abendtisch, wir durften im Wagen übernachten und in der Sitzecke unsere Aufgaben machen. Selbst Muggele wurde von der allgemeinen Vorfreude angesteckt und hielt sein Mittagsschläfchen fortan im Schatten neben dem Flipper.

Bevor es losging, war allerdings ein gut bekanntes Ritual zu überstehen: Dada kommt mit Janko und mir zur Schule und stellt einen Antrag auf Befreiung vom Unterricht. Die Wallfahrt in Saintes-Maries-de-la-Mèr findet nämlich am 24. Mai statt, mitten im Schuljahr, und da unsere Männer von dort aus einige Wochen „auf Geschäft gehen", während Zippi, Janko und ich mit Mama auf dem Campingplatz bleiben, fehlen wir nicht nur wenige Tage.

„Diese Diskussion hatten wir doch schon letztes Jahr, Herr Natzweiler", sagte die Direktorin gereizt. „Wir haben in Deutschland Schulpflicht. Ich kann den Kindern nicht einfach freigeben, ich darf das gar nicht!"

Meine und die Klassenlehrerin von Janko nickten bedeutsam.

„Aber unsere Familie lebt von dieser Reise", erwiderte mein Vater schlicht. „Und damit meine ich nicht nur die geschäftliche Seite. Unsere Kinder sind Sinti, und dazu gehört der Kontakt zu unseren Leuten, zu unserer Tradition."

„Das mag ja sein", antwortete die Direktorin, „aber Ihre Kinder sind auch Deutsche, und dazu gehört *unsere* Tradition, die Schulpflicht. In dieser Zeit werden wichtige Arbeiten geschrieben und Valentina und Friedbert sind, wie wir alle wissen, sowieso nicht gerade vorn dabei!"

An dieser Stelle klappten unsere Lehrerinnen die Klassenbücher auf und lasen unsere Noten und ein paar Kommentare vor, wie: *Valentina pflegt keine Freundschaften,* oder: *Friedbert lässt sich von seinen Klassenkameraden leicht provozieren und schlägt dann zu.*

Dada sagte: „Wie wir alle wissen, haben die Kinder es in ihren Klassen nicht leicht."

„Ihre und unsere Tradition ist nun einmal nicht vereinbar", schoss die Direktorin zurück, bevor sie wie jedes Jahr hinzufügte: „Sie müssen sich schon entscheiden, ob Ihre Kinder Deutsche oder Sinti sein sollen."

Und wie jedes Jahr antwortete mein Vater: „Den Rest des Jahres können Sie die beiden haben. Aber für diese vier Wochen sind meine Kinder nur noch Sinti."

Damit lassen sie uns ziehen, ohne Erlaubnis und auf eigene Verantwortung, und in den Tagen darauf geben unsere Lehrer uns deutlich zu spüren, dass wir hoffnungslose Fälle sind. Wenn ich mich aus der letzten Reihe melde, tun sie, als hätten sie es nicht gesehen; es lohnt ja sowieso nicht, *ich* lohne nicht, und in den Pausen liegt Janko in einem Knäuel aus Armen und Beinen auf dem Schulhof, weil *die Zigeuner* schon wieder eine Extrawurst bekommen.

Eigentlich tun sie uns damit einen Gefallen: Das Dorfschild von Groß-Mooren hinter uns zu lassen, ist danach umso wunderbarer. Das Gefühl von Freiheit, von reinem Glück, das in einem überwältigenden Atemzug in mich fährt, sobald wir auf der Straße sind – das würde ich ohne meine Lehrer und Klassenkameraden vielleicht nie erleben!

Leider hält es nicht lange an. In Frankreich, wo es in jedem Ort Stellplätze für „Fahrende" gibt, sind wir trotz der vorübergehenden Befreiung von Groß-Mooren nämlich noch lange nicht.

Wie immer hatte Dada auch im letzten Jahr die Route anhand des bewährten Varta-Führers genau geplant, und wie immer trafen wir überpünktlich auf dem reservierten Stellplatz ein. Wie immer handelte es sich um einen Campingplatz, auf dem wir noch nie gewesen waren, und wenn du glaubst, dass das die Spannung erhöht, dann kann ich nur sagen: Stimmt.

Bei uns ist die Spannung so groß, dass meine Eltern aufhören zu reden, sobald wir die Autobahn verlassen.

Mama räumt Butterbrotpapiere und Obstabfälle in Tüten und verstaut sie unterm Sitz, dann wienert sie mit einem feuchten Lappen das Armaturenbrett des VW-Busses, der den Wohnwagen zieht. Auch auf dem Rücksitz werden alle Spuren der Reise beseitigt. Wenn wir fertig sind, sieht das Innere des Autos aus, als wären wir nicht etwa sechshundert Kilometer über die Autobahn, sondern gerade mal eben um die Ecke gefahren. Trotzdem halten wir alle den Atem an, wenn wir auf den Campingplatz zufahren.

Und natürlich: Da war es, das wohlbekannte Schild mit den Campingregeln. *Landfahrer nicht erwünscht* stand gleich an erster Stelle.

Vor dem Kiosk, in dem man sich anmelden musste, parkte ein weiterer soeben eingetroffener Camper, ein Rentner, dessen Frau sofort aufs Klo strebte. Von uns bewegte sich keiner, nachdem Dada ausgestiegen war. Wir saßen da und machten uns unsichtbar, als ob das irgendetwas genutzt hätte.

Nach einigen Minuten kam Dada wieder aus dem Kiosk, gefolgt vom Platzwart, und während der andere Wohnwagen in die Anlage rollen durfte, öffnete Dada unsere Wagentür zur Inspektion.

„Guten Abend", grüßten wir im Chor.

Der Platzwart warf einen missmutigen Blick auf uns und nickte nicht einmal. „Vorschrift ist Vorschrift. Sie müssen weiterfahren."

„Wir sind keine Landfahrer", erklärte Dada. „Wir sind Deutsche, haben einen festen Wohnsitz in Schleswig-Holstein, arbeiten und zahlen Steuern. Und jetzt unternehmen wir eine Reise wie alle anderen Leute auf dem Platz."

Alle anderen Leute auf dem Platz begannen sich unterdessen schon um unseren Wohnwagen zu versammeln. Einige guckten ungeniert durch die Fensterscheiben und diskutierten, auf welch zwielichtigen Wegen wir wohl zu diesem luxuriösen Wagen gekommen waren; andere standen um Dada und den Platzwart herum und hörten zu. Jetzt, vor den Sommerferien, waren hauptsächlich ältere Leute hier und eine Frau holte sich sogar einen Klappstuhl, um komfortabler zusehen zu können.

Dennoch schafften sie es, uns selbst überhaupt nicht zu beachteten. Die Leute guckten auch durchs Autofenster, aber mitten durch mich hindurch, obwohl ich ihnen keine dreißig Zentimeter vor der Nase saß. Man kam sich vor wie Luft, schlechte Luft.

„Wir haben schon vergangenen Herbst reserviert. Sehen Sie, hier ist die Bestätigung."

Der Platzwart warf nicht einmal einen Blick darauf. „Die Bestätigung ist hinfällig. Sie haben sie unter Vorspiegelung falscher Tatsachen erschlichen."

„Für eine Nacht", fuhr mein Vater fort und wedelte mit dem Bescheid. „Morgen früh fahren wir weiter."

„Bloß keine Zigeuner, sonst reisen wir ab!"

Wie immer dauerte es nicht lange bis zum ersten Zwischenruf, der verlässlich unterstützt wurde. Mit einem Mal klang es von überall: „Wir auch!"

Mama, meine Geschwister und ich blieben unterdessen regungslos im VW-Bus sitzen. Benommen starrte ich durchs Fenster auf die Camper, auf blasse, hässliche Füße in Adiletten und Busen, die wie Hefeteig aus Dekolletees quollen. Meine Mutter könnte man foltern und sie würde nicht so herumlaufen.

„Setzen Sie sich durch, Herr Fricke!", rief jemand.

„Wir sind seit über zehn Stunden unterwegs", bat Dada und mein Herz sank. Wenn er anfängt zu bitten, hat er den Platz bereits aufgegeben, dabei haben wir manchmal Glück und dürfen irgendwo am Rand – unter den misstrauischen Blicken der Nachbarn – schließlich doch noch übernachten.

Doch dieser Platzwart erwiderte: „Hier bleiben Sie jedenfalls nicht", und wandte sich ab, und die Alte, die sich den Stuhl zum Zuschauen geholt hatte, keifte, dass sie es langsam satt habe, jeden Abend dasselbe, die Zigeuner kapierten es einfach nicht.

Dadas Nacken war krebsrot, als er direkt vor mir wieder einstieg, der Hemdkragen dunkel von Schweiß. Mein Vater hat über die Jahre eine Nase dafür entwickelt, wann es Zeit ist zu verschwinden – nicht nur, um nicht beschimpft zu werden, sondern um rechtzeitig mit der Suche nach einer Wiese oder einem Waldparkplatz zu beginnen.

Vielleicht sollte ich auch mal anfangen, Schilder aufzustellen. Wie wäre es mit *Audifahrer nicht erwünscht* vor einer Autowaschstraße? *Rothaarige zwecklos* vor einem Friseurgeschäft? *Brillenträger draußen bleiben* vor einem Kino? Ich bin sicher, die Betroffenen würden ihren Ausschluss auch nicht kapieren, doch na und? Vorschrift ist Vorschrift und Schild ist Schild.

Richtig lustig fand ich meine Idee aber nicht. Während wir den Platz in einer Staubwolke verließen, sprach keiner von uns ein Wort und ich war froh, dass wenigstens Puro das Erlebnis erspart blieb. Mein Großvater war mit Muggele zu Hause geblieben – um die Stellung zu halten, wie er sagte, obwohl jeder den wahren Grund kannte. Für unseren Puro war die Reise einfach zu weit geworden. Mamas Angebot, bei ihm zu bleiben, hatte er abgelehnt und bestimmt, dass wir in diesem Jahr zum ersten Mal ohne ihn fahren sollten. Tante Lonny würde jeden Tag in Groß-Mooren vorbeikommen, für ihn einkaufen und nach dem Rechten sehen.

„Seht euch gut um, Kinder." Im Gegensatz zu uns wirkte Mama beinahe fröhlich – vielleicht weil sie den erwarteten Rausschmiss nun hinter sich hatte „Wenn sie hier jeden Abend welche wegschicken, dann könnten noch mehr von unseren Leuten in der Gegend sein."

Tatsächlich brauchten wir nur wenige Kilometer die Landstraße entlang zu fahren, als zwischen den Büschen am Straßenrand plötzlich etwas Buntes aufblitzte. Man musste schon sehr genau hinsehen, um den Platz zu entdecken. Mit anderen Worten: Er war ideal! Genau deshalb war die Familie Leverenz ja auch schon da.

Mein Hals wurde enger, als ich den blauroten Holzwagen erkannte. Leverenz fahren ihn seit Generationen, die Großeltern zogen mit zwei Pferden, die Eltern von Donny und Mirko ziehen mit einem Mercedes, und genauso historisch wie der Wagen fühlt sich Malis und meine Schwärmerei für Donny an. Dieses Jahr hatte ich ernsthaft gehofft, ich sei darüber hinweg, aber kaum sah ich den Wagen, spürte ich, dass die ganzen anstrengenden Gefühle sich wieder meldeten, und dies noch bevor ich denselben Boden betreten hatte wie mein Held. (Zippi wundert sich, was wir von Donny wollen, wo doch Mirko derjenige in unserem Alter ist, aber ich verstehe gar nicht, was sie meint, denn genau so funktioniert Verliebtsein nun mal nicht!)

Ich wünschte, ich wäre Zippi. Sie geht mit Donny um wie mit einem unserer Brüder: zieht ihn auf, macht Witze, eigentlich macht sie sich die ganze Zeit über ihn lustig. Ich hingegen werde immer missmutiger aus Verzweiflung über meine eigene Blödheit, und anstatt dass Donny sich in mich verknallt, besteht bis zum Ende unserer Reise allenfalls die Chance, dass ich mich selbst nicht mehr ausstehen kann.

Familie Leverenz parkte am Rand einer Wiese, blickgeschützt durch dichtes Gebüsch zur Straße hin, und hatte neben ihrem Wohnwagen einen Tisch aufgestellt, an dem die vier zu Abend aßen. Als sie unseren VW-Bus über den Feldweg huckeln sahen, sprangen alle auf und rannten entzückt auf uns zu. Seit wir nicht mehr in Süddeutschland wohnen, werden wir jedes Mal, wenn wir auf Freunde treffen, begrüßt, als kämen wir aus Sibirien zurück.

Donny trug Jeans, seinen perfekten Oberkörper bedeckte nichts als ein goldenes Kettchen, die langen Haare hatte er im Nacken zusammengebunden. Er sah aus wie aus einem Werbefilm für eins dieser Lebensmittel, von denen du angeblich schlank, schön und gesund wirst. Der Typ, der dir durchs Gras entgegenspringt und einen Joghurt anbietet, nur dass er in der Werbung höchstwahrscheinlich blond ist.

Vier Wochen Ferien, eben noch ungeduldig erwartet, streckten sich mit einem Mal endlos vor mir hin. Vier lange Wochen, in denen ich versuchen musste, Donny aus dem Weg zu gehen, wenn ich mir nicht die Laune verderben lassen wollte. Vier verdammt lange Wochen, wenn wir Donny und seine Familie schon unterwegs am Rand einer Wiese und nicht erst bei der Wallfahrt trafen!

„Die gute Kascha!", begrüßte er mich. „Du schmollst ja immer noch! Wie schön, man fühlt sich gleich ganz vertraut."

Ich brummte: „Wir fahren sowieso wieder, hier ist nicht genug Platz."

„Ach was", meinte Tante Rosa, „wir rücken alle zusammen", und sie hüllte mich in eine ihrer von Ketten und Armbändern klimpernden Umarmungen, die sich anfühlen, als würde ein Netz aus Glöckchen über dich geworfen. Dabei brach sie fast in Tränen aus. Tante Rosa und Onkel Pius hatten bis vor ein paar Jahren selbst eine Tochter. Sie hieß Ramona und ist, als wir beide sieben waren, auf dem Weg zur Wallfahrt in Illingen an einer Raststätte überfahren worden. Tante Rosa und ich müssen immer an Ramona denken, sobald wir uns sehen.

Onkel Pius wies unseren Wagen auf einem schmalen Streifen Wiese neben ihrem Fahrzeug ein und danach führte Dada erst einmal durch den Flipper. Alles wurde ausgiebig bewundert: der Kühlschrank, die Kochzeile, der versenkbare Esstisch und das winzige Kloabteil, aber wenn ich ehrlich sein soll: Der alte Holzwagen ist schöner mit seinen bunten Vorhängen und den schmalen Etagenbetten. Kunstvoll geschnitzte Leisten verhindern, dass man herausfällt. Donnys und Mirkos Urgroßvater, der wie meine Brüder Schreiner war, hat sich mit dem Wagen unvergesslich gemacht.

In dem Dorf in der Camargue würden Hunderte dieser Wagen stehen! Auf einmal ergriff mich ein ganz seltsames Gefühl, eine Mischung aus Vorfreude und Sorge. Sorge, dass wir nicht ankamen, dass uns irgendein Pass oder Papier fehlte und wir an der Grenze Probleme bekamen, und gleichzeitig wollte ich plötzlich keine andere sein als ich selbst, Kascha Natzweiler, und es gab niemanden auf der Welt, mit dem ich hätte tauschen wollen.

Aber noch waren wir nicht in Frankreich, noch hatten wir eine Nacht zu überbrücken, und kaum stand das Abendbrot auf dem Tisch, rückte auch schon die Abordnung der hiesigen Gemeinde an. Dada stand auf und kletterte in den Flipper, Onkel Pius verschwand in seinem Wagen. Als die beiden Polizisten aus ihrem Auto stiegen, hatten wir alle Papiere schon parat. Die unseren waren sogar säuberlich abgeheftet in meinem orangen Mathe-Schnellhefter.

Einer der Polizisten sagte Guten Abend, was einen gewissen Grund zur Hoffnung darstellte. Oft sind die Dorfpolizisten freundlicher als die Campingplatzbesitzer, zumindest wenn sie keine Anwohner im Schlepp haben, die ihnen Druck machen.

„Sie wissen, dass es nicht erlaubt ist, wild zu campen", fügte er hinzu und es war keine Frage.

„Deshalb hatten wir ja auch auf dem Campingplatz reserviert", erwiderte Dada höflich. „Sehen Sie, hier habe ich noch die Bestätigung. Aber dort wollte man uns nicht hereinlassen."

„Sie kennen ja das Landfahrergesetz."

„Das Landfahrergesetz trifft auf uns aber gar nicht zu. Wir haben einen festen Wohnsitz, arbeiten und zahlen Steuern ..."

Der unfreundlichere der beiden Polizisten blätterte im Schnellhefter, der andere notierte die Fahrgestellnummer des Flippers; wahrscheinlich wollten sie nachher noch überprüfen, ob der teure Wohnwagen wirklich unserer war. Onkel Pius mit seinem Holzwagen weckte keinen Verdacht und bekam seine Papiere sofort zurück.

„Herr Natzweiler, in jeder Campingordnung steht, dass es dem Betreiber freisteht, Gäste abzulehnen. Das ist Pech für Sie, aber gibt Ihnen nicht das Recht, ohne Genehmigung auf unserem Gemeindegrund Ihren Wohnwagen abzustellen."

Dada blickte so traurig und zermürbt, dass sein Schnurrbart buchstäblich herunterhing. „Es war keine Zeit, eine Genehmigung einzuholen. Es wird bereits dunkel, wir sind den ganzen Tag gefahren und die Kinder müssen schlafen. Bitte lassen Sie uns eine Nacht bleiben. Morgen früh fahren wir weiter, darauf können Sie sich verlassen."

„Das gilt auch für uns", fiel Onkel Pius ein. „Wir sind alle unterwegs nach Frankreich. Den Platz werden wir selbstverständlich sauber verlassen."

„Kann ich mal?", fragte der nettere Polizist und wies auf den Flipper, und Dada hielt ihm sofort die Tür auf. Der Wagen schwankte ein wenig, während der Polizist drinnen herumging und sich alles ansah.

„Tolles Ding", meinte er, als er wieder herauskam. „Ihr Kinder habt ja richtig Glück."

„Nee, nee, den Wagen verkaufen wir nach den Ferien wieder", sagte Janko etwas großspurig. „Nächstes Jahr gibt es einen neuen."

„Das nenne ich schlau. Wir haben immer nur unseren alten Bürstner Delphin."

„Ein ganz hervorragendes Fahrzeug", meinte Dada und wir atmeten leichter. Wenn die Polizisten anfangen, sich mit dir zu unterhalten, dann schaffen sie es meistens auch, ein Auge zuzudrücken.

Ich kreuzte hinter meinem Rücken die Finger. *Bitte, bitte, bitte!*

„Na schön", sagte der unfreundliche Polizist und reichte Dada die Papiere, wobei er ihm streng in die Augen blickte. „Eine Nacht. Morgen früh um acht seid ihr verschwunden."

„Morgen früh um acht", wiederholte Dada und trotz meiner Erleichterung seufzte ich innerlich ein wenig. Um acht ...! Wir hatten doch Ferien!

Wir sahen dem Polizeiwagen nach, als er sich rückwärts über den Feldweg entfernte.

„Und übermorgen", murmelte Dada, „haben wir das alles für vier Wochen hinter uns."

In dieser ersten Nacht im Flipper träumte ich von unserer Ankunft in Frankreich. Stell dir ein kleines Fischerdorf in der Camargue vor, weiße Pferde, den Ozean – und unzählige Wohnwagen! Sinti und Roma aus ganz Europa treffen sich hier jedes Jahr zu Ehren unserer Patronin, der schwarzen Sara.

Die Kali-Sara war eine von uns, und außerdem Magd der heiligen Maria Salome und Maria Kleophae, die zusammen mit Maria Magdalena das offene Grab von Jesus Christus entdeckten. Als die Marien mit Sara vor der Christenverfolgung übers Mittelmeer flohen, konnten sie sich auf ihrer wackligen kleinen Barke an die Küste Frankreichs retten.

Das Fischerdorf, bei dem sie damals an Land gingen, heißt zu ihren Ehren Saintes-Maries-de-la-Mèr und es sind eigentlich die beiden Marien, die am 25. Mai von der Katholischen Kirche gefeiert werden. Aber ich kann dir sagen:

Beim Fest für unsere Kali-Sara ist mehr los als bei den beiden Marien zusammen! Jedes Jahr am 24. Mai darf sie heraus aus der dunklen Krypta der Wallfahrtskirche und wird festlich geschmückt ins Meer getragen. Das Tragen der Statue ist eine so große Ehre, dass es innerhalb der Familien der Träger vererbt wird. Reiter auf weißen Camargue-Pferden begleiten die Prozession mit Fahnen und ihren traditionellen Lanzen, und Tausende von unseren Leuten jubeln, singen und beten und strecken Sara ihre Kinder entgegen. Wenn Sara im Wasser angekommen ist, gehen auch wir ein paar Schritte ins Meer, um gesegnet zu werden.

Für manche ist die Wallfahrt nur ein Vorwand, um in Ruhe campen und Geschäfte machen zu können, aber in meiner Familie wird der fromme Teil der Reise sehr ernst genommen. Wir haben unsere besten Kleider dabei, gehen zu allen Messen, selbst zur Andacht morgens um drei, und stehen stundenlang in der Wallfahrtskirche Schlange, um die Statue der Kali-Sara zu berühren. Es heißt, wenn du ganz nah herangehst und ihr tief in die Augen schaust, siehst du sie lächeln, und dieses Lächeln nimmst du mit hinaus in dein eigenes Leben.

Kein Wunder, dass das ganze Dorf voller Lachen ist! An jeder Ecke wird Musik gemacht; die Wallfahrt ist eine einzige Feier der Wiedersehensfreude und Gemeinschaft. Am Rande werden Kontakte geknüpft und Geschäfte abgewickelt, Geschichten erzählt und unsere Rechtsprecher nehmen sich Streitfälle vor.

Es ist, als hätten wir für einige Tage ein eigenes Land.

Ich wachte davon auf, dass mein Herz bis zum Hals klopfte. Ich war noch nicht einmal angekommen, dennoch begann ich im Traum bereits zu fühlen, was sich jedes Jahr in Frankreich ereignet: Ich werde eine andere. Die Andere, die ich immer sein könnte, wenn wir nicht abgeschnitten von unseren Leuten in Groß-Mooren hockten. Wenn die Gadsche uns in Ruhe ließen, wenn, ja wenn sie uns doch einfach so sein lassen könnten, wie wir sind.

Während ich in unserem neuen Flipper lag und auf das leise, friedliche Schnarchen meiner Familie horchte, fragte ich mich, was daran eigentlich so schwer ist.

Einen Tag später entdeckte ich meine beste Freundin Mali mühelos im Gewimmel des Ankunftsabends. Nach so vielen Jahren haben die meisten Familien ihre Stammplätze in Saintes-Maries de-la-Mèr. Viele stehen mit ihren Wagen mitten im Dorf und verdienen sich ein paar Francs, indem sie sich in bunten Kostümen von den zahlreichen Gadsche, die zur berühmten „Zigeunerwallfahrt" anreisen, fotografieren lassen oder ihnen aus der Hand lesen.

Aber meinen Eltern ist im Dorf zu viel unfrommer Trubel. Wir stehen, wie viele unserer Freunde und die Familie Leverenz, lieber auf einem Campingplatz in Strandnähe, wo wir für die nächsten vier Wochen bleiben und Urlaub machen können.

Mali hatte, wie ich wusste, auch nach mir Ausschau gehalten und es dauerte einige Minuten, bis wir die Verlegenheit unserer Wiedersehensfreude überwunden hatten.

„Damit du's weißt", platze ich dann heraus, „für mich ist Schluss mit Donny Leverenz. Wenn ich ihn kommen sehe, verdrücke ich mich, ein für alle Mal."

„Na schön", erwiderte Mali, die nur aus Freundschaft zu mir in Donny verschossen ist, und damit wir ein gemeinsames Thema haben. „Dann mache ich auch Schluss mit ihm."

Wir gaben uns feierlich die Hand und der Sommer begann.

Dass er für uns nur zehn Tage später zu Ende ging, weil mein Puro krank wurde, konnten wir natürlich nicht wissen, doch in diesen zehn Tagen gelang es mir tatsächlich, standhaft zu bleiben und Donny aus dem Weg zu gehen. Ich sah ihn so gut wie nie, und wenn doch, gab es immer eine Ecke, in die ich abbiegen konnte.

Es war ein herrlicher Sommer, bis das Telegramm von Tante Lonny kam.

Ich sehe mich über den Platz rennen, die Stimme des Campingplatzlautsprechers im Nacken: „Dies ist ein Aufruf für Kascha und Janko Natzweiler. Kascha und Janko Natzweiler, bitte kommt sofort zu eurem Wagen."

Mitleidige Blicke aus vielen Gesichtern, Zurufe von Leuten, die uns entgegenkamen. Ich fing vor Erleichterung an zu heulen, als ich Mama, Zippi und Janko unversehrt vor unserem Flipper stehen sah.

Meine Mutter allerdings war ebenfalls in Tränen aufgelöst und ich hörte Großtante Öggla beschwören: „Er lebt noch, Gili, das spüre ich! Wenn er tot wäre, wüsste ich das doch!"

Erst da begriff ich, dass etwas mit meinem Puro war und dass wir auf Dada, meine älteren Brüder und den VW-Bus warteten, um nach Hause zu fahren.

An den Abschied habe ich eine flirrende, schwindlige Erinnerung – Freunde und Verwandte, die zu uns gelaufen kamen, lange Umarmungen, eine Menge Essen, das uns für die Fahrt zugesteckt wurde. Als wir vom Platz rollten, sprach einer unserer Onkel aus Ummenwinkel über Lautsprecher einen Reisesegen für uns und ein Gebet für den Spindler-Franjo.

An Donny Leverenz hatte ich seither überhaupt nicht mehr gedacht. Donny Leverenz ist mein Sommerproblem und es verwirrte mich, ihn ohne jede Vorwarnung durch den Schnee vor unserem Haus in Groß-Mooren brechen zu sehen.

Wahrscheinlich konnte ich deshalb einigermaßen normal mit ihm reden und brachte eine sehr vernünftige Frage heraus: „Was machst du denn hier?"

„Zufällig in der Gegend gestrandet", behauptete er, was mich auf der Stelle wieder misstrauisch machte, denn wenn es irgendeinen Ort gibt, an dem man nicht *zufällig stranden* kann, dann ist es unser Kaff am Ende der Welt.

Gerade wollte ich sagen: „Das kannst du deiner Puri erzählen", als mich ein Geistesblitz traf, dessen Wucht mich um ein Haar in den Schnee schleuderte.

Ich hatte begriffen, aus welchem Grund Donny hier war.

8

„Unglückswurm mit neun Buchstaben."
„Pechvogel!"
„Ärger, Wut, vier Buchstaben."
„Das ist der Zorn."
„Unabwendbares Schicksal, drei Buchstaben."
„Versuch's mal mit Los."

Noch nie war mir aufgefallen, wie viele negative Vokabeln die Kreuzworträtsel der *Hörzu* enthalten. Und das nach Weihnachten! Man sollte einen Leserbrief schreiben.

„Raus damit", forderte mich Puro schließlich auf. „Wo drückt der Schuh?"

Ich griff in die große Kiste mit meinen Problemen und ließ mich überraschen. „Gibt es Spuk im Kopf, Puro-Dada?"

„Spuk im Kopf ...?"

„Ich meine nicht Wahrsagerei. Mama sagt, das ist gar nicht echt, das hat nur damit zu tun, dass du spürst, was der andere braucht. Ich meine so etwas wie ..."

Ich stockte. „Visionen?", fragte Puro liebevoll. „Meine Schwester Öggla hat das zweite Gesicht, seit sie acht Jahre alt war. Das weißt du doch."

Meine Schultern sackten herab. Dass Großtante Öggla einen kleinen Knall hat, weiß jeder. Es versetzte meiner bereits zu Boden gegangenen Laune den Todesstoß, dass ich möglicherweise im Begriff war, Nachfolgerin von Großtante Öggla zu werden!

„Deine Puri", sagte mein Großvater leise. „Deshalb hatten wir ja das Haus ..."

Bevor ich nachfragen konnte, fuhr er rasch fort: „Cousin Lorenz Natzweiler. Seine Schwester Lonny. Auch deine Mutter hat als Kind ein paar Mal Dinge gesehen."

„Puri *und* Mama?", wiederholte ich. Na großartig – ich hatte eine Erbkrankheit! Mit schwacher Hoffnung fragte ich: „Als Kind ...? Heißt das, es ist wieder weggegangen?"

„Ja, und ich glaube nicht, dass Gili sich überhaupt daran erinnert. Kinder erleben solche Dinge, weil sie noch nah am Ursprung des Lebens sind. Je älter wir werden, desto mehr lernen wir dazu, aber dabei verlieren wir auch Fähigkeiten. Du merkst es daran, dass Kinder aufhören, mit Bäumen und Schmetterlingen zu reden."

„Ich habe nie mit Bäumen und Schmetterlingen geredet!"

„Du hast die ganze Zeit mit ihnen geredet, Kascha, bis du etwa vier Jahre alt warst."

Ein kleiner Schauer kitzelte meinen Nacken, als eine hauchzarte Erinnerung sich ihren Weg zurück suchte. Mein Puro hatte recht, ich spürte es.

„Leider ist auf Visionen nicht immer Verlass", sagte Puro. „Öggla dürfte einigen Personen das Leben gerettet haben, aber sie hat auch manches gesehen, was nicht stimmte. Du musst sehr vorsichtig damit umgehen, was du siehst. Dir gut überlegen, wem du davon erzählst, und wie viel. Frag Lonny."

„Lonny? Du meinst *Tante Lonny*?"

„Ja, Lonny sieht heute noch Dinge. Aber sie hat einmal etwas Schlimmes damit angerichtet, deshalb behält sie es lieber für sich."

„Aber Lonny ist – fast eine Gadschi!", entfuhr es mir.

„Erstens stimmt das nicht", erwiderte Puro, „und zweitens können auch Gadsche das zweite Gesicht haben."

Ich war vom Donner gerührt. Gleichzeitig war ich ein wenig erleichtert. So wie mein Puro darüber redete, klang das, was ich erlebt hatte, fast normal. Ja, wenn selbst Gadsche es hatten, musste es geradezu gewöhnlich sein!

Aber Tante Lonny. Das musste ich erst einmal verdauen.

„Gibt es sonst noch etwas, das dich bedrückt?", fragte Puro.

„Nein", erwiderte ich eine Spur zu schnell.

Mein Großvater nickte verständnisvoll. „Wälze nie alle Probleme gleichzeitig", empfahl er.

Dabei hätte ich ohnehin nicht gewusst, wie ich von Donny erzählen sollte – wo ich schon beim bloßen heimlichen Gedanken an ihn vor Blamage fast im Boden versank. Meine Familie hatte meine Schwärmerei für Donny jahrelang mit liebevollem Kopfschütteln begleitet: „Unsere Kascha, erst acht und schon verliebt!" Ich konnte nur hoffen, dass meine Bemühung, ihm während der letzten Wallfahrt aus dem Weg zu gehen, den anderen nicht verborgen geblieben war und dass sie sie als Beleg dafür ansahen, dass meine Liebe längst überwunden war.

Denn das ließ immerhin eine klitzekleine Chance, mein Gesicht zu wahren, wenn herauskam, was in Wahrheit los war: Donny und Zippi. Donny und Zippi waren ein Paar, heimlich und in meinem Rücken. Wann immer ich vor sieben Monaten bei Donnys Anblick abgetaucht war, hatte ich verpasst, wie er sich meiner Schwester näherte!

Eigentlich konnte ich stolz auf mich sein: Es gelang mir, äußerlich völlig ruhig zu bleiben. Ich führte Donny als Erstes in die Scheune, wo er mit großem Hallo begrüßt wurde, und anschließend ins Haus, wo meine Mutter ihn halb erdrückte. Niemand außer mir bemerkte, dass Zippi unterdessen so schnell die Farbe wechselte wie eine Discokugel.

Und niemand achtete auf mich. Das war einerseits eine Erleichterung. Andererseits erlebte ich soeben den größten Schmerz meines Lebens und hätte es angemessen gefunden, wenn sich irgendeiner aus meiner Familie wenigstens für einen Augenblick in mich hineinversetzt hätte! Doch nein, nebeneinander standen Zippi und ich an der Spüle und schnippelten Obstsalat, und mit jedem Bissen, der in die Schüssel fiel, türmte sich ein weiteres ungesagtes Wort zwischen uns auf.

Wie konnte sie mir das bloß antun? Abhauen – und dann auch noch mit Donny!

Derweil tischte dieser seine Geschichte auf – zumindest den Teil, den er sich ausgedacht hatte, um die wahren Hintergründe zu verschleiern. Angeblich hatte er per Anhalter nach Kiel zu einem Freund fahren wollen, der ein Engagement als Saxofonist am Konzerthaus hatte. Mitten auf der nächtlichen Bundesstraße habe er seine Mitfahrgelegenheit jedoch verlassen, als er sich erinnerte, dass wir nicht weit von den Ortschaften entfernt wohnten, zwischen denen das Auto im Schnee feststeckte. Seitdem sei er marschiert, teilweise direkt hinter einem Schneepflug, und habe sich auf den Dörfern erst nach Groß-Mooren und von dort bis zu uns durchgefragt.

„Dabei bin ich einen Hof zu weit gelaufen und bei eurem Nachbarn gelandet", schloss er unter den staunenden Blicken seiner Zuhörer.

Vor allem Bettina hing an Donnys Lippen, dass es fast schon unappetitlich war. Nicht, dass es mich noch etwas anging.

„So viele Kilometer, so viele Stunden! Dann müsstest du doch vollkommen erschöpft sein", zwitscherte sie.

Man musste es ihr lassen: Damit traf sie den Nagel auf den Kopf. Der heldenhafte Schneebezwinger sah so frisch und munter aus, dass er nur in einem unmittelbaren Nachbarort auf Zippi gewartet haben konnte.

Ich schob ihn ein wenig zur Seite und blickte unter den Tisch. „Hast du etwas verloren?", fragte Donny und rückte zuvorkommend mit seinem Stuhl.

„Nein, ich wollte nur nachsehen, ob der Tisch sich biegt", erwiderte ich zuckersüß und wurde mit einem überraschten, beunruhigten Blick belohnt.

Wenigstens einer hatte jetzt also kapiert, dass ich das Spiel durchschaute.

„Wie sieht es denn aus da draußen?", fragte Mama. „Gibt es irgendeine Chance für Harald und Bettina, nach Hause zu kommen?"

„Was, jetzt noch? Habt ihr nicht gehört, wie viele stecken geblieben sind und über Silvester in Notunterkünften hocken? Die dänische Grenze ist dicht, überall ist Bundeswehr unterwegs und gräbt Leute aus ihren Autos. Seid mal lieber froh, dass ihr hier gelandet seid, Tina", meinte Donny.

Tina! Ich traute meinen Ohren nicht. Hühnerblase flötete: „Aber das bin ich doch, und mein Vater auch."

Ich beugte mich über den Tisch und riss ihr die *Hörzu* unter den Armen weg. „Dann geht es ja jetzt auch ohne Puros Kreuzworträtsel", schnappte ich.

In Puros Zimmer war es genauso kalt wie in meinem, deshalb war ich am Fußende meines Großvaters unter die Bettdecke geschlüpft, wo Mama zwei Wärmflaschen deponiert hatte. Mein Puro hatte ein wenig gedöst, als ich hereingekommen war, aber auf meine Frage, ob ich ihn störte, nur geantwortet: „Schlafen werde ich bald genug."

Er machte ab und zu solche Andeutungen, ohne dass jemand von uns darauf einging. Über den Tod reden wir nicht. Der Mulo ist sowieso da, man muss ihn nicht auch noch einladen, bei uns herumzuspuken!

Nachdem mein Puro mir geraten hatte, nicht alle Problem gleichzeitig zu wälzen, fragte er: „Wie lange dauert es bis zu deinem Geburtstag – noch zwei Wochen? Dann bist du zwölf und kein Kind mehr."

„Naja", zweifelte ich, „meinst du denn, dass man das auf den Tag genau beenden kann?"

Puro lachte. In letzter Zeit fällt mir auf, wie anders das klingt, seit da, wo es früher geschallt hat, etwas zu rasseln begonnen hat. „Wenn die große Party vorbei ist, würde ich mich freuen, wenn du dir eine Stunde für mich Zeit nimmst", erklärte er förmlich.

„Große Party!" Jetzt war ich es, die lachte. „Stimmt, wenn ich Pech habe, sind Onkel Harald und Bettina noch da! Aber dann komme ich gern den ganzen Tag zu dir."

„Also betrachte ich uns als verabredet", meinte Puro lächelnd.

Als mein Großvater einschlief, schlüpfte ich leise aus dem Bett und zog die Decke über seine Schultern.

Vor den Weihnachtsferien, als wir in der Schule gefragt wurden, was wir später werden wollen, hatte ich zum ersten Mal alle auf meiner Seite gehabt. Meine Klasse glaubte nämlich, ich hätte einen richtig irren Witz gemacht. Ich antwortete, sobald die Reihe an mich kam: „Ich werde Kreuzworträtselausdenker."

Die Klasse explodierte. Ich machte vor lauter Schreck mit und Fräulein Brosius rügte: „Besonders dir, Valentina, würde es gut anstehen, darüber nachzudenken, ob du aus deinem Leben trotz aller widrigen Umstände vielleicht doch etwas machen möchtest."

Der Beruf des Kreuzworträtselausdenkers wird total unterschätzt. Kein Mensch redet darüber, dass es ihn überhaupt gibt, dabei muss es einer der wichtigsten Berufe sein, die man haben kann.

Am nächsten Morgen erwachte ich starr vor Kälte. Es kostete Überwindung, überhaupt aufzustehen und die zentimeterdicke Eisschicht auf der Fensterinnenseite zu besichtigen. Zippi hatte es schon geschafft, auch von Hühnerblase war nur noch ihre zerwühlte Decke auf dem Fußboden zu sehen.

Glaubte sie, sie wäre im Hotel? Widerwillig hob ich die Decke auf – nicht wegen meiner Cousine, sondern weil ich es selbst gern ordentlich habe.

Da wir in unseren wärmsten Klamotten zu Bett gegangen waren, musste ich mich wenigstens nicht anziehen, sondern verbrachte die ersten Minuten nach dem Aufstehen damit, wie ein Hampelmann herumzuspringen, um meine Arme und Beine wieder zum Leben zu erwecken. Dann erst öffnete ich die Zimmertür und erlebte eine Überraschung: Das Erdgeschoss war dunkel, nur ein paar Kerzen brannten. Der Schnee hatte die Fenster verschüttet, die Haustür ließ sich nicht mehr öffnen und meine älteren Brüder und Donny waren gerade dabei, sich mit Plastikeimern aus dem Flurfenster zu graben.

Zippis und die Stimmen meiner Eltern hörte ich aus Puros Zimmer, Hühnerblase stand in der offenen Küchentür und ließ die einzige Ofenwärme entweichen, die wir noch im Hause hatten. Sie hatte Schnittchen geschmiert und zusammen mit einer Tasse Tee auf ein Tablett gestellt. „Papi ist krank", informierte sie mich.

Anstalten, Onkel Haralds Frühstück hinauszutragen, machte sie allerdings nicht. Ich erwog sie zu fragen, ob die Küchentür offen stand, um dem Tablett eine Chance zu geben, allein hinauszufliegen, aber nachdem meine Cousine gerade zum ersten Mal seit ihrer Ankunft mit mir geredet hatte, war wohl eher eine versöhnliche Geste angebracht. Da mir nichts Passendes einfiel, brummte ich mitfühlend, als ich an ihr vorbei in die Küche ging.

„Das Telefon ist auch im Arsch", klärte mich Bettina auf. „Und hast du die Hubschrauber gehört? Sie setzen Soldaten ab, um den Deich zu sichern."

„Aha, und woher weißt du das?"

„Von deinem Großvater, und der weiß es aus dem Radio. Wir haben jetzt nämlich offiziell eine *Schneekatastrophe*."

Über der Spüle klatschte ich mir zwei Handvoll eiskaltes Wasser aus einem Kanister ins Gesicht und wartete vergebens darauf, dass ich mehr Durchblick bekam. Mich zum Beispiel an den Moment erinnerte, in dem meine Cousine auf Abenteuer umgeschaltet hatte.

„Keiner weiß, wie viele Tote es da draußen gibt", klärte sie mich auf. „Aber in ein paar Wochen, wenn der Schnee abtaut, kommen sie alle zum Vorschein und schaden dem Tourismus."

„Du könntest ruhig helfen, Kascha!", rief Hanno aus dem Flur und ich war ganz froh, dass ich ihm den Eimer aus der Hand nehmen und wieder bei den richtigen Leuten mitmachen konnte.

Auch wenn dies bedeutete, in Donnys Nähe zu treten, was ich seit gestern Nachmittag glücklich vermieden hatte. Mit Argusaugen hatte ich von fern beobachtet, wie auch

Zippi ihm tunlichst aus dem Weg ging; nur als sie ihm seinen Teller Suppe zum Abendbrot reichte, begegneten sich ihre Augen für den Bruchteil einer Sekunde und blitzten einander zu.

Seitdem hing Donny auf Schritt und Tritt an meinen älteren Brüdern. Binnen weniger Stunden waren sie unzertrennlich, keiner schien mehr ohne die beiden anderen aufzutreten, sie erinnerten zunehmend an die Neffen von Donald Duck. Als ich aus der Küche kam, kletterte bereits einer nach dem anderen aus dem Fenster, um sich zur Haustür vorzuarbeiten, wo die Schneeschaufeln warteten. Bevor ich hinterherkletterte, um mit dem Eimer mitzuhelfen, hob ich Muggele hinaus, der sämtliche Hemmungen über Bord warf und direkt unterm Fenster minutenlang sein Bein hob.

Ich glaubte jedoch nicht, dass Mama noch etwas dagegen einwenden würde. Auch wir hatten unsere zivilisierten Klogewohnheiten nämlich abgelegt. Neben der Toilette, die jemand vorsichtshalber zugeklebt hatte, stand seit gestern ein Eimer mit Deckel, den abzunehmen mich jedes Mal einen kleinen vorweggenommenen Brechreiz kostete.

Immerhin fiel der Schnee nicht mehr ganz so dicht wie tags zuvor, und auch der Wind hatte nachgelassen, sodass du erste Geräusche und Umrisse aus der Umgebung identifizieren konntest. Auf der Straße klirrte und schepperte es, als ratterten Panzer in Richtung Ostsee, und auf der Mauer zwischen unseren Grundstücken stand der Hugomüller und rief um Hilfe.

„Hierher! Hierher, ihr Idioten!", brüllte er. „He, hallo, hier bin ich! Nicht vorbeifahren! Wo wollt ihr denn hin? Da hinten wohnt niemand mehr!"

Während das Rasseln auf der Straße leiser wurde, begriff ich, dass wir tatsächlich Panzer gehört hatten, und dass die Bundeswehr sich nicht für uns interessierte.

„Hilfe!" Die Stimme vom Hugomüller brach. „Ich komme hier nicht mehr raus!", kreischte er verzweifelt.

„Halten Sie aus, wir kommen!", rief Hanno.

„Das wurde ja auch langsam Zeit!", jammerte der Hugomüller. „Einen alten Mann einfach zu vergessen! Beeilt euch, Jungs, meine Zehen sind schon erfroren!"

Die ganze Familie, mit Ausnahme von Puro und Onkel Harald, versammelte sich in der nächsten halben Stunde tapfer frierend auf der Schneise zwischen Wohnhaus und Mauer, während Tick, Trick und Track den Hugomüller ausgruben. Dada trug die Klappleiter, Mama zwei Decken und Janko schob die Schubkarre Meter für Meter hinter uns allen her – für den Fall, dass unser Nachbar wirklich erfrorene Füße hatte.

Der stand zeternd oben auf der Mauer, vornüber gebeugt, als wollte er Skispringen. „Weiter links, weiter links! Verdammt, ist das kalt. Geht das vielleicht ein bisschen schneller ...? Ich fall hier gleich runter, Freunde, ich kann mich nicht mehr lange halten!"

Als wir ihn endlich erreicht hatten und Dada die Leiter anlehnte, trat der Hugomüller auf die erste Stufe, aber die halbe Drehung bekam er nicht mehr hin und schlitterte zu Boden wie ein nasser Sack. Ihm rannen Tränen über die Wangen, während er mit vereinten Kräften in die Schubkarre gehievt wurde, wo Mama die Wolldecken um ihn herum feststeckte.

Eine weitere Viertelstunde später tranken wir in der Küche Tee und hörten Dadas Notfallplan.

„Das Thermometer in unserem Schlafzimmer zeigte heute früh nur fünf Grad", sagte mein Vater. „Da wir es uns nicht leisten können, jetzt krank zu werden, werden wir die nächste Nacht alle zusammen im wärmsten Raum schlafen."

„Prima", fiel Hanno ein. „Wir brauchen nur den Esstisch hinauszuschaffen, dann haben wir in der Küche Platz für ein Matratzenlager. Es wird aber eng! Habt ihr mal nachgezählt? Wir sind jetzt zu zwölft, dazu der Hund."

„Ich schnarche", bekannte der aufgetaute Hugomüller kleinlaut.

„Und wir können Puro-Dada nicht auf eine Matratze legen", wandte Zippi ein.

„Richtig, deshalb fällt die Küche zum Schlafen aus. Wir können hier auf dem Gasherd weiterhin kochen, aber wohnen und schlafen werden wir ab heute woanders."

Mein Vater grinste. Janko kapierte als Erster. „Hurra!", schrie er. „Ich nehme das Gründerzeitbett! Wir ziehen in die Scheune!"

9

Wir hatten sogar noch Plätze frei. Bis es am Nachmittag wieder dunkel wurde, hatte sich der Verkaufsraum unserer Antik-Scheune in einen gemütlichen Schlafsaal verwandelt, in dem Schränke und Vertikos als Raumteiler dienten. In der Mitte stand ein großer Tisch mit den Stühlen aus unserer Küche, um den Tisch herum spendeten mehrere Kerzenständer Licht. Der zum Klo erklärte Plastikeimer wurde von einem Paravent verborgen; alle zwei Stunden war jemand mit Ausleeren dran.

Während die Männer die Möbel umstellten, räumten Mama, Zippi, Hühnerblase und ich im Haus alles zusammen, was wir in den nächsten Tagen brauchen würden: Bettzeug, Geschirr, Handtücher und Wolldecken, Kosmetik, Puros Medikamente und sein Radio, mehrere Reisetaschen mit Klamotten und Muggeles Hundekorb. Die Betten zogen wir ab, damit die Matratzen später zur Scheune hinübergebracht werden konnten.

Ein letztes Mal klopfte Mama an die Tür des Jungenschlafzimmers. „Harald? Wir gehen jetzt. Bist du wirklich sicher, dass du bleiben willst?"

Mein Onkel öffnete die Tür. Er hatte sich in Hannos gestreiften Bademantel gezwängt.

„Ich stecke euch nur an", sagte er und ließ ein krankes Geräusch aus dem Hals folgen. „Wenn du zum Kochen rüberkommst, bring mir bitte ab und zu einen Tee herauf, Gili. Ansonsten wäre mir am liebsten, einfach in Ruhe gelassen zu werden."

„Wir haben drüben eine schöne Ecke für dich, in der du auch Ruhe hast", erwiderte Mama, aber selbst Bettinas neuerliche Tränen — „Du erfrierst, Papi!" — konnten meinen Onkel nicht umstimmen. „Ich habe Fieber, mir ist warm genug!", wehrte er ab.

Als Hanno und Gecko unseren Puro zur Scheune hinübertrugen, stand Onkel Harald am Fenster. Er sah aus wie ein Hausgespenst, das zufrieden die Flucht der Bewohner beobachtet.

In der Scheune sorgten die beiden Öfen unterdessen zwar nicht für mollige Wärme, aber wenn man den Anorak anbehielt, war es gut auszuhalten. Wie in den Nächten zuvor teilte ich mir ein kleines Abteil mit Zippi und Hühnerblase, auch Muggele zog mit seinem Korb bei uns ein. Durch einen großen Schrank getrennt, lagen nebenan meine Eltern und Puro, dahinter war das Brüderlager, in dem auch Donny seinen Platz hatte. Der Hugomüller hatte das schöne Gründerzeitbett bekommen und lag im Einzelabteil, Janko schmollte aber nur kurz. Dada sagt immer: „Gehorche deinen Eltern, das spart Luft."

Bevor wir uns zum ersten Mal um den Tisch versammelten, fiel mir ein, was wir vergessen hatten, und ich entschuldigte mich und lief zurück ins Haus. Unser Altärchen abzubauen dauert nur eine Minute, wir nehmen es ja auch immer mit nach Frankreich. Puri und die kleinen Tanten lächelten mich zufrieden an, und plötzlich musste ich daran denken, was mein Großvater mir beinahe erzählt hätte: dass meine Puri das zweite Gesicht gehabt und dass wir einzig aus diesem Grund *unser Haus* besessen hatten.

Warum hatte er nicht weitergeredet? Ich hatte mich immer schon gewundert, dass wir als Einzige überhaupt ein eigenes Haus gehabt hatten. Alle Verwandten und Freunde hatten in Wohnwagen gelebt, bevor *die Stadt* ihnen vor über vierzig Jahren die Baracken im Ummenwinkel zugewiesen hatte.

Die klugen dunklen Augen meiner Großmutter blickten mich an. *Na, kleine Kascha, fällt dir endlich auf, wie wenig du über uns weißt?*

Im flackernden Kerzenlicht saß mir der Hugomüller am Abendtisch direkt gegenüber. Er schien sich überhaupt nicht fremd zu fühlen, und auch ich fand sein Hiersein weniger seltsam, als ich erwartet hatte. Das wohlwollende Grinsen, das er hin und wieder zu mir hinüberschickte, hätte ich normalerweise gern erwidert, heute allerdings wurde mir davon nur warm.

Ob ich ihm nicht einfach beichten sollte, dass ich vergessen hatte, seinen Brief einzuwerfen? Dann hatte ich die Sache endlich vom Hals!

Dieser blöde Brief hing an mir wie ein Mühlstein, seit der Hugomüller bei uns eingezogen war, und je länger er hing, desto tiefer zog er mich hinab. Bis heute Morgen hatte ich nur einen Auftrag nicht erfüllt; jetzt, wo der Auftraggeber mir freundlich zuzwinkerte, fühlte ich mich wie eine Betrügerin.

Was, wenn etwas Wichtiges in dem Brief stand, etwas Unaufschiebbares, eine *Terminsache*, die den Hugomüller in echte Schwierigkeiten bringen würde? Ich konnte mir nicht recht vorstellen, was das sein sollte, aber solche Dinge kamen vor. Eine Überweisung. Ein Lottoschein. Der Widerruf der letzten Bestellung beim Quelle-Versand!

Nach ein paar Minuten hielt ich es nicht mehr aus, holte Luft, um endlich zu reden – und klappte den Mund wieder zu. Wenn es wirklich um etwas Wichtiges ging, war ohnehin alles zu spät. Die Ämter waren geschlossen, die Firmen hatten Urlaub, das alte Jahr war zu Ende. Wozu den armen Hugomüller also jetzt schon aufregen?

Während ich meinen einsamen inneren Kampf ausfocht, holte mein Vater die Geige und gab uns Musikrätsel auf, um die Zeit zu vertreiben. So ein Winterabend zieht sich wie Gummi, wenn du keinen Strom hast. Kerzen um den Tisch spenden gerade mal so viel Licht, dass du die Stulle auf dem Teller findest, aber zum Lesen oder Kartenspielen reicht es nicht. Wahrscheinlich gab es deshalb in früheren Jahrhunderten weniger Romane.

Wie sich schnell herausstellte, waren aber auch Musikrätsel nicht der ganz große Wurf, denn Hühnerblase und der Hugomüller kennen andere Musik als wir. So kam mein Großvater mit einer Geschichte an die Reihe, die aus naheliegenden Gründen von einem Pferd handelte, das während eines Schneesturms einer ganzen Familie das Leben rettete und am Ende tot umfiel. Es war eine Stute namens Silber, die Puro persönlich gekannt hat, und Hühnerblase und der Hugomüller waren nicht weniger in Tränen aufgelöst als ich nach den ersten vier oder fünf Malen, als ich die Geschichte gehört hatte.

„Und deshalb gibt es keinen besseren Freund für uns als das Pferd", schloss mein Großvater, „und keiner von unseren Leuten käme auf die Idee, Pferdefleisch zu essen."

Hugomüller wischte sich die Tränen ab. „Und was macht ihr mit euren Gäulen, wenn sie alt und unbrauchbar geworden sind?"

Mein Großvater schwieg einige Sekunden lang, wohl aus Missbilligung wegen des Begriffs *unbrauchbar*. „Wir lassen sie in Frieden alt werden", sagte er würdevoll. „Wenn der Tag gekommen ist, an dem sie sterben wollen, sagen sie es uns. Dann danken wir ihnen und bitten sie um Verzeihung, bevor wir sie erschießen."

Der Hugomüller lachte los, hörte aber gleich wieder auf, als er merkte, dass es Puros Ernst war. „Ihr seid schon ein komisches Völkchen", meinte er gutmütig. „Aber man könnte schlechtere Nachbarn haben. Prost", fügte er so verlegen hinzu, als hätte er gerade eine Liebeserklärung gemacht, und hob sein Teeglas.

Ich fühlte mich nur noch mieser, zumal mir plötzlich aufging, dass ich nicht nur etwas vergessen, sondern auch etwas versäumt hatte: Warum in aller Welt hatte ich Tranfunzel eigentlich noch nicht nachgesehen, an wen der Brief überhaupt gerichtet war? War es eine private Anschrift, waren es vielleicht bloß Neujahrsgrüße!

Am liebsten hätte ich auf der Stelle den Umschlag hervorgeholt und mir Ruhe verschafft, aber wo? In unserer Schlafecke war es zu dunkel, am Tisch saßen zu viele Zeugen. Ich musste bis zum nächsten Tag warten, und dies genügte, um meinem Versäumnis wieder Gelegenheit zu geben, sich aufzublähen wie ein mit Sprengstoff gefüllter Ballon.

Es war ganz bestimmt ein Brief an ein Amt! Bei meinem Pech konnte es praktisch nichts anderes sein. Und der arme alte Hugomüller saß arglos bei uns am Tisch, heulte um ein totes Pferd und ahnte nicht, welches Unheil sich über ihm selbst zusammenbraute.

Ich war froh, als es Zeit wurde für die Abendnachrichten und ich durch die andere Katastrophe wenigstens etwas Ablenkung hatte.

Wir hörten zuerst den Hochwasserbericht aus den Orten, in denen der Sturm die Ostsee in die Buchten gedrückt hatte, danach schilderte der Sprecher aufgeregt, wie sich in den Häfen riesige Eisschollen zu einem *undurchdringlichen Gürtel* zusammenschoben. Mehrere Schiffsriesen steckten bereits im Eis fest — sobald der Schneefall nachließ, würden wir sie von unserem eigenen Deich aus sehen können.

Es folgten die inzwischen vertrauten Meldungen über eingefrorene Schienen und Weichen, den vergeblichen

Kampf der Bundeswehr um die Freihaltung der Versorgungswege und die Evakuierung von Kranken und Schwangeren per Hubschrauber. Und am Schluss richtete der Sprecher einen dringenden Appell an die Bevölkerung:

„Warten Sie nicht auf Hilfe der Städte und Gemeinden, die Büros sind über die Feiertage gar nicht besetzt. Werden Sie selbst aktiv! Gibt es Familien in Ihrer Nachbarschaft, die auf den Elektroherd angewiesen sind? Stellen Sie Ihren Gasherd zur Verfügung, damit sie kochen können. Haben Sie Lebensmittel abzugeben? Vor allem jüngere Leute sind Vorratshaltung nicht gewöhnt und könnten in Versorgungsschwierigkeiten sein. Gibt es Nachbarn, von denen Sie seit Tagen nichts gehört oder gesehen haben? Wenn möglich, sehen Sie bitte nach, ob dort alles in Ordnung ist. Gibt es Höfe in Ihrer Umgebung? Futter- und Melkmaschinen sind seit mehreren Tagen ausgefallen, ein einzelner Bauer kann die Versorgung seiner Tiere nicht alleine leisten. Bitte machen Sie die Augen auf, bieten Sie Hilfe an!"

Als der Sender Musik zu spielen begann, drehte mein Großvater den Ausschaltknopf, um die Batterien zu sparen, und es war einige Sekunden ganz still. Als dächten wir alle dasselbe: Von unseren Nachbarn hatten wir seit über zwei Jahren nichts gehört und gesehen, und die einzige Ausnahme saß bereits bei uns am Tisch.

Plötzlich erhob sich Gecko ohne jede Erklärung, nahm die Taschenlampe, mit der wir uns bei Dunkelheit zwischen Haus und Scheune bewegten, und kletterte die Leiter zum offenen Dachboden hinauf. Oben hörten wir ihn kurz kramen, dann erschien er mit der Taschenlampe zwischen den Zähnen wieder an der Leiter.

„Könnt ihr mir das mal abnehmen?", fragte er.

Im Arm hielt er ein Paar Ski.

In unserer Scheune herrschten die Schatten. Die Kerzen am Tisch brannten eine nach der anderen herunter, während wir uns zum Schlafengehen fertigmachten, und Dada stellte eine kleine Campinglaterne mit Windlicht auf, das er während der Nacht auswechseln wollte, damit es nicht vollkommen dunkel wurde.

Nicht, dass das Laternchen viel bewirkte. Überall hörtest du gedämpftes „Aua!", „Verflixt, wo ist denn ...?" und „Hat jemand meinen zweiten Strumpf gesehen?"

„Regel Nummer eins bei Stromausfall", bemerkte Zippi. „Leg deine Sachen nur an Stellen ab, an denen du sie auch blind wiederfindest."

Als Chefin unseres kleinen Abteils hatte sie angeordnet, die beiden Matratzen quer hinzulegen, damit es keine Besucherritze gab. Eine von uns Dreien musste in die Mitte und mit zusammengebissenen Zähnen wartete ich darauf, dass es mich traf, aber zu meiner Überraschung teilte meine Schwester den schlechtesten Platz sich selber zu.

Steif wie ein Stock lag ich neben ihr, verpackt in Pullover, Mütze und Handschuhe, und spürte, dass sie wusste, was in mir vorging. Das machte es nicht besser, im Gegenteil, und ich rollte demonstrativ an den äußersten Rand der Matratze. Meine rechte Pobacke hing geradezu im Freien vor lauter Bemühen, von ihr wegzurücken, aber sie hatte schon recht – neben Hühnerblase hätte ich noch weniger liegen wollen.

„Gute Nacht, Kinder!", kam es von Mama und wir alle antworteten aus den verschiedensten Winkeln unserer

Scheune, vergaßen auch den armen Hugomüller nicht, und obwohl es langsam ein wirklich alter Hut ist, wartete ich darauf, dass Hanno seinen üblichen Campinggruß loswurde. Wie immer ließ er uns ein bisschen zappeln, als dächte er nicht mehr daran, aber am Ende kam es doch: „Gute Nacht, John-Boy!"

Danach wurde es still. Das Geraschel und Getuschel aus den anderen Schlafabteilen verstummte, der Hugomüller setzte zu seinem angekündigten Schnarchkonzert an, Zippi neben mir schlummerte längst. Nur ich lag herum und ahnte es schon: In meinem Kopf tummelten sich genügend Vorwürfe gegen mich selbst und andere, um einander bis zum nächsten Morgen wach zu halten.

Als ich flüsternde Stimmen aus dem Abteil nebenan hörte, schlüpfte ich, erleichtert über die Unterbrechung, an den unteren Rand der Matratze und lauschte.

Meine Eltern und Puro diskutierten immer noch. Im Grunde, meinte Dada, könne uns doch nicht mehr passieren, als dass unsere Hilfe abgelehnt wurde. Dann hätten wir es aber wenigstens versucht und wären Gott und der Welt nichts schuldig geblieben, während uns in der Scheune jeder Bissen im Hals stecken bleiben müsste, wenn wir so taten, als hätten wir mit alldem da draußen nichts zu tun.

„Ich finde, wenn sie unsere Hilfe wollen, sollen sie zu uns kommen", meinte meine Mutter, aber Puro war auf Dadas Seite und erwiderte: „Was, wenn sie dazu nicht in der Lage sind? Du hast es doch gehört. Leute stecken in ihren Häusern fest, Kinder haben Hunger, Tiere können nicht versorgt werden!"

„Dann nehmt wenigstens etwas zu eurem Schutz mit!"

„Du meinst eine Waffe? Ich werde den Teufel tun und mit einem Messer in der Tasche zu meinen Nachbarn gehen", erwiderte Dada. „Unser bester Schutz sind wir selbst, Gili. Wir sind zu siebt, wer sollte uns etwas antun?"

„Zu siebt, ha! Zwei von euch sind Kinder! Lass wenigstens Kascha und Janko hier!"

„Nein, Gili, es bleibt dabei: Wer Skier hat, kann mit. Und wer weiß, wozu es gut ist, die Kinder mitzunehmen."

„Was sagen sie?", flüsterte auf einmal jemand dicht hinter mir und meine Nackenhaare stellten sich abwehrend auf, als Hühnerblase mich anatmete.

„Nichts", behauptete ich und schob sie von mir weg, aber meine Cousine zischelte: „Red kein Blech. Sie quatschen die ganze Zeit und ich habe eure Namen gehört!"

„Was für eure Ohren bestimmt ist, sagen wir euch schon auf Deutsch", schnappte ich zurück.

Um im nächsten Moment von der Matratze gegen den Schrank zu krachen. Ich fasste es nicht: Diese Hühnerblase hatte mich *geschubst!*

„Du bist eine eingebildete Ziege, weißt du das?", fauchte sie, bevor sie blitzschnell zurück in ihre Ecke kroch und sich hinter der schlafenden Zippi versteckte.

Dada blickte um den Schrank herum und leuchtete mir mit der Taschenlampe ins Gesicht. „Kascha, Kascha", sagte er. „Wieso belauschst du deine Eltern? Sagen wir dir nicht alles, was du wissen musst?"

Er klang zutiefst enttäuscht. Ich schlüpfte zurück ins Bett, Scham schnürte mir die Kehle zu. Auf der anderen Seite von Zippi gab Hühnerblase ein übertrieben zufriedenes Schnarchen von sich und meine einzige Genugtuung bestand für die nächsten Minuten darin, mir vorzustellen, wie es sich in ein Röcheln verwandeln würde, wenn ich ihr die Kehle zudrückte.

Noch ein paar Tage mit Hühnerblase und ich wurde vollkommen umgedreht. Bisher hatte all meine Sympathie den Opfern von Mord und Totschlag gegolten, aber langsam entwickelte ich ein beunruhigendes Verständnis dafür, warum manche Leute auf den Fahndungslisten von *XY* landeten.

10

Bettinas Mundwinkel hingen nach unten, seit ihr klar war, dass sie bei den *Alten und Kranken* zurückbleiben würde. Sie hatte es aufgegeben, sich in Jankos Skistiefel zu zwängen, die als einzige übrig waren, da mein Bruder meine alte Ausrüstung, ich die von Zippi und meine Schwester die Ski und Stiefel meiner Mutter trug. Seit Jahren hatten wir unsere Skier nicht mehr benutzt. Ich hatte nicht damit gerechnet, dass wir ihnen einmal die Gelegenheit bieten konnten, Groß-Mooren kennenzulernen.

„Zippis Stiefel passen mir besser als Kascha!" Als wir gerade aufbrechen wollten, zog Hühnerblase eine ganz miese Karte. „Warum bleibt nicht Kascha hier und ich gehe mit?"

„Du kannst doch gar nicht Skilaufen", sagte ich böse.

„Ich, nicht Skilaufen ...? Ich habe zwei Pokale gewonnen!"

„Na schön", bestimmte Mama. „Dann darf Bettina morgen an Kaschas Stelle mit."

Ich war erschüttert. Eltern halten zu ihren Kindern, das ist ein Naturgesetz! Schwarze Wölkchen stoben aus meinen Nasenlöchern, als ich meine Cousine anzischte: „Ich pisse in deine Pokale! Das sind meine Stiefel, kapiert?"

Mama machte den Mund auf und ich sah es kommen: „Stiefel aus!"

Aber zum Glück waren es nur drei Schritte bis zur Scheunentür. Wenn es keine Möglichkeit gibt, dich deinen Eltern zu widersetzen, dann musst du eben schneller sein als der Befehl.

Kaum stand ich in der Scheunentür und blickte in die kalte, feindliche Landschaft, lebten allerdings sämtliche Zweifel wieder auf, die ich während des kleinen Machtkampfs mit Hühnerblase vorübergehend vergessen hatte. Was in aller Welt tat ich eigentlich hier ...? Groß-Mooren und wir, das sind zwei unterschiedliche Planeten, und dass mein Vater glaubte, man könne uns wegen eines bisschen Schnees mal eben aufeinander loslassen, ließ mich beinahe an seinem Verstand zweifeln. Im Gegensatz zu Mama rechnete ich zwar nicht damit, dass jemand die Hand gegen uns erhob, aber dass wir am Ende wie die Dummen dastanden – ja, musste ich darauf etwa Lust haben?

Du hockst hier in deiner Scheune, Dada, aber Janko und ich müssen nächste Woche wieder mit denen zur Schule. Hast du daran schon mal gedacht ...?

Mal ehrlich: So schlimm, dass die Groß-Moorer unsere Hilfe brauchten, konnte die so genannte Schneekatastrophe doch gar nicht sein! Ich blickte mich um. Von der Mauer, die unseren und den linken Nachbarhof trennt, war nichts mehr zu sehen, nur Hugomüllers eingeschneites Spitzdach ragte dahinter hervor wie ein Wehrtürmchen.

Doch zwischen unserem und dem anderen Nachbarhof, wo es keine Mauer, sondern eine eingezäunte Viehweide gibt, sah es besser aus. Der Wind war über die Freiflächen gefegt und hatte den Schnee überall dort aufgetürmt, wo Gebäude, Mauern oder Fahrzeuge im Weg standen, aber auf den Wiesen guckten die Zaunpfosten noch hervor. Der Schnee konnte dort kaum höher als einen halben Meter liegen.

Auch die Landstraße schien frei zu sein. Der Pflug hatte mehrmals geräumt, obwohl wegen des herrschenden Fahrverbots eigentlich niemand unterwegs war, und hatte den Schnee dabei an den Rändern so hoch aufgetürmt, dass das einzige Problem darin bestand, überhaupt auf die Straße zu gelangen. Bei uns hatte die bewährte Mannschaft geschaufelt und einen schmalen Durchgang freigelegt, der aussah, als hätte sich eine Maus durch einen Käse genagt.

Es roch frisch und weiß und salzig, nie zuvor hatte ich Groß-Mooren so gerochen, und je länger ich dastand, desto mulmiger wurde mir. Dies war kein gewöhnlicher Schnee. Dieser Schnee hatte etwas vor. Er konnte alles außer Kraft setzen, wenn wir nicht aufpassten. Donny im Winter, ein Gadscho, der bei uns einzog, Hühnerblase seit heute Morgen in meinen Klamotten ... als hätte alles, woran wir gewohnt waren, keine Gültigkeit mehr.

Aber war das ein Grund, uns den Groß-Moorern aufzudrängen, uns womöglich in Gefahr zu bringen? Plötzlich fiel mir nicht mehr schwer, das Ergebnis unseres Vorhabens mit Mamas Augen zu sehen: meine Familie und ich als traurige Freitagabendstars, von hinten zu erkennen, wie wir auf unseren Skiern tapfer auf eine weiße Wand zumarschierten. Die Ersten bereits darin verschwindend. Der

Moment, in dem jeder *XY*-Zuschauer innerlich HALT! schreit.

Zeugen sahen die siebenköpfige Familie zuletzt gegen 10 Uhr am Ortseingang ...

Nein. Schluss. Aus! Ich würde zurück in die Scheune gehen und verkünden, ich hätte eine Vision gehabt, eine Warnung von der Puri, *und nein, tut mir leid, es ist nicht das erste Mal, fragt Puro, aber jetzt zieht die Skistiefel bitte wieder aus und glaubt mir, es ist besser ...*

Ich war ziemlich sicher, dass ich es überzeugend hinbekommen würde. Klar und deutlich hatte ich uns in Gefahr gesehen, und woher wusste ich eigentlich, dass es sich *nicht* um eine Vision gehandelt hatte? Nach allem, was Puro mir erklärt hatte, gab es doch nur eine Regel: Wichtig ist, was am Ende dabei herauskommt.

Tja. Spiele nie mit höheren Mächten! Das Dröhnen auf der Straße hatte ich im Unterbewusstsein schon länger vernommen, aber erst jetzt, als es lauter wurde, wandte ich mich nach der Ursache um. Blinzelte ungläubig. Machte fast in die Hose.

Hinter der Schneemauer schaute ein *Maul* hervor. Ein Maul, das sich bewegte – langsam zwar, aber dass es vorwärts kam, war unübersehbar, und seine Richtung auch. Kaum hatte ich es entdeckt, wandte es sich von der Straße ab und glotzte mich an, und im nächsten Augenblick sah ich es auch schon in die Schneemauer beißen.

„Dada!", kreischte ich in höchsten Tönen und stürzte zurück ins Haus.

Die anderen kamen mir entgegen, sie hatten das Dröhnen auch gehört, und ich kam mir verdammt blöd vor, als ich im Schutz meiner Familie vor dem Haus stand und dem Ding entgegenblickte, das sich vor uns durch den Schnee fraß.

Mann, Mann, Kascha, hast du noch nie eine Traktorschaufel gesehen?

Der Traktor grub sich durch unser Mauseloch, hinterließ eine breite Schneise und kam zum Stehen. Der Motor ging aus. Zwei Vermummte, die um ihre Mützen Schals gewickelt hatten, hockten unbeweglich vor uns. Dann brummte einer: „Moin. Kommt ihr zurecht?"

„Helmut, bist du's?", fragte der Hugomüller zweifelnd, was eine kurze Diskussion auf Plattdeutsch auslöste, eine Geheimsprache, die unsereiner ebenso wenig versteht wie der Gadsche unser Romanes.

„Wir danken für Ihre Hilfe", hakte Dada schließlich ein. „Möchten Sie nicht hereinkommen und sich aufwärmen? Wir haben Tee und Stullen."

„Aufwärmen wäre nicht schlecht", gaben die beiden zu und kletterten umständlich von ihrem Traktor, aber erst als sie in der Scheune ihre Mützen auszogen, identifizierten wir den Nachbarn vom übernächsten Hof und stellten fest, dass der andere Mann seine Frau war.

„Sie haben es aber wirklich schön hier", staunte sie.

Die beiden waren die ersten Groß-Moorer nach dem Hugomüller, die ihren Fuß in unsere Scheune setzten, und viel konnten sie nicht erwartet haben, so wie sie sich in den nächsten Minuten aufführten. Sie spazierten umher, sahen sich alles an, lasen die Preisschilder an den Möbeln und brachen abwechselnd in den Ruf aus: „Wenn ich denke, wie es hier früher aussah!"

Meine Eltern strahlten. Ich selbst hatte ein eher komisches Gefühl. Klar sah es hier gut aus, Dada und meine

Brüder hatten schließlich jahrelang an der Scheune gearbeitet! Und so erfreulich es war, aus dem Mund der Nachbarn ein unerwartetes Lob zu hören, war das doch kein Grund, sich ihnen derart an die Brust zu werfen!

Plötzlich streckte der Mann die Hand aus und brummelte: „Schick", und Dada schüttelte eifrig die Hand und bedankte sich, bevor ihm ein Licht aufging und er hinzufügte: „Johannes Natzweiler, angenehm."

„Wir wollten gerade nachsehen, ob jemand Hilfe braucht", bemerkte Hanno.

„Können Sie Kühe melken, junger Mann?", erwiderte Frau Schick.

„Absolut", erwiderte Hanno lächelnd und man konnte zusehen, wie die Fäden seines Charmes sich augenblicklich um Frau Schick zu wickeln begannen.

Ihr Mann brauchte noch einen Moment. „Na, ich weiß nicht", sagte er gedehnt, bevor seine Frau sein Zögern mit einer Handbewegung fortwischte.

„Dann würde ich vorschlagen, dass Sie gleich zu Friedrichs gehen", sagte sie.

„Gern, und wo ist das?"

„Der Hof links neben unserem. Die beiden haben dreißig Stück Vieh."

„Schon merkwürdig, nicht wahr?", meldete sich Puro von seinem Platz am Tisch. „Dass wir so lange hier wohnen und noch immer nicht wissen, wie unsere Nachbarn heißen."

„Sie hätten sich ja mal vorstellen können", entgegnete Frau Schick spitz.

Puro lächelte. „Wollten wir, wollten wir. Leider hat niemand die Tür aufgemacht."

Dada streifte meinen Großvater mit einem beunruhigten Blick. *Willst du alles kaputt machen?* Anscheinend hatte er vergessen, wie wir in unserem besten Sonntagsstaat an den Türen der Nachbarhöfe geklingelt, wie sich hinter einigen Fenstern Gardinen bewegt hatten und vor jeder Hütte ein Hund hysterisch geworden war. Aber herausgekommen war niemand. Woher sollten wir bitteschön wissen, wer Friedrichs waren?

„Können wir jemandem unseren Gasherd oder den Campingkocher anbieten?", fragte Dada rasch.

„Melden Sie das Angebot einfach in der Krisenzentrale. Im *Walfisch* sitzen den ganzen Tag über Freiwillige und koordinieren die Nachbarschaftshilfe."

Mama stellte unterdessen ein Tablett mit frisch gebrühtem Tee, Stullen und Weihnachtsgebäck auf den Tisch und lud die beiden Schicks mit einer Handbewegung ein, sich zu setzen. Gesagt hatte sie noch nichts. Vielleicht musste sie sich, wie ich, erst daran gewöhnen, was der Schnee zwischen uns und den Gadsche anrichtete.

Mit leichtem Zögern nahm das Paar Platz und griff zu. Dada setzte sich zu ihnen und drückte sich auch noch ein Plätzchen rein, obwohl wir gerade erst gut gefrühstückt hatten.

„Geht schon mal ohne mich, ich komme nach", sagte er zu uns, die um den Tisch herumstanden, als warteten wir auf freie Plätze.

Am liebsten hätte ich gerufen: „Moment mal – es war deine Idee, und jetzt willst du nicht einmal mit?"

In diesem Moment ging die Scheunentür auf und Onkel Harald kam herein. Sein Haar war zerzaust, das Gesicht grau und voller Stoppeln, seine kleinen roten Augen erinnerten an ein Kaninchen. Heiser verkündete er: „Falls es jemand interessiert – es geht mir besser."

Als er Schicks entdeckte, sah er allerdings aus, als wäre er am liebsten zurück in seinen Bau geschlüpft. Die Nachbarn guckten rundäugig zurück. „Hallo, Herr Kaiser ...!"

Ob Onkel Harald und Tante Lonny schon mal darüber nachgedacht haben, einen Vertrag mit dem Werbefernsehen abzuschließen? Bei ihnen stimmt einfach alles. Sie haben die richtigen Gardinen, sie putzen mit dem amerikanischen Waschmittel und mein Onkel verkauft mit seinem Nachnamen tatsächlich Versicherungen.

„Was machen Sie denn hier?", fragte Herr Schick verdattert.

„Gestrandet", antwortete Onkel Harald verlegen. „Mit meiner Tochter", und er wies auf Hühnerblase, als erklärte das schon alles.

Schon huschten Frau Schicks Augen zwischen mir, Zippi und meiner Cousine hin und her. So sieht es aus, wenn jemand kombiniert.

„Ach", sagte sie und zog das Wort bedeutsam in die Länge. „Verwandtschaft?"

„Flüchtig", nuschelte Onkel Harald, worauf meine Mutter endlich doch etwas sagte. Sie sagte: „Setz dich hin und trink deinen Tee, *Harry*", und es klang ziemlich kühl.

„Brauchen wir eigentlich Skier?", unterbrach Donny und Herr Schick kehrte erleichtert zur Ursache all dieser Unannehmlichkeiten zurück und erklärte, dass gute Stiefel genügten. Die Straße zum Dorf sei frei, die Zufahrt der Friedrichs hätten er und seine Frau geräumt.

„Dann gehen wir doch am besten gleich los!", schlug Gecko vor.

Hühnerblase warf mir einen triumphierenden Blick zu und war schon unterwegs zu ihren Stiefeln. Ich wartete darauf, dass jemand noch eine ganz andere Frage stellte, aber seltsamerweise schien überhaupt niemand daran zu denken.

Typisch – die peinlichen Dinge bleiben immer an mir hängen. „Lassen diese Friedrichs uns überhaupt auf den Hof?", fragte ich Frau Schick.

„Warum, in aller Welt, sollten sie denn nicht?", heuchelte sie.

Na schön. Ich gab auf. Wenn alle es konnten, konnte ich es auch: aus meinem Gedächtnis radieren, was vor dem Schnee gegolten hatte. Zumindest für ein paar Stunden.

Wir kamen gut voran, obwohl es immer noch eisig kalt war. Aus dem rasenden Flockenwirbel der letzten Tage war ein Tanz geworden und die einzelne Fahrspur, die der Schneepflug auf der Straße nach Groß-Mooren befreit hatte, von einer feinen, knirschenden Neuschneedecke bedeckt. Muggele hätte seine Freude gehabt, aber wir hatten ihn lieber zu Hause gelassen. Dass einige von uns neuerdings mit Groß-Moorern verkehrten, hieß ja nicht, dass deren Hunde automatisch von Muggele begeistert waren.

Ich war so in Gedanken versunken, dass ich, als Janko sich an mich heranschob, im ersten Moment überhaupt nicht begriff, wovon er redete.

„Kascha, *siehst* du irgendetwas?", fragte er dumpf.

Mama und ich waren also nicht die Einzigen, denen unser Vorhaben unheimlich war.

„Nein", flüsterte ich zurück. „Ich glaube, es war nur dieses eine Mal."

„Wirklich?" Mein Bruder blickte mich an, als hätte ich beim Elfmeterschießen versagt. Seine Schultern sackten herab. „Oh. Und ich dachte ..."

„Was?", fragte ich unwirsch.

„Na, dass es uns noch was nützen würde. Bei Klassenarbeiten oder so. Und ich dachte, es kann nichts schaden, wenn wir mal einen Lottoschein kaufen!"

„Blödmann", murmelte ich und ging einen Schritt schneller. Es ist kein schönes Gefühl, jemanden zu enttäuschen – selbst wenn es nur Janko ist.

Seltsamerweise regte sich nichts, als wir in den Hof der Friedrichs einbogen. Das beunruhigte mich mehr, als wenn deren Schäferhund sich auf uns gestürzt hätte – ich hatte angenommen, wenigstens auf den Instinkt der Hunde sei noch Verlass.

Aus dem Stall kam das Brüllen der Kühe, sonst blieb alles still. Wachsam stapften wir auf die Hundehütte zu, die vor dem Haus stand, zugeweht wie ein Iglu. Mit Ausnahme der Hundehütte hätte dies glatt unser eigener Hof sein können. Wahrscheinlich hatte es den Bausatz vor fünfzig Jahren im Sonderangebot gegeben.

„Vorsicht", warnte Zippi, „geht nicht zu dicht heran!"

Aber als wir näherkamen, erkannten wir, dass der Eingang der Hundehütte halb verschüttet war. Nein, hier war bestimmt kein Hund mehr, natürlich hatten seine Besitzer ihn bei diesem Wetter mit ins Haus genommen. Hanno leuchtete dennoch hinein, und trat einen Schritt zurück. „Oh nein", sagte er leise.

Tränen schossen mir in die Augen. „Nein, Kascha, sieh nicht hin!", bat mein Bruder, aber er hielt mich nicht zurück, und die Taschenlampe gab er mir auch.

Der Hund der Friedrichs hatte sich in die letzte Ecke seiner Hütte verkrochen. Graues Fell guckte aus dem Schnee wie eine alte Decke, der Rücken war zum Buckel gekrümmt in dem vergeblichen Versuch, sich zu schützen.

Jemand legte den Arm um mich – Zippi. Sie weiß, wie ich zu Hunden stehe, und als eine Frau aus dem Stall auf uns zukam, wusste sie auch, dass sie mich nicht würde zurückhalten können.

„Warum haben Sie ihn nicht ins Haus geholt?", schrie ich der Frau entgegen.

Ihr Schritt wurde langsamer.

„Ihren Hund erfrieren zu lassen, so eine Schweinerei!", brüllte ich. „Ich zeige Sie an! Sie dürfen nie wieder einen Hund halten!"

„Nun mal langsam, Kascha", begann Donny und ich blaffte: „Du hältst dich raus, du Lügner!"

Über mich hinweg rief Hanno der Frau eine seltsam klingende Erklärung zu: „Uns schicken Schicks!"

Die Frau war stehen geblieben und wischte sich über die Augen. „Wir haben das doch nicht gewollt", sagte sie. „Das mit dem Pascha ist schon in der ersten Nacht passiert, als keiner gedacht hat ..."

Hinter mir begann es zu schniefen, weil auch Janko sich in der Zwischenzeit den armen toten Hund angeguckt hatte. Irritiert erklärte Hanno: „Es reicht, Leute!", und in Richtung von Frau Friedrich: „Auch wenn es gerade nicht so aussieht: Wir sind gekommen, um zu helfen!"

„Dann kommt mal mit", erwiderte Frau Friedrich und winkte uns zu einem Schuppen, wo sie die Oberseite der zweiteiligen Holztür öffnete und uns hineinblicken ließ.

„Vorletzte Nacht", sagte sie nur.

Über den Hof war das Grauen hereingebrochen. In jeder Box lag ein totes Schwein, umgeben von steifgefrorenen Ferkeln, die sich bis zuletzt an ihre Mütter gedrängt hatten. Die Wärmelampen über den Boxen waren von einer Eisschicht überzogen.

„Die Hühner halten mehr aus, aber die verrecken auch", sagte Frau Friedrich den Tränen nahe. „Abends ein Schnupfen, morgens liegen sie da. Wir haben bald nur noch die Kühe."

Mit Mühe riss ich mich von dem Anblick der toten Schweine los. Meine Beine waren wie Gummi, als wir die paar Schritte zum Kuhstall hinübergingen. Bis eben hatte ich am Wort Katastrophe gezweifelt, jetzt erkannte ich, dass das Radio nicht übertrieben hatte. Nur wenige hundert Meter von uns entfernt hatte es unschuldige Opfer gegeben!

Im Stall hockte der alte Bauer rotgesichtig und nassgeschwitzt auf seinem Melkschemel. Die Kuh, die vor ihm stand, trat nach dem Eimer, sobald der Mann ihren Euter auch nur berührte.

„Sie sind das Melken von Hand nicht gewöhnt!", erklärte Frau Friedrich verzweifelt.

Wir sahen uns das eine Minute an, dann kommandierte Hanno: „Janko, nach vorn!"

Mein kleiner Bruder schlüpfte in den Ständer, als hätte er nur darauf gewartet. Er drückte sich an der Kuh vorbei, griff nach ihren Ohren, zog daran und wühlte mit beiden Händen in dem Haarwuschel an ihrer Stirn. Dabei sang er ihr leise zu.

„Was in aller Welt ...?", begann Herr Friedrich.

„Unser Janko kann mit Kühen", sagte Zippi stolz.

Die Kuh senkte den Kopf und schnaubte Janko gegen den Bauch.

„Darf ich?", fragte Gecko und Herr Friedrich stand verblüfft auf, um ihn auf den Melkschemel zu lassen. Die Kuh trat noch einige Male nach dem Eimer, dann stand sie vollkommen still, während Gecko rasch und geschickt zu melken begann.

Herr Friedrich lehnte sich gegen den Ständer der nächsten Kuh und schüttelte nur noch den Kopf. Er sah aus, als würde er jeden Augenblick umfallen.

„Wir haben heißen Tee und Stullen im Rucksack", sagte Zippi zu Frau Friedrich. „Wenn Sie möchten."

Zum ersten Mal lächelte die Frau. „Danke, aber auf den Höfen haben wir zum Glück noch unsere Holzöfen."

„Ich verkauf den Hof, Grete", erklärte Herr Friedrich und sah Gecko und Janko zu. „Ich fang nicht noch mal von vorn an. Das war's."

„Holen Sie bitte noch Eimer", sagte Hanno. „Das kriegen wir schon hin."

„Okay, aber mir müsste noch jemand zeigen, wie das geht", erinnerte ihn Hühnerblase.

„Du stellst dich erst mal vorne an die Kuh", bestimmte mein Bruder. „Kraul ihr den Kopf wie Janko, und sieh dabei zu, was Kascha macht."

Kascha machte allerdings noch nichts, Kascha war noch lange nicht fertig mit den Friedrichs. Mit zitternder Stimme sagte ich: „Diese blöden Hundehütten sind bei Schnee eine Todesfalle! Das kann man sich sehr wohl denken."

Frau Friedrich setzte an, mich von oben bis unten zu mustern, brach aber in der Mitte ab und gab zu: „Du hast recht. Bei uns muss nie wieder ein Hund in so eine Hütte."

Ich wandte mich ab und hockte mich neben die Kuh im nächsten Ständer, bevor mir wieder die Tränen kommen konnten. Tief atmete ich den warmen Stall- und Mistgeruch ein, der mich von dem riesigen schwarzweißen Bauch anwehte, und fühlte, wie ich mich beruhigte.

Hinter mir erklärte Hanno dem Bauern: „Wir sind mit Tieren aufgewachsen. Wir hatten in Süddeutschland Nachbarn, die hinterm Haus Kühe hielten."

Unterdessen übernahm Zippi den Platz an der Kuh neben mir, während Donny versuchte, das Tier zu beruhigen. Man konnte allerdings gleich sehen, dass es kein großer Erfolg werden würde: Donny Leverenz, mein ehemaliger Held, hatte etwas anderes im Kopf. Ich kam mir vor wie beim Tennis, als ich den Blicken folgte, die zwischen ihm und Zippi hin und her flogen. Dies musste der erste Moment sein, den sie miteinander hatten, seit Donny vor drei Tagen bei uns aufgeschlagen war, und ihre Umgebung war ihnen von einer Sekunde zur anderen egal.

Ich schaute weg. Wieder spürte ich, dass Zippi schon nicht mehr bei uns war, und für einen Augenblick wurde es dunkel in mir.

„Mann, ist das fettig", beschwerte sich Hühnerblase.

Ich blickte um meine Kuh herum. An ihrem vorderen Ende griff meine Cousine dem Tier mit spitzen Fingern in die Frisur und gewisse Zweifel erfassten mich, ob sie der Kuh nicht etwas zuflüstern würde, dass diese erst recht dazu brachte, nach mir zu treten!

Singen zum Beispiel. „Bye bye, baby, baby, goodbye", legte Hühnerblase los. "Bye, bye, baby, baby don't cry!"

Vorsichtshalber wartete ich erst einmal ab, aber die Kuh schien einverstanden. Das Rindvieh mochte die *Bay*

City Rollers! Es trat nicht ein einziges Mal nach dem Eimer.

Eine halbe Stunde später ging die Stalltür auf und mein Vater kam herein. Schicks waren fort und ich konnte sehen, wie Dada sich beeilt hatte, uns zu folgen. Halb freute ich mich, ihn zu sehen, halb war mir klar: Dass er nicht die Absicht hatte, uns mit den Groß-Moorern allein zu lassen, musste nichts Gutes bedeuten.

Ihre überlebenden Hühner hatten Friedrichs in der Küche untergebracht, wo sie in der Nähe des Ofens mit allen Anzeichen der Verwirrung herumpickten. Frau Friedrich setzte an, sich für den Zustand ihres Zuhauses zu entschuldigen, aber dann schüttelte sie den Kopf und meinte: „Ist ja jetzt wohl egal."

Ich massierte meinen schmerzenden Nacken und knetete meine Finger. Das Melken hatte ich bei Nachbarn gelernt, die nur zwei Kühe besaßen; für einen Großeinsatz war ich nicht im Training und seufzte innerlich, als Herr Friedrich fragte: „Kommt ihr morgen wieder?"

Seine Frau goss köstliche, noch warme Milch in Becher und reichte sie uns; dazu gab es Weihnachtsstollen. Sie quasselte pausenlos, als wollte sie jedes nicht gesagte Wort der letzten zwei Jahre nachholen.

„Die Tochter ist schon lange aus dem Haus, die hat eine Sparkassenlehre gemacht, und der Sohn wollte den Hof auch nicht, also was bleibt uns übrig, wir kriegen ja keine Rente! Letzten Herbst hatten wir ein Angebot von einem, der einen großen Masthähnchenstall bauen wollte, aber die armen Nachbarn — wir haben das abgelehnt. Hätten wir mal nur gewusst, was diesen Winter auf uns zukommt ..."

„Ich kann das nicht trinken", flüsterte Hühnerblase mir zu.

Keine Ahnung, warum sie auf den Platz neben mich gerutscht war – hoffentlich dachte sie nicht, dass das erfolgreiche gemeinsame Melken uns jetzt irgendwie verband.

„Wieso nicht? Das ist ganz frische Milch!", flüsterte ich zurück.

„Aber die war doch gerade noch in der Kuh!" Hühnerblase sah aus, als würde sie sich gleich übergeben. „Die war ja noch nicht einmal im Kühlschrank!"

Ich leerte meinen Becher in einem Zug, aber das überzeugte sie auch nicht. Bevor sie uns vor den Nachbarn blamieren konnte, tauschte ich kurzerhand meinen leeren Becher gegen ihren, als Frau Friedrich uns für einen Moment den Rücken zuwandte.

Ich hätte allerdings fast ausgespuckt, als Hühnerblase, kaum dass ich ihren Becher an die Lippen gesetzt hatte, einen echten Schock in mir auslöste. Sie flüsterte: „Danke!"

„Selbstverständlich kommen wir wieder", versprach Dada. „Aber wir wollen gleich auch noch ins Dorf, um uns bei der Krisenzentrale zu melden."

„Wie viele seid ihr denn zuhause?", wollte Frau Friedrich wissen. „Wir füllen euch ein paar Kannen Milch ab, die ihr auf dem Rückweg mitnehmen könnt."

„Das wäre schön. Wir sind zu elft, darunter zwei Kranke."

„Ach herrje. Hoffentlich nichts Ernstes ...? Wir haben einen Fall im Dorf, die arme Frau ist zum Sterben nach Hause gekommen und jetzt können sie ihr vor den Feiertagen nicht einmal mehr Morphium beschaffen."

Mit einem Kitzeln in der Brust fiel mir die Frau an der Tür von Nummer 17 wieder ein, die uns bei Heinrich & Schulz beigesprungen war. Qualles Mutter.

„Nein, nein, nichts Ernstes, zum Glück", meinte Zippi rasch. „Unser Onkel hat nur eine Erkältung und der Großvater wird wahrscheinlich hundert."

Frau Friedrich lachte. Ich selbst ertappte mich erschrocken bei dem Gedanken: *Wenn du dich da nur nicht täuschst.*

II

„Morgen melke ich auch! Du rubbelst erst den Euter ab, dann legst du einen Ring aus Daumen und Zeigefinger um eine Zitze, um die Milch zum Fließen zu bringen, und dann ziehst du die Milch herunter in die Zitze. Ganz einfach!"

Hühnerblase hüpfte zwischen Hanno und Dada an der Spitze unseres kleinen Trupps, eine Mischung aus Kreisel und Flummi, und ich wartete darauf, dass sie hinzufügte: „Was Kascha kann, kann ich schon lange", aber das verbiss sie sich gerade noch.

Mürrisch trabte ich hinter ihnen her, tief in den Kragen meines Anoraks versunken. Gleich hinter mir ging Zippi neben Donny. Die trauten sich was! Vielleicht merkte genau deshalb niemand außer mir, was los war.

Den Schluss unserer Schar bildeten Gecko und Janko. Ich war die Einzige, die allein ging, was irgendwie zu meiner Zukunft passte.

„Tina, Tina", sagte Hanno hintergründig. „Noch ein paar Tage und du gehörst zu uns!"

Hühnerblase guckte ihn ungläubig von schräg unten an, dann entschied sie sich für die naheliegende Reaktion und kicherte.

Über den Rest von uns fiel eine gewisse Stille, je näher wir dem Dorf kamen, und ich versuchte mich zu erinnern, wann wir zuletzt als größere Gruppe hier gewesen waren. Es musste der Tag nach unserer Ankunft gewesen sein, als wir uns den Nachbarn hatten vorstellen wollen. Seitdem hatten wir uns lieber an die Devise gehalten: Wenn du Aufsehen vermeiden willst, teile dich auf.

Aber war dies noch dasselbe Dorf? Von weitem wirkte es verlassen, wie stillgelegt. Kein Schornstein rauchte, der einzige Laut weit und breit war der Gleichschritt unserer Stiefel auf dem Schnee. Am Straßenrand guckten aus weißen Hügeln hier und da die Seitenfenster geparkter Autos hervor. Beinahe bildete ich mir ein, Bewegungen hinter den Scheiben zu erkennen, als befänden sich unterm Schnee die Wohnungen der kleinen Wesen, die das Dorf in den letzten Tagen erobert haben mussten.

Die Häuser der Groß-Moorer waren bis über die Erdgeschossfenster zugeweht; weiße Flecken klebten mal dünn, mal dicker an den Fassaden, als hätte ein Zuckerbäcker bei der Arbeit die Lust verloren. Eiszapfen hingen von den Regenrinnen, die Außenlampen der Häuser und die Straßenlaternen trugen Zipfelmützen.

Erst auf den zweiten Blick entdeckten wir menschliches Leben – und wie!

Von der Straße führten überall dieselben kleinen Schaufelpfade zu den Haustüren, und vor jeder Hauseinfahrt schien jemand zu stehen, der sich auf einen Schaufel-stiel lehnte und mit dem Nachbarn schwatzte, der eben-falls auf einem Schaufelstiel lehnte.

Es war ein Bild, wie du es niemals im Kunstunterricht abgeben dürftest, weil es sofort hieße: „So viele genau gleich aussehende Personen gibt es nicht." Ich glaube, un-sere Kunstlehrerin hat das Wesen der Groß-Moorer ein-fach nicht erfasst.

Der Grund, warum wir die Nachbarn nicht sofort ent-deckt hatten, war, dass sie in eine Art Starre verfallen wa-ren, als sie unseren kleinen Trupp auf sich zukommen sahen.

„Moin", rief Hanno den Ersten entgegen. „Wo finden wir denn die Krisenzentrale?"

Dabei wussten wir alle genau, wo die Krisenzentrale war – Schicks hatten es uns gesagt, und die einzige Kneipe des Dorfes war nicht zu verfehlen.

„Was braucht ihr denn?", rief einer zurück, ohne sich vom Fleck zu rühren.

Wir waren in der Mitte der Straße stehen geblieben, dicht zusammengedrängt gegen den eisigen Wind. „Wir brauchen nichts", erwiderte Dada. „Wir wollen unsere Hilfe anbieten."

„Das fällt euch ja früh ein! In zwei Stunden ist es dun-kel!"

Mein Bruder hielt zur Antwort unsere Taschenlampe in die Höhe, worauf die beiden Männer, die er angesprochen hatte, sich etwas zuraunten.

„Geht weiter", kommandierte Dada leise und wir setz-ten uns wieder in Bewegung, vorbei an weiteren Männern mit Schaufeln, die jeden unserer Schritte verfolgten.

Es war der Moment, in dem meine Cousine Bettina endlich kapierte. Sie fiel hinter Hanno und Dada zurück, ging auf einmal neben mir, und ich sah ihr erschrockenes, ängstliches Gesicht unter der Mütze hervorschauen.

Genau, Hühnerblase. Genau so ist es, zu uns zu gehören.

„Keine Sorge, die tun nichts", flüsterte ich. „Die haben nur keine Lust, mit uns zu reden."

„Aber warum?", flüsterte meine Cousine zurück.

Ich traute meinen Ohren nicht. Wollte sie mir weismachen, dass sie vergessen hatte, was noch vor drei Tagen gewesen war? Wie sie uns die Tür vor der Nase zugeknallt, wie sie nicht mit, sondern über Janko und mich geredet hatte, als wären wir Luft?

„Sag mal", hörte ich mich plötzlich fragen, „wie ist eigentlich dein Sinti-Name?"

Sie sah mich verdutzt an. „Wie meinst du das?"

„Deine Mutter hat dir bestimmt einen gegeben. Denk mal nach!"

„So ein Quatsch. Wieso sollte Mama mir einen Sinti-Namen geben?"

„Na, weil sie eine von uns ist, ob es dir gefällt oder nicht. Wollen wir wetten, dass sie dir noch einen zweiten Namen gegeben hat?"

„Hat sie nicht!"

„Hat sie bestimmt. Und an deiner Stelle würde ich endlich wissen wollen, welchen."

Meine Cousine blieb jäh stehen. Zippi und Donny überholten sie, dann Gecko und Janko und sie stand immer noch da, während wir weitergingen. Selbst Hanno und Dada warfen nur einen längeren Blick zu ihr zurück, denn es war ihre Entscheidung, ihre allein, ob sie mit uns weitergehen wollte.

Plötzlich schrie sie: „Und überhaupt!"

Verdutzt blieben wir stehen. Hühnerblase hatte die Hände in die Seiten gestemmt und stand mitten auf der Straße. „Wir konnten gar nicht früher kommen, wir haben den ganzen Tag Kühe gemolken, wenn es Sie interessiert!", rief sie den Leuten zu, bevor sie sich einen Ruck gab und hinter uns herrannte.

Atemlos traf sie am Ende unserer Schlange ein und drängte sich zwischen Gecko und Janko durch, die ihr lachend auf den Rücken schlugen, genau wie Zippi und Donny. Als sie wieder neben mir eintraf, gab auch ich ihr einen Schubs und sie grinste übers ganze Gesicht.

Und ich? Ich konnte selbst nicht sagen, worüber ich mich auf einmal so blödsinnig freute.

Als wir am verlassen wirkenden Kiosk vorbeikamen, erinnerte ich mich, dass dies der letzte Tag des alten Jahres war. Im Fenster waren ein paar Raketen und Kanonen aufgebaut, für die sich niemand interessierte, alles andere war aus dem Angebot verschwunden: Zigaretten, Lakritze, Chips und Schokoriegel, selbst die Batterie kleiner Schnapsflaschen war geplündert. Die einen Tag alte Zeitung im Ständer war eine dünne, in sich zusammenfallende Notausgabe, die in Großbuchstaben *Schnee! Schnee! Schnee!* titelte, als ob der Leser ohne sie nichts davon bemerkt hätte.

Es war Sonntagnachmittag und der Supermarkt hatte geschlossen, aber in der Glastür hing ein Schild: *Brotausgabe voraussichtlich wieder Montag 11 Uhr.*

„Sie werfen Lebensmittel aus Hubschraubern ab", bemerkte Hanno.

„Da müssen wir hin!" Janko wurde ganz kribbelig. „Das will ich sehen."

Als ob es uns an Abwechslung mangelte! Wir gingen auf den *Walfisch* zu, vor dem sich vermummte Leute mit Kanistern versammelt hatten, weil drinnen auch Wasser ausgegeben wurde. Im Näherkommen erkannten wir Gesichter. Der Mann, der mich vor zwei Wochen geohrfeigt hatte, war auch dabei und sein Anblick löste ein nervöses Flattern in meinem Bauch aus. Ab und zu musst du es dir laut zuflüstern: *Ich habe nichts getan!*

Dada, der von alldem keine Ahnung hatte, übernahm das Wort. „Guten Tag. Wir möchten zur Krisenzentrale."

Jemand zeigte mit dem Zeigefinger auf die Kneipentür und Dada tippte höflich an seine Mütze, bevor er die Tür öffnete und wir alle eintraten.

Drinnen stand die Luft. Zigarettenqualm verfing sich in der Kälte, trübes Licht, in dem Staubfäden schwammen, kam aus einem Scheinwerfer, der an einem Generator hing. Er beleuchtete die runde Stammtischecke, in der mehrere Männer und eine Frau saßen. Zwischen ihren Biergläsern war der Tisch mit Papier bedeckt.

„Nur herein!", rief einer. „Bier aus Flaschen gibt es zum Sonderpreis, bevor sie platzen."

Alle lachten. Diesmal wurden wir nicht gefragt, was wir wollten, sondern Dada bekam gleich die Listen zugeschoben. „Hilfsgesuche hier, Angebote dort", wies ihn die Frau an und hielt ihm einen Kugelschreiber hin, worauf Dada einen Schritt beiseitetrat, um das Schreiben Hanno zu überlassen.

Der dicke Ortsvorsteher steckte die Daumen in seine Jackenaufschläge und musterte uns misstrauisch. Er ist derjenige, der alle paar Wochen mit der gleichen Verwarnung bei uns auftaucht: „Uns ist zu Ohren gekommen, dass Ihr Hund sich immer noch frei auf dem Grundstück bewegt. Beim nächsten Mal bringe ich jemanden vom Ordnungsamt mit!"

Dada sah lieber der Frau in die Augen, als er erklärte: „Wir bieten Hilfe an. Wir haben eine beheizte Scheune, Gasherd, Holzofen und zusätzlich noch einen Campingkocher."

Die Frau lehnte sich zurück. „Dann könnten Familien bei Ihnen kochen?"

„Entweder das, oder wir kochen größere Mengen. Dann müssten wir allerdings Lebensmittel sammeln, denn so viel haben wir auch nicht mehr."

„Moment. Sie reden von Ihrer großen Möbelscheune? Das heißt, Sie könnten tatsächlich Gruppen versorgen?"

„Ja, davon rede ich. Meine Frau und meine Töchter könnten das übernehmen, vielleicht mit etwas Hilfe aus dem Dorf. Meine Söhne und ich stehen für Reparaturen zur Verfügung, wir haben alle Arten von Werkzeug."

„Aber nicht den ganzen Tag, Onkel Krischa, denn wir müssen auch noch bei Friedrichs melken!", erinnerte ihn Hühnerblase wichtigtuerisch.

Am Stammtisch war es ziemlich still geworden. Die Frau wandte sich zu den Männern und sagte halblaut: „Das wäre großartig. Was meint ihr?"

„Klingt gut."

Sie musterten uns. In ihren Gesichtern stand etwas wie Ratlosigkeit.

„Ja, verdammt, warum eigentlich nicht?", fragte der Älteste von ihnen mit einem Mal. „Wir sitzen alle im selben Boot, und das sind auch Nachbarn."

Hanno trug unser Angebot bereits in die Liste ein: *Reparaturen (Werkzeug vorh.), Kochgelegenheit, beheizte Scheune.*

„Und ab wann ...?", fragte die Frau.

„Ab sofort. Wer eine Taschenlampe hat, kann gern auch heute Abend vorbeikommen."

„Danke." Die Frau nickte uns zu. „Wir melden uns."

Draußen standen sie immer noch und guckten. Wieder tippte Dada höflich an seine Mütze, worauf zwei mit dem Kopf wackelten, was ein Nicken bedeuten konnte oder auch nicht.

„Meinst du, es kommt jemand?", flüsterte Hühnerblase mir zu.

„Keine Ahnung." Mein Blick glitt über die Häuser auf der gegenüberliegenden Straßenseite, die zugefrorenen Fenster, vereisten Antennen und kalten Schornsteine. „Kommt drauf an, wie sehr sie frieren."

„Oder hungern. Ich mach mir echt Sorge um Mami, weißt du das?"

Weißt du das ist ein komischer kleiner Zusatz, den die Deutschen gern an ihre Sätze hängen. Ich habe keinen Schimmer, wozu er gut ist, aber er klingt irgendwie vertraulich, also brummelte ich, wie Hühnerblase es mittlerweile von mir gewohnt war. Dabei guckte ich rein zufällig noch einmal zu den verschütteten Autos am gegenüberliegenden Straßenrand ...

... und blieb stehen. „Da ist ja wirklich jemand drin!", rief ich entgeistert.

Das Gesicht war fast so schnell wieder verschwunden, wie es im Autofenster erschienen war, aber die anderen hatten es jetzt auch gesehen und eilten sofort über die Straße. Ich selbst folgte wesentlich langsamer. Das Auto stand direkt vor Nummer 17, die mir nur allzu gut bekannt war, und ich konnte mir denken, wer darin saß.

Oder besser: Ich konnte ihn sehen, ohne einen Blick hineinwerfen zu müssen. Kalle, genannt Qualle aus meiner Klasse, zitternd und verheult, und ich konnte auch sehen, warum.

Etwas griff nach meinem Hals, Druck legte sich auf meine Ohren und wie beim letzten Mal wurde mir für Sekunden schwindlig. *Hilfe, Puri!* Nicht fallen, nichts anmerken lassen, *achte darauf, wem du davon erzählst,* hat Puro gesagt, aber was ist mit mir? Ich will das auch nicht sehen, ich will nicht, ich will nicht!

In Echtzeit scheinen Visionen viel kürzer zu dauern, als sie dir selber vorkommen. Du erkennst es daran, dass die Leute in deiner Umgebung noch in derselben Bewegung sind wie vorher; dass sie, während du längst Bescheid weißt, zum Beispiel gerade erst am Auto ankommen und nicht einmal Zeit hatten zu bemerken, dass mit dir etwas nicht stimmt.

Ganz tief holte ich Luft und spürte, wie das Jetzt durch meinen Körper floss und zurückkehrte. Der Seitenspiegel des Autos ragte aus dem Schnee wie ein Haltegriff und ich hielt mich verstohlen daran fest. Meine Gedanken stürzten durcheinander. Bis eben hatte ich hoffen können, dass der Spuk in meinem Kopf ein einmaliges Erlebnis bleiben würde, aber jetzt wusste ich es besser. Es konnte mich jederzeit erwischen.

„Da ist ein Junge drin!", teilte Hühnerblase mir aufgeregt mit. Als sie sich wieder aufrichtete, erkannte man ihren Nasenabdruck an der Fensterscheibe.

„Den kenne ich", warf Janko freudig überrascht ein. „Das ist dieser dicke Typ aus Kaschas Klasse. Er heißt Fladen oder so ähnlich."

„Qualle", korrigierte ich und wunderte mich, dass meine Stimme wie immer klang. „Seine Mutter stirbt, deshalb sitzt er da drin."

„Ist das die Frau, von der Friedrichs gesprochen haben?", fragte Dada bestürzt.

„Ich glaube schon", erwiderte ich zögernd.

Verdammt! Woher weißt du, wie viel du verraten darfst? Wie viel du verraten *musst?*

„Sie hat schreckliche Schmerzen. Da frisst sich etwas durch ihren Bauch ...", fügte ich leise hinzu.

Meine Familie stand betroffen um das Auto herum. Wahrscheinlich glaubten sie, ich wüsste dies alles von Qualle, dabei hatte er noch nie ein Wort mit mir geredet. Selbst Zippi schöpfte keinen Verdacht, dabei hatte sie früher immer gewusst, wie es mir ging. Der Faden zwischen uns war dünn geworden. Wann kam eigentlich der Punkt, an dem es mir nichts mehr ausmachte?

Als die Haustür von Nummer 17 aufging, hätte ich um ein Haar „Weg hier!" gerufen, aber aus dem Haus kam zum Glück nicht Qualles Vater, sondern ein blasser Mann, der einen bedrückten Eindruck machte. Mit diesem Gesicht und der großen Tasche in der Hand konnte es sich nur um einen Arzt handeln. Er nickte uns kurz zu und klopfte von der anderen Seite des Schneehügels gegen das Autofenster.

„Kannst rauskommen, Kalle", sagte er.

Man hörte es knarren, als die Autotür einen Spalt ge-öffnet wurde. Qualles zitternde Stimme fragte: „Ist sie ...?"

„Nein, geh nur rein, Junge. Deine Mutter schläft jetzt."

Qualle stieß die Autotür auf und stieg aus, aber wir sa-hen fast nichts von ihm, weil er sich die Anorakkapuze über den Kopf gezogen hatte. Mit hängenden Schultern schlich er ins Haus und stolperte bei dem Versuch, die Tür ins Schloss zu werfen, ohne die Hände aus den Ho-sentaschen zu nehmen.

„Der arme Junge", sagte Dada zu dem Arzt.

„So haben wir uns das nicht vorgestellt", murmelte der. „Morgen wird sie ausgeflogen. Länger sehe ich mir das nicht an."

„Wir haben gehört, es gibt ein Problem mit den Medi-kamenten?"

„Nein, die kann man einfliegen." Der Arzt musterte uns kurz und schien sich zu fragen, ob er überhaupt so viel verraten durfte, aber da er uns offenbar für Dorfbewohner hielt, redete er weiter. „Da drin gibt es keinen Strom, keine Heizung, kein Wasser. Das ist für alle unangenehm, aber für eine Kranke ...? Ich hätte Frau Ketzin den Wunsch gern erfüllt, zuhause zu sterben, aber ich habe den beiden gera-de gesagt, dass ich es nicht mehr verantworten kann."

Auf dem ganzen Heimweg lag ein Schatten über uns. Über mir sowieso, weil mein Kopf wieder verrückt spielte, aber auch die anderen waren ziemlich niedergeschlagen. Um alles, was mit dem Tod zu tun hat, machen wir am liebsten einen großen Bogen; zum Beispiel würde nie je-mand von uns in einem Krankenhaus arbeiten. Vom Mulo kann man gar nicht schnell genug weit weg kommen und auch ich hatte den dringenden Wunsch, die Scheunentür fest hinter uns zu verrammeln und ein paar Extrakerzen anzuzünden. Eine für Qualles Mutter, eine für mich. Ich hatte keine Ahnung, wie ich das Bild, das ich gesehen hatte, ohne Hilfe von oben wieder loswerden sollte.

Direkt vor mir marschierte Gecko zwischen Hanno und Dada und ich hörte ihn sagen: „...ein provisorisches Loch für den Abzug. Einen Glasschneider haben wir, ein Ofenrohr auch. Man könnte herumfragen, ob jemand noch einen alten Kachelofen in der Garage hat."

„Ich weiß nicht, Junge. Eine solche Aktion in einem Sterbezimmer... die Leute in dieser Situation zu stören ..."

„Ja, zuerst stören wir, aber dann könnte die Frau bei ihrer Familie bleiben."

„Was sagen sie, was sagen sie?", bedrängte mich Hühnerblase, aber ich antwortete nicht, weil Gecko in diesem Augenblick zu meinem tiefen Erschrecken hinzufügte: „Es könnte auch Puro sein."

Und später, als wir mit Friedrichs Milchkannen in der Hand durch unsere eigene Einfahrt traten: „Ihr braucht nicht mitzukommen, ich kann das allein."

12

Meine Cousine sollte Polizeihunde ausbilden. Sie hing mir an der Ferse und ließ sich einfach nicht abschütteln. „Was ist denn los, du hast doch was!"

Es musste weit mit meiner Familie gekommen sein, wenn ausgerechnet Hühnerblase als Einzige merkte, dass mit mir etwas nicht stimmte. Ich hätte von Kopf bis Fuß grün anlaufen können und alle anderen wären immer noch mit sich selbst beschäftigt gewesen. Mama schwankte zwischen Panik und Vorwürfen, seit sie erfahren hatte, dass das halbe Dorf jeden Augenblick bei uns einfallen konnte. Dada versuchte sie zu beruhigen, Puro saß am Tisch wie ein nicht abgeholter Koffer und wiederholte abwechselnd: „Die Zeiten haben sich geändert", und: „Es ist nicht mehr dreiundvierzig." Meine älteren Brüder durchstöberten mit Taschenlampen den Dachboden nach einer Ofenrohrverlängerung, und Zippi und Donny konnten, nachdem sie einmal damit angefangen hatten, nicht aufhören, sich alberne Blicke zuzuwerfen.

Die einzig Normalen waren der Hugomüller, Onkel Harald und Janko, die bei Kerzenlicht ungerührt Karten spielten – Hotelgäste, die die Zeit zwischen zwei Büfetts totschlugen.

„Dein Großvater dreht auch durch", sagte Hühnerblase vorwurfsvoll. „Dreiundvierzig, dreiundvierzig ...!"

„Dreiundvierzig war der Mord", klärte ich sie auf und sah niedergeschlagen zum Hugomüller hinüber, um wenigstens zwischen meinen Sorgen abzuwechseln. Ein weiterer Tag, an dem ich versäumt hatte, etwas über seinen Brief herauszufinden, war vergangen und langsam bekam ich nicht übel Lust, diesen kurzerhand in kleinste Fetzen zu zerreißen und unterm Schnee zu begraben. Konnte es bei diesem Wetter nicht auch Schuld der Post sein, dass er nicht zugestellt worden war?

Ja, genau! Wieso eigentlich nicht? Ich konnte nicht fassen, dass mir diese simple Lösung erst nach tagelanger Verzögerung einfiel. Bei der Vielzahl von Schlamasseln in den letzten Tagen musste ich vollkommen die Orientierung verloren haben.

„Mooord?", wiederholte Hühnerblase und ihre Lippen formten einen so gleichmäßigen Kreis, wie ihn nur totale Überraschung hervorrufen kann.

Statt einer Antwort drehte ich das Bild von Puri und den kleinen Tanten zu ihr hin, das sie seit Tagen gesehen haben musste, ohne sich dafür zu interessieren.

„Echt jetzt?", fragte meine Cousine misstrauisch.

Ich antwortete zurückhaltend: „Mama und Puro haben immer noch Angst, weil die Mörder nie gefunden wurden. Die Gadsche halten zusammen, sie verraten nicht, wer es war."

Ich wusste selbst nicht, warum ich zögerte, Hühnerblase von dem Mord zu erzählen – es war ja keineswegs ein Geheimnis. Aber plötzlich hatte ich ein ganz dummes Gefühl, als könnte ich irgendetwas Unvorhergesehenes auslösen, wenn ich mit ihr redete.

Und wirklich, meine Cousine hob die Schultern und meinte: „Wahrscheinlich sind die Täter sowieso längst tot. Wenn der Mord dreiundvierzig war, dann ist er fünfunddreißig Jahre her."

Ich ließ mir nicht anmerken, wie mich diese Antwort umhaute. Noch nie hatte ich in Betracht gezogen, dass die Mörder vielleicht gar nicht mehr lebten.

„Außerdem war Krieg", fuhr Hühnerblase fort. „Millionen Leute sind im Krieg gestorben. Ich würde sagen, die Wahrscheinlichkeit, dabei zu sein, war damals ziemlich hoch."

„Aber ... aber das wäre doch nicht gerecht!", entfuhr es mir.

Sie zog die Mundwinkel nach unten. „Wieso nicht? Eine Bombe auf den Kopf ist doch auch eine Strafe."

Ich griff nach der Streichholzschachtel, die an unserem Altärchen bereitliegt, und zündete die beiden Kerzen an. *Hör einfach nicht hin, Puri-Mama. Irgendwann finde ich sie!*

„Was genau ist denn passiert?", fragte meine Cousine in gönnerhaftem Ton und ich schnappte: „Woher soll ich das wissen? Ich war nicht dabei!"

„Na, aber du wirst doch wohl wissen, ob es zuhause oder unterwegs passiert ist. Ob sie erschossen, erstochen oder erwürgt wurden, ob ..."

Wofür hielt sie sich – Detektiv Rockford? Als ob ich nur auf sie gewartet hätte, um mein lebenslanges Rätsel zu lösen! Ich starrte sie an und konnte förmlich spüren, wie mir das Blut von unten in die Augäpfel lief, wie auf den Filmpostern vor dem Kino in Gelting.

„Halt's Maul, Hühnerblase", zischte ich. „Das geht dich gar nichts an, verstanden?"

„Sag mal, spinnst du?" Mit wutverzerrtem Gesicht griff sie nach meinen Armen und kniff zu, worauf ich meine Rechte augenblicklich entwand und ihr eine knallte.

Zu ihrer Ehrenrettung muss ich sagen, dass sie sich diesmal nicht mit Heulen aufhielt. Das Echo meines Schlags war noch nicht verklungen, da hatte ich sie schon beidhändig in den Haaren hängen, was ich durch Beinstellen erfolgreich pariert hätte, wenn Onkel Harald nicht gewesen wäre. Einen solchen Sprint hätte ich einem Genesenden gar nicht zugetraut.

„Lässt du wohl los!" Er riss uns auseinander. „Du kleine Wilde, du!"

Dabei war es *seine* Tochter, die fremde Haarbüschel in der Hand hielt! Mama sprang mir denn auch gleich bei. „Hände weg! Du rührst meine Kleine nicht an!"

„Kleine? Dieses Kind flucht wie ein Bierkutscher! Ich bin nicht zimperlich, Gili, aber eine härtere Hand wäre hier längst angebracht!"

„So wie die ...?", rief Mama und kugelte mir fast den Arm aus, während sie ihm damit vor dem Gesicht herumwedelte.

Du hättest eine Brille gebraucht, um die paar Kratzer zu erkennen, aber da ich natürlich auf Seiten meiner Mutter stand, jammerte ich gehorsam ein wenig herum, bis Dada mit ausgebreiteten Armen auf uns zukam. „Schluss jetzt!", bestimmte er.

Onkel Harald wich mit erhobenen Händen zurück.

„Du drohst mir, Johannes ...?"

„Ruf doch die Polizei!", schrie Mama. „Das wird ja immer verrückter!"

„Gili! Harry! Es ist gut!" Dada wurde streng. „Los, gebt euch die Hand und vertragt euch!"

Einige Sekunden vergingen. Der Hugomüller und Janko starrten mit offenem Mund, Puro wackelte traurig mit dem Kopf, Hanno und Gecko unterbrachen ihre Suche nach dem Ofenrohr und erschienen an der Dachbodenkante wie die Cartwrights, die auf einen Befehl von Pa warten. Selbst Zippi und Donny merkten, dass um sie herum auch noch was los war.

Onkel Harald ließ hörbar Luft ab. „Na schön", grummelte er. „Angesichts unser aller Lage ..."

Mürrisch streckte er seine Hand aus, Mama kniff die Lippen zusammen und ergriff sie. Sie schüttelten zwei

Mal, ruck, ruck; als Vertragen konntest du das beim besten Willen nicht auslegen, aber Dada lobte: „Na also." Wahrscheinlich erkannte er, dass nicht mehr zu erwarten war.

Ich meinerseits bereitete mich darauf vor, dass Hühnerblase und ich nun zur selben Geste aufgefordert wurden, aber uns hatten sie wohl vergessen, also hob ich die Schultern und ließ die rechte Hand ein wenig wedeln. Sollte Hühnerblase daraus machen, was sie wollte.

Sie schlug ein. Von mir aus! Allerdings hing danach auf einmal ein *Und nun?* über uns, wie auf der Autobahn, wenn du auf eine unerwartete Abzweigung zurast.

Ich schätze, ich gehöre zu denen, die sich nicht so schnell entscheiden könnten, die Richtung zu ändern. Ich ließ meine Cousine stehen und flüchtete diskret zur Scheunentür, um im Halbdunkel dieses seltsamen Silvesterabends endlich Hugomüllers Brief loszuwerden.

Ich war ziemlich irritiert, als Hühnerblase hinter mir her trabte. „Wo willst du hin?", fragte sie, als hätten wir irgendeine andere Verabredung.

„Ich gehe mit dem Hund", erwiderte ich geistesgegenwärtig und pfiff nach Muggele.

„Dann komme ich mit", erklärte sie.

Ich gab auf. Schicksalsergeben öffnete ich die Tür — und prallte zurück, als ich direkt in das grelle Licht einer Taschenlampe starrte. Jemand fragte höflich: „Guten Abend, können wir bei Ihnen kochen?"

„Die Küche ist drüben im Haus, aber kommen Sie doch erstmal herein!"

Schon war mein Vater da und riss die Tür noch ein Stück weiter auf. Die Groß-Moorer waren zu viert, drei jüngere Frauen und ein Mann, die einander verlegen über unsere Schwelle schoben. Eine der Frauen trug eine Strohtasche.

„Wir haben ein paar Büchsen Bohnen und Chilipulver für unsere Silvesterparty. Das Hackfleisch lag ein paar Tage im Schnee und ist hoffentlich noch gut", sagte sie lachend.

Mein Vater meinte: „Bestimmt ist es noch gut. Wir haben unsere Lebensmittel auch draußen tiefgekühlt und es ist uns bis jetzt hervorragend bekommen."

Wie üblich stimmte er für die Gadsche einen betont liebenswürdigen Ton an. Mir kommt es immer vor, als wollte er damit sagen: *Wie großartig, dass Sie mit uns reden ...!* Dass über den Rest der Familie Schweigen fiel, überspielte er.

„Zippi, zeig unseren Nachbarn die Küche!"

Gehorsam schlüpfte Zippi in ihren Mantel und ich hätte es mir denken können: Es war Donny, der sich blitzschnell ebenfalls etwas umwarf, um ihr Geleitschutz zu geben.

Das konnte ihm so passen! Als die beiden mit den Gadsche die Scheune verließen, setzte ich mich augenblicklich an ihre Fersen, gefolgt von Hühnerblase, womit ich aber inzwischen so stark rechnete, dass es mich nicht einmal mehr beim Denken störte.

Gibt es eigentlich so etwas wie einen umgekehrten Entzug ...? Meine Schwärmerei für Donny nahm mit jeder Stunde rapide ab, in der ich mich in seiner unmittelbaren Gegenwart aufhielt, und während ich hinter ihm und Zippi herstapfte, merkte ich, dass ich ihn seit gerade eben nicht einmal mehr besonders gut aussehend fand. Langsam schwante mir, dass ich in Frankreich eine völlig falsche

Taktik angewendet hatte. Anstatt mich von ihm fernzuhalten, hätte ich um ihn herumlungern müssen, eine Art Heilung durch Überdruss, während ich gleichzeitig womöglich verhindert hätte, dass er und Zippi sich näher kamen. Zu dumm, dass ich im letzten Jahr noch keine Visionen gehabt hatte!

Unser Haus war dunkel und eiskalt und kam mir im Lichtkegel unserer Taschenlampe ganz fremd vor. In der Küche zündete meine Schwester mehrere Kerzen an und stellte sie neben den Herd, klappte diesen auf und holte eine Pfanne und einen großen Topf aus dem Schrank.

Es war die Frau mit der Strohtasche, die das Reden übernahm. „Wir dachten schon, unsere Silvesterparty müsse ausfallen, aber dann hat der Heini im *Walfisch* von der Möglichkeit erfahren, die Sie anbieten ... na, und ich sag, auf diese Weise lernt man wenigstens die Nachbarschaft kennen, nicht wahr? Wir sind die Blüchers und wohnen in zweiter Reihe auf der Dorfstraße, und das hier sind Frau Henning und Frau Wegmann."

„Angenehm, Josefine Natzweiler", murmelte Zippi und schien darauf verzichten zu wollen, weitere Anwesende vorzustellen, aber da kannte sie Hühnerblase schlecht.

„Bettina Kaiser, entfernte Verwandtschaft", fiel diese ein. „Das sind Donny und Kascha."

„Kascha! Was für ein ungewöhnlicher Name", bemühte sich Frau Blücher, während ihre Gefährtinnen schon einmal anfingen, die Dosen zu öffnen. Herr Blücher stand mit verschränkten Armen in der Nähe der Tür, als wollte er ihnen Deckung geben.

„Eigentlich heißt sie Valentina, Kascha ist nur ihr Sinti-Name", erklärte Hühnerblase besserwisserisch.

Ich hatte eigentlich nichts sagen wollen, aber das konnte nicht so stehen bleiben. „Es ist genau umgekehrt! Ich heiße Kascha, Valentina ist nur mein Papiername."

„Valentina ist aber auch sehr hübsch", lächelte Frau Blücher. „Und dann heißt ihr ja beide Tina, wie nett."

Ich erstarrte, als hätte mich die Handstrahlenwaffe von Commander McLane erwischt, und zum ersten Mal, seit ich sie kannte, fiel auch Hühnerblase nichts mehr ein.

Unterdessen hatte Donny in Ermangelung von Stühlen auf der Tischkante Platz genommen und beobachtete die allgemeinen Annäherungsversuche mit einem Grinsen. Am liebsten hätte ich ihn von der Kante geschubst. Wir mochten keine geübten Gastgeber sein und Frau Blüchers Lächeln wurde mit der Zeit ein wenig starr, als könnte sie jeden Augenblick einen Krampf im Kinn bekommen. Aber war das ein Grund, sich über uns lustig zu machen? Die Gadsche waren nun einmal hier, sie waren eingeladen und diese Vier tatsächlich gekommen, also konnte man die Sache genauso gut freundlich und hilfsbereit hinter sich bringen. Je freundlicher und hilfsbereiter, desto schneller verschwanden sie hoffentlich wieder!

„Soll Tina Zwiebeln schneiden? Das kann sie gut", bot ich hinterlistig an, als ich sah, was die Frauen noch aus ihrem Strohkorb holten.

„Ach, das ist ja lieb", sagte Frau Blücher und schob ein kleines Netz Zwiebeln und ein Messerchen zu meiner verdatterten Cousine hin.

Ich schnappte mir eine der Kerzen. „Ich komme auch gleich, ich gehe nur erst aufs Klo", behauptete ich, und war schon fast an der Tür, als ich Hühnerblases Protestschrei hörte: „Aber das Klo ist geschlossen!"

Es wurde langsam Zeit, dass wieder mal ein Punkt an mich ging!

Im Bad schloss ich vorsichtshalber die Tür hinter mir ab und ging zum Fenster, um zusätzlich zur Kerze das Mondlicht auszunutzen, das sich im Schnee spiegelte. Der Brief vom Hugomüller war völlig zerknittert, nachdem ich ihn seit Tagen mit mir herumgetragen hatte. Nicht dass das jetzt noch eine Rolle spielte! Ich setzte an, ihn in kleinste Fetzen zu zerreißen, die ich über die nächsten Tage an verschiedenen Stellen im Schnee ausstreuen wollte, aber die Neugier überwog und ich warf einen Blick auf den Adressaten.

Großer Fehler. *Rechtsanwaltbüro Dr. Michael Gebhard*, stand da.

Augenblicklich brach mir der Schweiß aus. Das war ja noch schlimmer als ein Brief an ein Amt! Wenn es irgendetwas gibt, das in meiner Familie als wichtig gilt, dann ist es *der Anwalt*, und als wäre das noch nicht mehr als genug, war dieser hier auch noch ein Doktor!

Jetzt hatte ich keine Wahl mehr. Ohne nachzudenken hielt ich die Rückseite des Briefumschlags über die Kerzenflamme, wie ich es bei *Miss Marple* gesehen hatte. Im Krimi – und ich bedauerte, dass ich gerade jetzt daran denken musste – hätte man an dieser Stelle abwechselnd zwischen Bad und Küche geschnitten, um die Spannung zu steigern, und die Vorstellung, dass Hühnerblase nun wie verrückt schnippelte, um hinter mir herzukommen, machte mich so nervös, dass ich buchstäblich anfing, den Umschlag anzubetteln: „Geh auf! Komm schon! Bitte!"

Meine Hände zitterten, aber der Kleber gab sogar schneller nach, als ich gedacht hatte. Wahrscheinlich ist

Alte-Leute-Spucke nicht sehr haltbar. Ich faltete den Brief auseinander und las:

Sehr geehrter Herr Rechtsanwalt, hiermit frage ich an, ob Sie mich in einer Schadensersatzklage vertreten. Mein verstorbener Nachbar, Herr Fritz Müller, bzw. sein Erbe Winfried Müller, hat seinen Hof an eine Zigeunerfamilie verkauft. Der Hof liegt direkt neben meinem, den ich auch gern verkaufen würde. Ich bin fünfundsiebzig. Seit die Zigeuner nebenan wohnen, kann ich aber weniger Geld für meinen Hof erwarten. Es ist mir ein Schaden entstanden, wie jeder einsehen wird, und deshalb klage ich und verlange von Winfried Müller Ersatz. Ich bitte um einen Termin zur weiteren Beratung. Mit freundlichem Gruß, Hugo Müller.

Erst als Hühnerblase an die Badezimmertür trommelte, wurde mir bewusst, dass ich im Dunkeln am Fenster stand, dass ich die Kerze ausgeblasen haben musste und der Schnee im Mondlicht funkelte und glitzerte, während in einiger Entfernung vormitternächtliche Böller das alte Jahr verabschiedeten.

Wo war der Brief? Ich fand ihn in meiner Anoraktasche, weit nach hinten zurückgeschoben an dieselbe Stelle, an der er seit Tagen gesteckt hatte. Als ob ich rückgängig machen konnte, ihn gelesen zu haben.

13

Meine Familie ist ein wenig abergläubisch. Bleigießen gibt es an Silvester auch bei den Gadsche, aber in diesem Jahr fiel mir zum ersten Mal auf, dass es bei uns mehr ist als ein Spiel. Sieben Natzweiler-Köpfe schieben sich vor deinen, sobald du deine kleine Bleifigur aus dem Wasser gefischt hast, und noch bevor du selbst die Chance hattest, irgendetwas zu erkennen, wird schon wild herumgedeutet.

„Ein Apfel! Oh weh, Kascha, jemand wird dein Vertrauen missbrauchen!".

Ach was. Da fiel ich ja aus allen Wolken! Allein an diesem Tisch saßen gleich zwei, die beim Blick auf mein rundliches Bleikügelchen, in dessen Mitte ein kleiner Stiel saß, hätten erbleichen und gestehen müssen.

„Also, ich sehe da keinen Apfel", murmelte Puro, was zur Folge hatte, dass sich alle noch einmal über meine Form beugten, sie ins Licht hielten und die Schatten untersuchten.

„Das ist ja auch kein Apfel, das ist eine Pfanne", erklärte Donny.

Das wurde ja immer schöner! Eine Pfanne bedeutet, dass man seine Nase nicht in anderer Leute Angelegenheit stecken soll. Wenn ich unterm Tisch an Donnys Schienbein gekommen wäre, hätte ich fest zugetreten, und überhaupt, was taten eigentlich all die fremden Leute mit meinem ganz persönlichen Bleistückchen in der Hand ...?

Onkel Harald und der Hugomüller hatten immerhin den Anstand, keinen Kommentar abzugeben. Hühnerblase hingegen reichte nur ein kurzer Blick. „Das ist weder ein Apfel noch eine Pfanne, das ist eine Bombe", bestimmte sie.

Wumms! Ich spürte augenblicklich, dass sie recht hatte, und dass alle anderen es nun auch erkannten. Mama versuchte zwar, mir das kommende Jahr zu retten, indem sie ausrief: „Es könnte auch eine Schildkröte sein!" Aber das klang nicht besonders überzeugend, selbst wenn meine Geschwister aus Mitgefühl augenblicklich darauf eingingen und diskutierten, was eine Schildkröte zu bedeuten hat, die sich vollständig in ihren Panzer zurückzieht.

„Kascha muss eben ganz tief nachdenken, um eine weise Entscheidung zu treffen", meinte Zippi und lächelte mir tröstend zu.

„Und warum hängt dann noch ein Beinchen raus?", wandte Janko ein. „Heißt das, es wird nicht klappen mit dem Nachdenken?"

Schließlich wurde es mir zu bunt. „Darf ich mal?", fragte ich und streckte die Hand aus, worauf man mir zögernd mein explosives kleines Orakel anvertraute.

Knack, machte es, als ich den Stiel abbrach. „Jetzt ist es ein Ei. Wir bekommen Familienzuwachs", erklärte ich.

Meine Familie war schockiert. Es kommt selten vor, dass sich alle so einig sind.

„Kascha, nein! Du darfst deine Form nicht verändern!", beschwor mich meine Mutter.

„Wir sind hier nicht in der *Raumpatrouille*, Mama", erwiderte ich, worauf der Hugomüller die Beherrschung verlor und vor Lachen dermaßen losbrüllte, dass ich für den Augenblick aus der allgemeinen Aufmerksamkeit tauchen konnte.

Erwartete er, dass ich ihm hierfür dankbar war ...? Bei uns zu wohnen, zu essen und Karten zu spielen, sich totzulachen und von guter Nachbarschaft zu säuseln, während er heimlich für uns *entschädigt* werden wollte – das war so niederträchtig, dass ich mindestens drei Meter von ihm entfernt sitzen musste, um den plötzlich aufkommenden Brechreiz zu überwinden. Was zwar eine gewisse Verbesserung gegenüber der nackten Panik war, die mich nach dem ersten Lesen seines Briefes ergriffen hatte, aber war das etwa eine Entschuldigung?

Im ersten Augenblick hatte ich geglaubt, alles liefe darauf hinaus, dass wir dieses Haus auch noch verloren. Ich musste den Brief ein zweites und drittes Mal lesen, um zu verstehen, was gemeint war, und selbst als ich es kapierte, begriff ich es noch nicht: Der Nachbar, der jeden Tag bei uns herumhing, weil er hinter seiner Mauer so ein trübseliges Leben führte, wollte Schadensersatz dafür, dass wir da waren.

Versteh einer die Groß-Moorer. Ich gab's auf. Mit einer nachlässigen Handbewegung stopfte ich meine Bleikugel in die Anoraktasche zu Hugomüllers Brief.

Äpfel, Pfannen, Schildkröten, Bomben! Unser Mathelehrer sagt immer: „Wenn alles passt, stimmt meistens nichts."

Aber einen Stich gab es mir doch. Ich hätte lieber eine glückliche Bleiform gehabt, nur zur Beruhigung. Ein bisschen Zuversicht hätte ich gut gebrauchen können.

„Eine Bombe bedeutet, dass Gefahr droht", erklärte Hanno unserer Cousine.

Na großartig, sie waren immer noch nicht fertig mit mir.

„Dann werde ich auf jeden Fall ein besseres Jahr haben als Kascha", meinte Bettina herzlos. „Wisst ihr was? Ich lasse mir einen Kettenanhänger aus meiner Figur machen."

„Wie langweilig!" Ich lehnte mich zurück. „Ein Kleeblatt trägt doch jeder. Eine Bombe um den Hals, das ist doch mal was ...!"

„Mach nicht auch noch Witze darüber, Kascha", flehte Mama.

Mit wachsendem Befremden beobachtete ich meine Familie. Hatten Hühnerblase und ich die Rollen getauscht? Meine Cousine ging nicht weniger in der blöden Bleigießerei auf als meine Eltern und Geschwister, während ich mir plötzlich vorkam, als schwebte ich ihnen langsam davon. Mal ehrlich: Wenn an Bleigießen irgendetwas dran wäre, dann hätte Zippi ein Tor gezogen (Umzug steht bevor) oder Donny einen Ring, aber stattdessen hatten sie etwas so Unverdächtiges wie eine Sichel (Freu dich über kleine Dinge) und einen Pilz (Achte auf deine Gesundheit). Und der Hugomüller, dieser Verräter? Ein Pokal! Wo ihm ein Galgen gut gestanden hätte (Warnung vor falschen Freunden), lag zur Belohnung nun auch noch ein sportlicher Erfolg vor ihm. Na danke!

Aber die Betrachtung unseres Nachbarn brach ich lieber ab. Die ersten Minuten eines neuen Jahres mit einem solchen Charakterzwerg zu überschatten, brachte wahrscheinlich noch weniger Glück als eine Bombe beim Bleigießen. Es war ohnehin klar, dass meine Familie von dem Brief nichts erfahren durfte. Dada, der bei jedem freundlichen Wort der Gadsche auflebte – es würde ihm zu weh tun. Mama, die ihnen nicht über den Weg traute – sie würde noch ängstlicher werden.

Nein, ich musste Hugomüllers kleines Geheimnis für mich behalten, auch wenn ich wusste, dass es an mir fressen würde wie ein fauler Backenzahn.

Puro schaltete das Radio ein, damit wir den Countdown für das Jahr 1979 nicht verpassten, und in der Zwischenzeit füllte Dada schon einmal die Sektgläser. Janko, Hühnerblase und ich bekamen auch einen Schluck, vermischt mit Orangensaft, und während die letzten Minuten des alten Jahres tickten, setzte mein Vater zu seiner Ansprache an.

„Auf unser Zuhause", sagte er feierlich. „Es hat uns im alten Jahr geschützt und ernährt und uns ganz zuletzt noch einige Überraschungen beschert. Dafür von Herzen danke! Aber nun hebt die Gläser, meine Lieben, auf das Jahr 1979 und darauf, dass wir uns in 365 Tagen gesund und munter alle hier wiedersehen und sagen können: Dieses Jahr hat gebracht, worauf wir so lange gewartet haben, Freundschaft und Vertrautheit und ..."

Dada brach ab, sein Kinn bebte, mein Vater neigt zur Rührung. Mama reichte ihm ein Taschentuch, in das er kräftig trompetete, während wir auf Schlag zwölf Uhr warteten.

Von wegen, alle hier wiedersehen!, dachte ich. Wenn dieser Schnee weg ist, haben wir Zippi verloren, und auch an die anderen Wünsche glaubte ich nicht, so leid es mir tat.

In diesem Augenblick begann das Radio zu zischen und zu knallen und mein armer Puro zuckte zusammen und rüttelte erschrocken an seinem Gerät.

„Das ist das Silvesterfeuerwerk, Puro-Dada", kicherte Zippi.

Wir öffneten die Scheunentür, um zu erkunden, ob auch in Groß-Mooren gefeiert wurde, aber in der Ferne meldeten sich nur einige wenige verschämte Böller. Vielleicht die kleine Gesellschaft von Frau Blücher. Die Familie von Qualle hatte ganz gewiss nichts zu feiern.

Und ich? Mein neues Jahr begann mit einer Bombe und der Entdeckung, dass man meinem Vater nicht alles glauben konnte. Als die anderen anstießen, um einander Glück und Gesundheit zu wünschen, hätte ich mich am liebsten aus dem Staub gemacht. Vielleicht sollte ich es Qualle nachmachen und mich zu unserem verschütteten VW-Bus durchgraben.

Mit geröteten Wangen kam Hühnerblase auf mich zu, um ihr Sektglas gegen meins zu knallen. „Frohes neues Jahr, du dumme Nuss", sagte sie.

„Dir auch, Hühnerblase."

„Du bist doof. Hühner haben überhaupt keine Blase!"

„Eben", erwiderte ich liebenswürdig. „Man kommt auch ohne sie aus."

Wir stießen ein zweites Mal an. „Bestimmt wird das Fahrverbot morgen aufgehoben, dann sind wir weg", meinte meine Cousine.

„Du Arme. Es muss sterbenslangweilig sein in eurer Siedlung."

„Du Arme. Ich hab wenigstens Freundinnen."

Ein drittes Mal klackten unsere Gläser. Es war erstaunlich: Während alles um mich herum ins Wanken geriet, fanden Hühnerblase und ich zu einer Art Gesprächsbasis.

Für Zippi und mich galt das leider nicht, obwohl wir es versuchten.

„Ein frohes neues Jahr, kleine Schwester."

„Dir auch, große Schwester. Ich wünsche euch Glück."

Sie hatte angesetzt, mich zu umarmen, zuckte aber zurück und ihr Blick huschte nach links und rechts. Obwohl uns niemand zugehört hatte, lief sie rot an.

Ich ließ nicht locker. „Bist du bei der großen Kochaktion morgen eigentlich noch da?"

„Falls überhaupt jemand kommt ...", murmelte sie und ließ mich lieber stehen, bevor ich weiterschießen konnte.

Hoffentlich hatte Hühnerblase Recht mit dem Ende des Fahrverbots. Langsam wurde es Zeit, dass Zippi und Donny ihre Flucht hinter sich brachten, damit sie und ich endlich von vorn anfangen konnten.

Die ersten Groß-Moorer Gäste hatten bei meiner Mutter Erleichterung, ja, geradezu Hoffnung geweckt. „So schlimm war es doch gar nicht", hatte sie überrascht gesagt, sobald Blüchers und die beiden Frauen wieder verschwunden waren, und auf Zippis Einwand, dass wir doch den ganzen Sommer über Gadsche in unserer Scheune hätten, erwidert: „Aber das sind nur Leute, die etwas kaufen und wieder gehen. Mit den Nachbarn müssen wir *leben*."

Beim Frühstück begann ich sehr stark für sie zu hoffen, dass auch an diesem Neujahrstag jemand kommen würde. Wir wurden geradezu gescheucht, damit der Tisch frei wurde, und ich brauchte einige Überzeugungskraft, damit ich zum Melken auf dem Friedrich-Hof mitgehen durfte, anstatt Gemüse für den Eintopf zu schnippeln, den Mama für hungrige Gäste bereithalten wollte.

„Herr Hugomüller und Onkel Harald können doch Gemüse schnippeln", schlug ich vor.

Onkel Harald war gerade dabei, auf einem Schreibblock eine Bestandsaufnahme unserer Vorräte zu machen. „Du musst damit rechnen, dass wir noch einige Tage hier festsitzen, also solltest du auf keinen Fall deine gesamten Lebensmittel plündern, liebe Gili", dozierte er. „Hier habe ich alles notiert, was wir an Vorräten zur Verfügung haben. Was du entnimmst, streichen wir durch, dann sind wir rechtzeitig vorgewarnt, wenn Knappheit eintreten sollte."

Meine Mutter war ziemlich verdattert, sah den Zweck seines Tuns aber sofort ein, was Onkel Harald wiederum so überraschte, dass er nur schwach protestierte, als ich von Gemüseschnippeln sprach.

„Was ich im Kopf habe, fehlt mir leider in der Küche", bekannte er bescheiden.

„Aber nur wenn du selbst mitmachst, behältst du den Überblick über unsere Vorräte, Onkel Harald", köderte ich ihn.

„Du hast recht", gab er zu. „Sehr gut mitgedacht, Kascha."

Dies schien der Tag der weißen Fahnen zu werden. Bestärkt von Onkel Haralds unerwartetem Kompliment, fiel mir tatsächlich noch etwas zum Mitdenken ein und ich räumte, bevor wir zu Friedrichs gingen, schnell noch das Altärchen in den Schrank neben unserem Bett. Nur für den Fall, dass Puri und die kleinen Tanten keine Lust hatten, von Fremden angestarrt zu werden.

Neben der Tür hatte Gecko die Gerätschaften aufgebaut, die mit auf die heutige Tour gehen sollten: ein Ofenrohr mit mehreren krummen und geraden Verlängerungsstücken, den Werkzeugkasten, den Glasschneider. Da er diese ganze Ausrüstung unmöglich allein tragen konnte, würden wir ihn zu Hausnummer 17 begleiten und anschließend zu unserem eigenen Einsatz auf dem Friedrich-Hof gehen.

Frau Blücher hatte versprochen, sich in der Nachbarschaft nach einem ausgedienten Ofen umzuhören. „Es findet sich bestimmt etwas", meinte sie. „Es wäre so wichtig, den Ketzins zu helfen."

Und tatsächlich, als wir den Hof der Schicks passierten, kam Frau Schick aus dem Haus und winkte eifrig. Die beiden älteren Leute hatten einen kleinen Ofen auf eine Schiebekarre gewuchtet.

„Der hat uns durch den Krieg gebracht", sagte Herr Schick. „Ist eigentlich ein Kohleofen, aber den könnt ihr mit allem füttern, was brennt."

Mit einiger Mühe zogen Donny und Hanno die Karre durch den Schnee. Es hatte aufgehört zu schneien, aber der Wind war unvermindert da und leistete ganze Arbeit, um die am Morgen frisch geräumte Straße wieder zu verwehen. Im Feld erspähten wir ein kleines Rudel Rehe; ein Bussard mit zerzaustem Gefieder saß nur wenige Meter von uns entfernt auf einem Zaunpfahl und war entweder zu müde oder zu hungrig, um wegzufliegen. Zippi griff in ihren Rucksack und warf ihm ein Stück von einer Wurststulle in den Schnee. Im Weitergehen sah ich, wie er sich hinter uns vom Zaun schwang und zugriff.

Auf Höhe des Friedrich-Hofes stand am Straßenrand ein abgedeckter schwarzer Baueimer; auch Frau Friedrich schien bereits auf unser Vorbeikommen gewartet zu haben. Als sie uns entdeckte, kam sie sofort angelaufen. „Das reicht erst mal für ein paar Stunden", sagte sie und deckte den Eimer auf, in dem sich Kohle befand. „Wir bringen dann später selbst noch etwas bei Ketzins vorbei."

Wir winkten. „Bis nachher!", rief Hanno – eine Premiere. Noch nie hatte jemand von uns Gelegenheit gehabt, *Bis nachher!* zu einem der Nachbarn zu sagen.

War dies der Grund, warum es sich heute so anders anfühlte, aufs Dorf zuzugehen? Oder lag es daran, dass jeder dort schon zu wissen schien, was Gecko vorhatte?

Wohlwollende Blicke trafen uns, den Ofen und das Werkzeug, fast alle wünschten uns Guten Morgen oder ein frohes neues Jahr. Ein Mann ließ sogar seine Schneeschaufel stehen, kam zu Hühnerblase und mir hinüber und nahm uns den Kohleeimer ab, den wir gemeinsam geschleppt hatten.

Ich war ganz froh, dass wir auf diese Weise nicht selbst bei Nummer 17 klingeln mussten. Das Läuten der Glocke schallte durch das Haus, der Mann mit dem Eimer trat einen Schritt zurück und schaute zum ersten Stock hinauf. Drinnen blieb alles still.

„Nanu", murmelte der Mann erschrocken.

Mein Herz stand still. Waren wir zu spät gekommen? Doch dann hörten wir Schritte auf der Treppe und Qualles Vater öffnete.

Ich hätte ihn fast nicht erkannt. Sein Gesicht war grau und von unregelmäßigen Stoppeln bedeckt, wie ein Feld, auf das es lange nicht geregnet hat. Bei unserem Anblick brach er in Tränen aus.

„Na, na, Kurt", murmelte der Mann mit dem Eimer. „Nun kommt doch Hilfe."

Er stellte den Eimer in den Türeingang und wandte sich fragend zu uns um.

„Haben Sie vielleicht eine Stunde Zeit?", fragte Gecko. „Zu zweit ginge es viel schneller, und mein Vater und meine Geschwister müssen auf den Friedrich-Hof zum Melken."

„Ach, warum nicht", meinte der Mann. „Wir haben doch jetzt alle viel Zeit."

„Fein", meinte Gecko, „darf ich?", und schon stellte er seine Werkzeugtasche kühn an Herrn Ketzin vorbei in den Hausflur.

Ich konnte nur staunen. Mein Bruder Gecko steht im Schatten von Hanno, wie ich im Schatten von Zippi stehe, aber plötzlich ging mir auf, dass er vielleicht sogar stärker ist als unserer ältester Bruder und einfach zu selten Gelegenheit hat, dies zu beweisen.

Dada und Hanno hoben den Ofen von der Karre und schleppten ihn in den Hausflur, wir Übrigen reichten die restlichen Gegenstände an. Unterdessen strebten kleine Gruppen von Dorfbewohnern in die Richtung, aus der wir gekommen waren, und als sie uns freundlich zuwinkten, kapierte ich, dass sie tatsächlich zur Scheune unterwegs waren.

Plötzlich knarrte es, die Tür des zugeschneiten Wagens öffnete sich und Qualle stieg aus. Wortlos nahm er Zippi ein Stück Ofenrohr ab und trug es ins Haus. Mich beachtete er nicht, obwohl – oder vielleicht gerade weil – wir seit zwei Jahren in eine Klasse gingen.

Als wir fertig waren und sein Vater Dada die Hand gab, stand Qualle mit hängenden Armen da, als könne er nicht abwarten, dass wir endlich verschwanden.

„Der euch den Ofen baut", sagte ich, „ist mein Bruder Gecko."

Qualle war genauso perplex wie ich, dass ich ihn ange-sprochen hatte, aber dann nickte er zögernd und sah zu meinem Bruder hinüber. Gecko lächelte ihn an.

„Wir schneiden ein Loch in eure Fensterscheibe. Wäre gut, wenn du auch hilfst", sagte er.

Etwas wie Erleichterung huschte über Qualles Gesicht. „Klar", sagte er und schloss hinter meinem Bruder und dem Mann aus dem Dorf die Tür.

14

Line Ketzin, Qualles Mutter, starb zwei Tage später und da ich, obwohl ich in der Zeit mehrmals vor dem Haus stand, nie wieder einen Hinweis darauf erhielt, dass sie in Not war, gehe ich davon aus, dass es für sie gut gelaufen ist. Gecko sagt, wegen der starken Schmerzmittel sei sie schon kaum noch bei Bewusstsein gewesen, als er, Qualle und Herr Finck den Ofen für sie bauten.

Meine Mutter füllte das Mittagessen für Ketzins in ei-nen Emailletopf mit Deckel und wickelte diesen in Hand-tücher, Hühnerblase und ich übernahmen den Transport ins Dorf. Erst als seine Mutter gestorben war und sein Vater sich um die Beerdigung kümmern musste – für Lei-chenwagen gab es Ausnahmen vom Fahrverbot –, brachte Gecko Qualle mit zu uns.

Ich darf nicht einmal anfangen, darüber nachzudenken, was ich täte, wenn Mama oder Dada von uns gingen, aber vielleicht wäre es genau das: am Tisch unter anderen Leu-ten sitzen, die ihren Eintopf löffelten und Qualle, nachdem sie ihm herzliches Beileid gewünscht hatten, in Ruhe ließen. Mit Gecko an seinen Karussellpferden arbeiten. Nach außen tun, als wäre alles wie immer. Insgeheim vielleicht erleichtert sein, dass seine Mutter nicht mehr leiden musste.

Qualle und ich wechselten nicht ein einziges Wort. Was hätte ich auch sagen sollen? *Ich glaube, deiner Mutter geht es gut, denn wenn es nicht so wäre, könnte ich das vor eurem Haus wahrscheinlich spüren?* Großartige Idee.

Zwischen der Küche, wo das Essen zubereitet wurde, und der Scheune, wo den ganzen Tag über Leute Platz nahmen und aßen, war ein ständiges Kommen und Gehen. Viele brachten eigene Vorräte mit, aus denen meine Mutter und vier Frauen aus dem Dorf etwas kochten. Der Großteil wanderte in zwei große Suppentöpfe, deren Inhalt seinen Geschmack mehrmals am Tag veränderte.

Mama musste ein Kompliment nach dem anderen abwehren für ihre Kochkunst und ihre gut eingerichtete Küche. Ob ihr der Gedanke kam, dass die anderen sie in *ihrer* Küche wohl kaum geduldet hätten? Vielleicht hatte keine der Frauen besondere Lust, darüber nachzudenken. Wenn du zur Haustür hereinkamst, schlug dir Gelächter entgegen; es war genau wie in Saintes-Maries-de-la-Mèr, wenn unsere Leute zusammen kochen, und daher jedes Mal ein kleiner Schock, die Küche zu betreten und Mama zwischen den Frauen aus dem Dorf zu sehen.

Zippis, Jankos, Hühnerblases und meine Aufgabe war es, das Geschirr abzuräumen und zum Spülen in die Küche zu tragen, und ich kann nur sagen, so nah war ich den Groß-Moorern noch nie gekommen. Ich griff an der Schulter des Ortsvorstehers, des Kioskbesitzers und unseres Sportlehrers vorbei, und an zahlreichen Leuten, die dabei gewesen waren, als Zippi und ich an Heinrich & Schulz ausgeliefert worden waren. Aber auch daran wollte sich wohl niemand erinnern.

„Danke, das Essen war ausgezeichnet", hörte ich, „Kompliment an die Küche", und der Lehrer hängte sogar meinen Namen an. Schon nach zehn Minuten fiel es mir nicht mehr schwer, zu lächeln, „Freut mich" zu antworten und dabei gar nicht mal zu lügen.

Zwei meiner Klassenkameradinnen saßen auch am Tisch. Sie verstummten mitten im Gespräch und tasteten mich mit Blicken ab. „Moin, Valentina", murmelte eine.

Birgit und Monika, ausgerechnet! Rasch erwiderte ich: „Tagchen", räumte ihre Teller ab und vergaß sie zu fragen, ob sie Nachschlag oder noch ein Glas Milch haben wollten. Ich war heilfroh, dass meine Aufgabe mir ihnen gegenüber sowohl Bedeutung als auch ein Alibi verlieh, um augenblicklich mit besonderer Geschäftigkeit weiterzueilen.

Einen Stapel Teller in Händen, blickte ich mich an der Scheunentür noch einmal um. Klar, Hühnerblase war bei den beiden stehen geblieben und quatschte, wie die meisten in meinem Blickfeld. In unserer Scheune war ein Geräuschpegel wie auf einem Volksfest. Den Gesprächsfetzen, die ich beim Abräumen aufgeschnappt hatte, entnahm ich, dass wir jetzt alle im selben Boot säßen, woraus man das Beste machen müsse — derselbe Spruch, den wir vor Tagen in der Krisenzentrale gehört hatten, und langsam fragte ich mich, ob niemandem auffiel, dass der bekannten Redensart das Ende fehlt. Ein Boot, das nur herumsteht, gibt als Vergleich nämlich nicht viel her, also konnte das

Boot, in dem wir angeblich alle saßen, nur kentern oder irgendwo ankommen. Ich wollte kein Spaßverderber sein, aber Birgit und Monika hatten mich daran erinnert, dass der gute Ausgang keineswegs gesichert war. Und selbst wenn unser Boot glücklich irgendwo anlegte, was passierte eigentlich danach?

Hühnerblase und die beiden anderen blickten zu mir hinüber. Sie hätten genauso gut mit dem Finger zeigen können. Ich verstärkte den Griff um meine Teller, als ich durch den Schnee aufs Haus zu stapfte. Zu tun, als ob nichts wäre, funktioniert eben nicht bei jedem.

Mein Vater geriet im Laufe des Tages immer mehr aus dem Häuschen wegen der vielen Leute, die zu uns kamen, und wie immer, wenn große Gefühle ihn übermannen, verschwand er in seiner Werkstatt, holte die Geige und bat Hanno, ihn auf dem Akkordeon zu begleiten.

Mein Bruder war nicht begeistert. „Für die Gadsche spielen ...? Zigeunerfolklore, Dada?"

Peng! Ich schätze, so fühlt es sich an, wenn dir ein Kuhfladen ins Picknick fällt.

Dada wurde böse. „Musst du es so durch den Schmutz ziehen? Die Leute sind hier, sie sind freundlich, Musik öffnet Herzen!"

„Die Leute sind hier, weil sie Hunger und kalte Füße haben."

„Begreifst du denn nicht, Junge? Das ist unsere Chance, uns mit ihnen bekannt zu machen! Siehst du nicht, wie wohl sie sich fühlen?"

„Natürlich fühlen sie sich wohl. Sie sind ja auch in der Überzahl, da stören wir nicht. Ich habe überhaupt nichts dagegen, einander als Nachbarn zu unterstützen, Dada, im

Gegenteil, aber ich finde, wir müssen es jetzt nicht übertreiben."

„Du findest, ich übertreibe?" Dada lief rot an.

„Ich finde, du biederst dich an", sagte Hanno schlicht.

In diesem Augenblick sah mein Vater mich in der Tür stehen und ich wurde ein wenig nervös, weil ich gar nicht hatte lauschen, sondern lediglich ein ruhiges Eckchen für eine Pause hatte finden wollen. Unterm Arm hatte ich mein *Tim und Struppi*-Heft.

„Kascha, dann spielst eben du!" Dada ließ meinen Bruder stehen und ging zum Schrank, um die Instrumente herauszuholen.

Ich trat vor Schreck einen Schritt zurück. „Vor allen Leuten ...? Aber ich habe ganz lange nicht geübt!"

„Selbst schuld", erwiderte Dada und drückte mir das Akkordeon in die Arme. Er sah aus, als könne er jeden Augenblick platzen.

Mein Comic fiel zu Boden und ich warf Hanno einen flehentlichen Blick zu. Der schüttelte den Kopf. *Tut mir leid, Kascha, diesmal kann ich dir nicht helfen.*

„Darf ich?", fragte plötzlich eine bekannte Stimme.

Donny streckte die Hand nach dem Akkordeon aus und lächelte mich an. Die Vielzahl gemischter Gefühle, die über mich hinwegschwappten, waren selbst für eine erfahrene Überforderte schwer zu verkraften. Ich stieß ihm das schwere Instrument so abrupt entgegen, dass es sich auseinanderfaltete, hob *Tim und Struppi* auf und machte, dass ich davonkam.

Wenn wir wirklich in einem Boot saßen, dann nahm es, sobald Donny und mein Vater zu spielen begannen, rasant Fahrt auf. Die Groß-Moorer klatschten im Takt, einer legte auf der Tischplatte eine gelungene Trommelbegleitung hin, selbst Qualle schien sich über die Musik zu freuen. Ich sah eine Weile zu und studierte Gesichter, denen die wilde Entschlossenheit anzumerken war, sich zu amüsieren. Vielleicht lag es daran, dass die meisten kein richtiges Silvester oder überhaupt in den letzten Tagen wenig Abwechslung gehabt hatten. Draußen der Schnee, drinnen die Kälte. Langer, grauer Winter.

Ein Mann beugte sich zu mir hinüber und rief: „Großartig! Dein Vater und dein Bruder gehören ins Fernsehen! Ich kenne jemand bei der Hans Joachim Kulenkampff-Show.“

Dein Vater und dein Bruder! Die Worte knallten mir an den Kopf. Ich muss zugeben, dass ich überhaupt noch nicht dazu gekommen war, es von dieser Warte aus zu betrachten, und ehe ich mich's versah, sah ich mich mit tapferem Lächeln in ein Mikrofon sprechen: „Ja, es stimmt, Herr Kulenkampff, ich habe zwar eine Schwester verloren, aber einen Bruder gewonnen.“

Ich beschloss, dass der Moment gekommen war, mich auf meine Matratze zurückzuziehen und in der überschaubaren Welt meines Comics Zuflucht zu suchen.

Als Hühnerblase sich auf den Rand der Matratze warf, blickte ich ärgerlich auf.

„Nun hör mir mal zu, du Trantüte“, sagte sie. „Da drüben am Tisch sitzen zwei Mädchen, die dich aus der Schule kennen, und wo bist du? Hinterm Schrank. So findest du nie eine Freundin, Kascha Natzweiler!“

„Da drüben am Tisch“, erwiderte ich kühl, „sitzen Monika und Birgit, zwei der eingebildetsten Ziegen der ganzen Schule.“

„Und woher willst du das wissen? Sie sagen, sie haben noch nie ein Wort mit dir geredet."

„Äh – eben?"

Hühnerblase schüttelte den Kopf. „Ich hab's dir schon mal gesagt. Die Eingebildete bist du! Wenn du endlich mal aufhören könntest, so zu tun, als wärest du etwas Besonderes, dann hätte vielleicht jemand Lust, mit dir zu reden."

Ich legte meinen Comic hin. Ich kroch auf den Knien so dicht an meine Cousine heran, dass ich ihr, als sie mit dem Rücken gegen den Schrank stieß, praktisch die Nase hochgucken konnte.

„Weißt du noch, wie du uns letzte Woche genannt hast? Scheiß-Zigeuner. Und weißt du auch, wie sie uns in der Klasse nennen? Auf dem Schulhof? Im Bus? Drei Mal darfst du raten."

„Aber das ist doch nur ein Wort", murmelte Hühnerblase.

„Das ist nicht irgendein Wort, du Furzkissen, das ist ein Wort, mit dem alles erlaubt ist! Im Bus die Plätze blockieren, damit du dich nicht neben sie setzt. Dich als Letzte aufrufen, wenn Mannschaften gewählt werden. Im Schwimmbad dein Handtuch ins Wasser schmeißen, und der Lehrer guckt einfach weg!"

„Also, das wird mir jetzt zu blöd", verkündete Hühnerblase, aber ich hatte noch nicht einmal angefangen.

„Zippi, Hanno und Gecko durften damals nicht in den Jugendclub, sie hatten einmal im Monat *Betreuung*. Na, da kann ich doch froh sein, dass wir hier gar keinen Jugendclub haben, nicht wahr? So sparen Janko und ich uns wenigstens die doofen Brettspiele! Und was deine Monika und Birgit betrifft ..."

Hühnerblase verschränkte die Arme, als wollte sie sagen: Na schön, bring's hinter dich.

„Die sind hier wegen dem Schnee", fuhr ich fort. „Genau wie du und alle anderen. Keiner von euch wäre hier, wenn wir besseres Wetter hätten, bis auf den Hugomüller, diesen Verräter."

„Wieso Verräter?", fiel sie sofort ein.

„Lenk nicht ab. Ich sage dir gerade, warum du den beiden Ziegen ausrichten kannst, sie können mich mal!"

„Mach ich." Sie schob mich beiseite, stand auf und blickte auf mich hinunter.

Den strategischen Nachteil meiner Haltung spürte ich sofort: Präsentiere dich deinem Widersacher nie auf den Knien.

„Ich wollte dir helfen, aber ich hätte es wissen müssen", erklärte Hühnerblase. „Weißt du, was meine Mutter sagt? Dass ihr auf sie herabseht, weil sie einen Gadscho geheiratet hat. Dass ihr in Wahrheit stolz darauf seid, Sinti zu sein. Wer nicht zu euch gehört, darf nicht einmal eure Sprache lernen! Und dann sollen wir schuld sein, dass ihr keine Freunde findet?"

Drinnen im Saal begann es rhythmisch zu knallen – offenbar hatte Dada Janko genötigt, auf dem Tisch seine Stepptanznummer darzubieten.

Am liebsten hätte ich geantwortet: Hör dir das an! Mein Vater würde fast alles tun, um Freunde unter den Gadsche zu finden.

Aber was, wenn Hühnerblase zurückfragte: Und du?

„Du, mir helfen?", wiederholte ich und versuchte einen leichten Ton zu treffen. „Glückwunsch, du hast einen echten Knall, Hühnerblase!"

„Wenn ich es weiter versuchen würde, bestimmt", erwiderte sie. „Du bist ein hoffnungsloser Fall, Kascha Natzweiler."

Sprach's und verschwand. Ich stopfte mir mein Kissen in den Rücken und legte meinen Comic auf die Knie, allerdings dauerte es eine Minute, bis ich zu Tim und Struppi zurückfand. Ein hoffnungsloser Fall, das ist so ziemlich das Schlimmste, was du zu einem Katholiken sagen kannst.

„Und was kostet der Schrank?"

Ich blickte auf. Vor mir stand ein Mann, auf dessen lila Pudelmütze direkt unterhalb des Bommels eine weiß umrahmte Sonnenbrille klemmte. Er sah aus, als trüge er einen Schlumpf spazieren.

„Wenn Sie die Schranktür öffnen, finden Sie innen links den Preis", erklärte ich.

„Dazu müsstest du aber die Güte haben, deine Matratze wegzurücken."

Mann, Mann, Mann. Ich rutschte auf den Boden und stemmte meine Matratze in die Seitenlage, damit der Schlumpf an den Schrank herankam. Leider vergaß ich dabei völlig, dass ich meine Ahnen vorübergehend dort untergebracht hatte.

„Was für ein schöner alter Bilderrahmen!" Schon hatte der Schlumpf sich Puri und die kleinen Tanten geschnappt und drehte sie um. „Den nehme ich!", erklärte er und knackte mit seinem dicken Daumen den Verschluss.

„Nein, bitte stellen Sie das Bild wieder hin. Das ist nicht zu verkaufen!"

„Ach, das Foto könnt ihr behalten. Ich will nur den Rahmen!"

„Auf keinen Fall!" Ich warf die Matratze über die andere Hälfte unseres Lagers und sprang auf den Mann zu, um ihm den Bilderrahmen abzunehmen. Er war dermaßen überrascht, dass er ihn mir sofort widerstandslos aushändigte.

„Das ist Familienbesitz", erklärte ich und fing an zu zittern. Ich hatte mich einem Gadscho in den Weg geworfen!

„Kascha?" Meine Schwester stand so plötzlich hinter uns, dass eigentlich nur Puri persönlich sie geschickt haben konnte. „Alles in Ordnung?"

Sie trug eine leere Milchkaraffe in der Hand, die sie eben irgendwo abgeräumt hatte, aber auf den Schlumpf wirkte es wohl, als wollte sie sie ihm auf den Kopf schlagen.

„Alles in Ordnung!", sagte er laut. „Natürlich ist alles in Ordnung, was wollen Sie denn? Ich habe mir nur den Schrank angesehen."

„Vielleicht kann ich Ihnen weiterhelfen", erwiderte Zippi streng, aber der Schlumpf schüttelte nur wütend den Kopf und schubste sich an mir vorbei.

„Er wollte den Bilderrahmen", erklärte ich und wusste selbst nicht, warum ich plötzlich Lust hatte zu heulen.

„Gib mal her." Zippi und nahm mir den Rahmen aus der Hand. „Das Foto ist ja verrutscht."

Sie legte das Bild kopfunter auf die zweite Matratze und hob die Unterseite des Rahmens kurz an, um alles wieder korrekt auszurichten. Und dabei entdeckte ich etwas Unerwartetes: Unter dem Foto von Puri und den kleinen Tanten steckte ein zusammengefaltetes Stück Papier. Ein Papier, über das Zippi kein einziges Wort verlor;

sie legte es einfach wieder hinter das Foto, platzierte die Rahmenunterseite und steckte den Rahmen wieder zusammen.

„So", sagte sie lächelnd, „nichts passiert. Alles noch da. Diese ganzen Leute in unserer Scheune zu haben, ist ja ganz nett, aber dass sie uns an die Schränke gehen, muss nun wirklich nicht sein."

„Nett? Du findest das nett?"

„Ja, eigentlich schon. Alle geben sich Mühe, das ist doch wirklich mal was Neues. Sogar Kolleginnen aus der Fabrik sind hier und stell dir vor, sie haben mir angeboten, mich in Zukunft mit dem Auto mitzunehmen, wenn wir zusammen Schicht haben."

„Toll. Hast du ihnen auch gesagt, dass du nicht mehr lange hier bist?"

„Natürlich nicht, aber es kommt doch auf die Geste ..." Zippi unterbrach sich, aber zu spät, endlich hatte sie sich verraten. „Du bist so gut und hältst weiter den Mund, ja?", bat sie mit gedämpfter Stimme.

„Tu's nicht!" Ich griff nach ihrem Arm. „Es kommt bestimmt noch jemand aus unserer Nähe!"

„Aber ich liebe Donny!" Sie zwirbelte mein Haar. „Und es gibt keine Sinti in unserer Nähe, das weißt du doch. Ich würde alt und grau werden, wenn ich darauf warten müsste."

„Dieses verdammte Groß-Mooren!", platzte ich heraus. „Warum sind wir bloß hierher gezogen? Ich verstehe es nicht!"

„Hier oben ist es weniger eng als im Süden. Das Klima ist gut für Puros Lunge. Vielleicht wollten unsere Eltern aber auch nur ganz neu anfangen, weit weg von ..."

Sie verstummte.

„In dem Bilderrahmen ist ein Zettel", sagte ich, damit sie nicht tun konnte, als hätten wir es nicht beide gesehen.

„Namen, Kascha. Darauf stehen nur Namen, weiter nichts."

Mir klappte der Mund auf. „Die Mörder", hauchte ich und fühlte, wie mir augenblicklich von innen heraus ganz kalt wurde.

Fast zwölf Jahre, mein ganzes Leben hatte ich des Rätsels Lösung Tag für Tag vor Augen gehabt und nichts geahnt!

Aber meine Schwester schüttelte den Kopf. „Es sind zweiunddreißig Namen. Lauter Natzweilers, Spindlers und Rosenbergs. Die gesamte Familie von Tante Tiki ist dabei."

Jetzt begriff ich gar nichts mehr. „Du meinst, Verwandte von uns?"

„Ja." Zippi sah mich an. „Die anderen Toten, Kascha."

15

Am 4. Januar, genau eine Woche nach Beginn der Schneekatastrophe, kam der Hubschrauber nach Groß-Mooren: Friedrichs, die ihre Milch inzwischen in große Planen im Schnee schütteten, weil die Molkerei sie nicht abholte, hatten Viehfutter bestellt, und damit die Besatzung aus der Luft überhaupt erkennen konnte, an welcher Stelle sie die Säcke in die weiße Landschaft werfen sollte, wurde auf Friedrichs Weide ein Feuer entfacht.

Fröstelnd traten wir Stallhelfer von einem Fuß auf den anderen, während Herr Friedrich, Hanno und Gecko sich bemühten, das Feuer in Gang zu halten. Auch Qualle stocherte schweigend mit einer Mistforke darin herum und es gab wohl keinen unter uns, der nicht innerlich flehte, dass der Hubschrauber auftauchte. Seit die Temperatur anstieg, der Wind nachgelassen hatte und die Sonne hervorkam, lebten wir in einer Postkartenlandschaft, aber wenn du dich nicht bewegtest, frorst du fast am Boden fest.

Auch zahlreiche Groß-Moorer spazierten zur Weide, um das Spektakel nicht zu verpassen, und ob ich wollte oder nicht: Ich beobachtete Gesichter und begann mir dieselben Fragen zu stellen wie damals, als ich die Mörder meiner Familie noch in Ravensburg vermutet hatte.

Wo warst du, als das alles passiert ist? Und du? Und du?

Mein Bauch war hart wie ein Brett, schon seit gestern, und ich war erstaunt, dass ich es überhaupt aushielt, hier zu stehen mit all den Gadsche im Rücken.

Zwischen uns sprang der Reporter der Lokalzeitung mit Fotoapparat, Kassettenrekorder und Mikrofon herum. Er eilte von einem zum anderen wie ein Hütehund, der Sorge hat, dass ihm jemand aus der Herde entwischt.

„Was war denn für Sie bisher das Besondere an der Schneekatastrophe, Frau Finck? Was haben Sie erlebt?"

„Na, dass heutzutage alles zusammenbricht, wenn es keinen Strom gibt. Dass die Leute zusammenrücken, das finde ich großartig, und wie einer dem anderen hilft und wir auf einmal alle im selben Boot sitzen."

„Zusammenrücken, aha! Wie darf man sich das denn vorstellen?", witzelte der Reporter.

„Wir haben hier eine Zigeunerfamilie mit einer großen Scheune, dort verbringen wir den Tag. Wir kochen und essen zusammen, jeder trägt etwas bei. Ja, schreiben Sie das ruhig auf! Es war viel Misstrauen da, als die Leute in unser Dorf zogen, aber der Schnee sorgt dafür, dass wir uns alle besser kennenlernen."

„Vielen Dank! Und Sie, mein Herr? Was ist für Sie das Besondere bisher ...?"

„Auf jeden Fall die Einladung von den Zigeunern. Wir wollten ja erst nicht hingehen, aber da hätten wir was verpasst, stimmt's, Helga? Hören Sie, warum bringen Sie darüber nicht mal eine Reportage? Es ist wirklich beachtlich, was diese Leute auf die Beine stellen. Da drüben am Feuer, das sind übrigens Kinder von ihnen ..."

Es war keine Zeit, Janko und mich in Sicherheit zu bringen, schon schwebte ein schwarzes Mikrofon keine fünf Zentimeter unter meiner Nase.

„Wir sind keine Zigeuner, sondern Sinti", korrigierte ich, noch bevor der Mann mich etwas fragen konnte.

„Aha, und was ist für dich in diesen Tagen besonders gewesen?"

Offenbar hatte er nur diese eine Frage auf Lager, aber selbst die war für mich zu viel. Wo in aller Welt hätte ich anfangen sollen? Bei unseren gestrandeten Verwandten, Zippis missglückter Flucht, dem Auftauchen meines ehemaligen Helden? Bei Hugomüllers Verrat, Friedrichs Kühen? Oder sollte ich etwa in aller Öffentlichkeit davon erzählen, dass ich neuerdings über das zweite Gesicht verfügte, wenn auch unzuverlässig, und gestern zufällig darauf gestoßen war, wer vor fünfunddreißig Jahren unsere Verwandtschaft ermordet hatte?

Es war nicht zu fassen, dass mir all dies in einer einzigen Woche passiert sein sollte, und ich schielte entgeistert auf das Mikrofon zwischen meinen Augen und vergaß, wie man Deutsch spricht.

Zum Glück hatte ich meine Pressesprecherin gleich neben mir. Hühnerblase griff zu und bog das Mikrofon zu sich hinüber, und die Leute rückten näher, stellten sich um uns herum und hörten zu, als ob es sie wirklich interessierte, was meine Cousine zu sagen hatte. Oder wir. Oder vielleicht war das für sie wirklich nicht zu unterscheiden.

„Wir haben eine Menge Neues gelernt", sprach Hühnerblase und mir wurde schlagartig klar, dass sie in ihrer Klasse in der ersten Bank sitzt. Dass ihr Heft zuoberst liegt, wenn Klassenarbeiten zurückgegeben werden, dass sie manchmal aus ihren Aufsätzen vorlesen darf und ganz bestimmt nie gegen ihren Willen an die Tafel gerufen wird. Dass Bettina das genaue Gegenteil von mir ist.

Und dass sie trotzdem fast alles sagte, was wichtig war. Oder wichtig gewesen wäre, bis gestern.

„Ich kann jetzt per Hand melken, wer hätte das vor ein paar Tagen gedacht? Ich kann mit vielen anderen in einem Raum schlafen und es toll finden. Ich kann drei Teller in einer einzigen Hand tragen und will Akkordeon lernen. Und wussten Sie, dass es Kinder gibt, die mit Kühen reden können? Mein Cousin Janko kann es, ich hab's gesehen."

„Ich auch", schwor Herr Friedrich.

„Es ist traurig, dass Kalles Mutter gestorben ist, aber sie durfte zuhause bleiben, wie sie es sich gewünscht hat."

Frau Schick putzte sich an dieser Stelle die Nase und Qualle senkte, als ihn alle anblickten, erschrocken den Kopf, was Hühnerblase aber nicht zu bremsen vermochte.

„Mein Vater und meine Tante mochten sich nie, aber plötzlich vertragen sie sich", diktierte sie dem Mann ins Mikrofon. „Der Schnee hat eine Menge verändert. Wir fahren Ostern auf Klassenfahrt nach England, aber ob wir dort so viel lernen wie in diesem Winter zu Hause? Glaub ich nicht."

An dieser Stelle hatte sie es endgültig geschafft: Die Groß-Moorer klatschten.

„Mein Name ist Bettina Kaiser, mit ai", schloss Hühnerblase bescheiden. „Und ich grüße meine Mutter und meinen Bruder Andi daheim in Klein-Üttersen."

„Amen", murmelte ich, aber mein Beitrag ging in der allgemeinen Begeisterung unter. Es hätte mich nicht überrascht, wenn die Leute Hühnerblase auf die Schultern genommen und zur Schneekönigin erklärt hätten. Ich konnte mich nicht erinnern, außerhalb von Ummenwinkel oder Saintes-Maries-de-la-Mèr je von so massenhaftem Wohlwollen umgeben gewesen zu sein. Der allgemeine Stimmungsumschwung uns gegenüber gab mir fast den Rest.

Immerhin bewahrte mich das schnell näher kommende Knattern des Hubschraubers davor, meine widerstreitenden Gefühle in Einklang bringen zu müssen. Vierzig Leute legten gleichzeitig den Kopf in den Nacken und starrten mit offenem Mund gen Himmel, um im nächsten Moment auch schon in alle Richtungen auseinanderzustieben, weil ihnen einfiel, dass jede Sekunde große Säcke mit Tierfutter herunterkrachen konnten.

Hühnerblase und ich fanden uns bäuchlings nebeneinander im Schnee wieder und wurden von der Kraft der Rotoren halb weggepustet, halb zugeschüttet. Das Donnern über uns nahm zu, drang in jeden Winkel des Körpers.

„Aaaaiiih!", schrie meine Cousine und umklammerte meinen Arm, während ich gleichzeitig ein Bein um ihres wickelte. Ich hätte auch geschrien, wenn mein Mund nicht voller Schnee gewesen wäre. Ein riesiger schwarzer Schatten fiel über uns; ich fühlte mich wie eine Maus, die vom Habicht geschnappt wird.

Ein paar Meter weiter versuchte Janko aufzustehen, fiel aber immer wieder um. Er kreischte irgendetwas Unverständliches; vermutlich wollte er uns darauf aufmerksam machen, dass der Hubschrauber wirklich und wahrhaftig direkt vor uns zur Landung ansetzte.

Als die Maschine zum Stehen kam, machten die Rotoren ein Geräusch wie große Messer, flopp, flopp, flopp, und wir blieben vorsichtshalber platt im Schnee liegen, während Herr Friedrich und meine älteren Brüder geduckt auf den Hubschrauber zuliefen, um die Futtersäcke entgegenzunehmen. Aus der geöffneten Tür kletterte allerdings als Erstes eine Person in schrillbuntem Anorak und Skihosen und mir wurde klar, warum die Piloten ihre Fracht nicht einfach abgeworfen hatten.

„Mami!", brüllte Hühnerblase und krabbelte durch den Schnee, so schnell sie konnte.

Tante Lonny streifte ihre Schutzbrille vom Gesicht, beugte sich ins Innere des Hubschraubers und zog einen braunen Postsack und ein Köfferchen hervor.

Donnerwetter! Nach fast sieben Jahren in der Sortierstelle hatte sie es also geschafft: Sie wurde im Kundenverkehr eingesetzt! Damit, dass sie gleich beim Aussteigen auf Familie treffen würde, hatte sie aber bestimmt nicht gerechnet. Der Reporter knipste wie wild, hinten Action am Hubschrauber, vorn Begrüßungstänze, und dann der aufstiebende Schnee, als der Hubschrauber wieder startete.

Ich lag auf dem Rücken und starrte auf die scharfen Kufen, den schwarzen Bauch der Maschine, die nur wenige Meter über mir für einen Augenblick in der Luft zu hängen schien, um dann mit einem plötzlichen *Wusch!* davonzuschießen. Der Lärm brachte meinen Kopf fast zum Platzen, und auf einmal war mir, als könnte es auch damals so gewesen sein, nur dass es kein Hubschrauber, sondern Schüsse gewesen waren, die durch den Schnee hallten, als die Bewohner des Ummenwinkels an einem Ort namens Auschwitz aus dem Zug gezerrt wurden.

Beim Zahnarzt waren sie gewesen, Puro und Mama, reiner Zufall, ein fauler Zahn hatte ihnen das Leben gerettet, während meiner Großmutter und ihren älteren Töchtern ein ganz normaler Tag zuhause zum Verhängnis geworden war.

„Ich wollte dir nach deinem Geburtstag alles erzählen", hatte Puro gesagt. „Tut mir leid, dass du es auf diese Weise erfahren hast."

„Ach", murmelte ich, „Zippi hat es schon ganz gut erklärt", aber zu mehr fehlten mir die Worte. Im Rückblick fallen einem Dinge auf, die man immer schon gesehen, aber nicht verstanden hat. Dass wir nicht die Einzigen im Ummenwinkel gewesen waren, denen Familienangehörige fehlten. Dass die Großeltern, Tanten und Onkel meiner Freundinnen unmöglich so lange auf Reisen gewesen sein konnten. Aber zu Ende nachgedacht hatte ich nie.

„Zippi war nicht dabei." Puros Schnurrbart bebte vor Ärger. „Sie hatte kein Recht, darüber zu sprechen."

Aber ich bin ganz froh, dass es Zippi war, die es mir erzählt hat. Gerade weil sie weiß, dass man nicht dabei gewesen sein muss, um zu spüren, wie ein Jahrzehnte altes Verbrechen auch über deinem Leben schweben kann. Eine dunkle Wolke, die sich nicht verzieht, die immer an derselben Stelle steht, egal ob Sonne oder Sturm. Oder Schnee.

„Warum habt ihr immer gesagt, das Haus sei schuld?", fragte ich meinen Großvater. „Das Haus hatte doch gar nichts damit zu tun."

„Oh doch", erwiderte Puro bitter. „Dass eine Familie von *Zigeunern* mitten zwischen die Deutschen zog, hat nämlich für mächtigen Ärger gesorgt. Die alte Frau, der das Haus gehört hatte, hat es deiner Großmutter aus Dankbarkeit in ihrem Testament vererbt. Auf Puris Rat hatte sie einmal eine Schiffsreise im letzten Moment umgebucht, und dann ist das Schiff, auf dem sie eigentlich fahren sollte, im Atlantik gesunken."

„Die Vision!" Ich war wie elektrisiert.

„Genau. Deine Großmutter hat der Frau das Leben gerettet, das hat niemand bestritten. Das Problem war nur, dass es Verwandtschaft gab, die damit gerechnet hatte, das Haus zu erben. Als die Ravensburger Sinti Jahre später gezwungen wurden, in den Ummenwinkel umzusiedeln, waren wir dabei, obwohl es sich um unser eigenes Haus gehandelt hatte. Diese Leute haben dafür gesorgt und sind gleich, als wir weg waren, selber eingezogen. Wenn wir nicht im Ummenwinkel gewesen wären ... vielleicht hätten wir eine Chance gehabt, uns in Sicherheit zu bringen. Wir hatten den Leuten nichts getan, es ging nur um den Besitz. Und darum, wer wir waren, ihrer Meinung nach."

„Und die Leute, die jetzt in unserem Haus wohnen ...?"

Puros Gesicht wurde hart. „Sind dieselben, die uns beraubt haben. Aber als ich nach dem Krieg zur Polizei ging, um sie anzuzeigen, saß dort ein Mann, den ich kannte. Der wusste das längst, der war schon im Krieg Zigeunerbeauftragter, der hat mir ins Gesicht gelacht. *Hört, hört, dir ist ein gestohlenes Haus abhanden gekommen ...?* Es war dein Vater, der die Sache mit der Entschädigung ins Rollen gebracht hat, weil er raus wollte aus dem Ghetto. So hat er es immer genannt."

„Für mich war es Zuhause", sagte ich leise.

„Ich weiß", erwiderte Puro traurig.

Der startende Hubschrauber hatte eine Decke aus Schnee über mich gebreitet, aber das war mir ganz recht: Zum ersten Mal seit einer Woche hatte ich meine Ruhe. Regungslos sah ich zu, wie meine Familie Tante Lonny in ihre Mitte nahm und abzog. Niemand schien mich zu vermissen, nicht einmal Hühnerblase, und ich blieb so lange liegen, wie ich die Kälte in Zippis Schneeanzug aushielt.

Als ich mich endlich aufrappelte, war die Weide verlassen, nur der stumme Qualle war noch da, der das verglimmende Feuer bewachte. Die meisten Groß-Moorer pilgerten in der Ferne in Richtung Deich, wohl um die im Eis feststeckenden Schiffe zu besichtigen, und auch die unvermeidlichen Schlitten waren wieder im Einsatz.

„So funktioniert das also im Flachland", sagte ich zu Qualle. „Die Kinder setzen sich drauf, der Vater zieht."

Er antwortete nicht, und sofort bedauerte ich, dass ich ihn angesprochen und damit womöglich den Anschein erweckt hatte, der plötzlichen Begeisterung der Groß-

Moorer für ihre „Zigeuner" auch nur einen Augenblick lang getraut zu haben.

„Damit du's weißt", sagte ich, „ich glaube nicht, dass sich etwas ändert. Wenn der Schnee weg ist, ist hier alles wie früher, wetten?"

Qualle sagte noch immer nichts. Langsam stieg er in meiner Achtung. In verschütteten Autos sitzen und einfach aufhören zu reden – ich bekam mehr und mehr Lust, das selbst einmal auszuprobieren.

Als er eine Handvoll Schnee auf die Glutreste warf, tat ich es ihm nach, und einige Minuten arbeiteten wir schweigend, er auf der einen Seite des Feuers, ich auf der anderen, bis wir plötzlich Herrn Friedrich aus dem Hof winken sahen.

„Der Strom ist wieder da!", rief er uns schon von weitem entgegen.

„Wir haben Strom", wiederholte er glücklich, als wir ihn erreicht hatten. „Danke für eure Hilfe, Kinder, aber ab morgen brauchen wir euch nicht mehr. Natürlich könnt ihr trotzdem jederzeit vorbeikommen, wenn ihr ..."

Er brach ab und ich spürte, wie er und Qualle mir nachblickte, das ganze Stück die Einfahrt hinunter, bis ich hinter der Schneemauer auf die Landstraße abbog.

„Puro-Dada, sind diese Morde denn nur in Süddeutschland geschehen?"

„Nein, Kascha. Sie sind überall in Deutschland und Österreich geschehen, und in allen Ländern, die Hitlers Soldaten besetzt haben. Die Nazis haben die Juden fast ausgerottet, und mit uns haben sie das Gleiche gemacht. Mindestens eine halbe Million Sinti und Roma sind in den Lagern ermordet worden, aber dafür hat sich in diesem Land nie jemand interessiert. Im Gegenteil, die Deutschen behaupten, wir wären überhaupt nicht rassisch verfolgt, sondern wegen unserer verbrecherischen Neigung sicherheitshalber aus dem Verkehr gezogen worden. Ja, da staunst du! Angeblich ging es um den Schutz der deutschen Bevölkerung *vor uns*, und damit kommen sie bis heute durch. In ihren Augen sind wir selbst schuld. Irgendwas werden deine Puri und die beiden kleinen Mädchen schon ausgefressen haben, sonst wäre ihnen das alles nicht passiert."

Ich würde es vermissen, meine Großmutter jeden Abend um einen Traum zu bitten. Ich würde Inspektor Columbo, Detektiv Rockford und Derrick vermissen, deren Klugheit mir nicht das Geringste genutzt hatte. Ich würde sogar Eduard Zimmermann vermissen, obwohl er mir eine halbe Million Morde verschwiegen hatte. Ich hatte mein Rätsel gelöst und stand mit leeren Händen da. Rückgängig machen ließ sich das nicht, nur bedauern, dass ich die Geschichte nicht wenigstens einen Tag später erfahren hatte, denn dann hätte ich mich noch über die Freundlichkeit der Groß-Moorer freuen können, die mir auf der Straße entgegenkamen.

„Schon gehört, Kascha? Wir haben wieder Strom! Danke für alles!"

Eine kleine schwarzweiße Gestalt hockte frierend am Rande unserer Einfahrt. Einer aus der Familie hatte also bemerkt, dass ich fehlte, und ich vergrub meine Nase ganz tief im Fell meines Hundes, dem ich nie zu erzählen brauche, wie es mir geht.

Obwohl es wieder Strom und Heizung gab, saß der Rest der Familie mit Tante Lonny in der Scheune um den großen Tisch. Mama hatte ihr einen Rock geliehen, den sie in Puros Anwesenheit über ihre Hosen gezogen hatte, um keinen Anstoß zu erregen.

Die Dorfleute, die in den letzten Tagen zu unserem Leben gehört hatten, waren verschwunden, nur der Hugomüller war noch da und sah nicht aus, als käme ihm auch nur eine Sekunde in den Sinn, dass er nicht hierher gehörte. Ich trat geradewegs auf ihn zu und warf seinen Brief auf den Tisch.

„Den können Sie ja jetzt selber einwerfen, *Herr Müller*", sagte ich kühl.

Der Hugomüller nahm eine violette Färbung an, während er wie in Zeitlupe zugriff. Er drehte den Umschlag um. Ob ich den Brief geöffnet hatte, war nicht auf den ersten Blick zu erkennen (Danke, Miss Marple, für einen letzten Dienst!), deshalb klärte ich ihn auf: „Ja, ich hab's gelesen. Es ließ sich leider nicht vermeiden."

„Kascha!" Mein Vater war schockiert. „Du hast einen Brief gelesen, der nicht an dich gerichtet war?"

„Leider ja", erwiderte ich und behielt den Hugomüller im Auge.

Ganz langsam schob unser Nachbar seinen Stuhl zurück und stand auf.

„Entschuldigen Sie, Herr Müller", sagte Dada betroffen. „Ich weiß nicht, was ich sagen soll. Kascha, ich schäme mich für dich. Bitte Herrn Müller sofort um Verzeihung!"

„Ganz sicher nicht", antwortete ich und sah immer noch den Hugomüller an. Sah ihn an, bis seine Augen sich mit Tränen füllten, er sich abwandte und wortlos ging.

Ein letztes Mal fiel die Scheunentür hinter ihm ins Schloss. Erst in diesem Augenblick merkte ich, dass ich weinte.

In der Scheune war es still geworden. Noch nie hatte ich, oder einer von uns, meinem Vater in dieser Weise widersprochen. „In dein Zimmer, Kascha", sagte er fassungslos. „Heute will ich dich nicht mehr sehen."

Als ich in Zippis und meinem Zimmer die Heizung aufdrehte, fuhr auf der Landstraße das erste Auto vorbei. Auch das Fahrverbot war also aufgehoben und ich brauchte nicht lange zu warten, bis ein grüner Geländewagen in unseren Hof rollte und vor der Scheune zum Stehen kam. Ein Mann stieg aus und sah sich um. Vom Rücksitz purzelte mein Cousin Andi und rannte auf die Scheune zu.

Eine Viertelstunde später kamen alle ins Freie, um Hühnerblase, Tante Lonny und Onkel Harald zu verabschieden. Hühnerblase hatte meine Klamotten ausgezogen und trug unterm Anorak wieder das Shirt mit den grinsenden Bay City Rollers, und als wüsste sie, dass ich sie im Schutz der Gardinen beobachtete, blickte sie eingehend zu mir hinauf.

Tat es ihr etwa leid, dass wir uns nicht verabschiedet hatten? Ich konnte es mir nicht vorstellen. Wir mochten uns in dieser Woche notgedrungen aneinander gewöhnt haben, aber übertreiben musste man es ja nicht. Ganz sicher war sie genauso froh wie ich, dass wir einander los waren.

Doch als sie als Letzte auf den Rücksitz des Geländewagens stieg, warf meine Cousine immer noch Blicke zu meinem Fenster, als gäbe es etwas, das sie mir hatte sagen wollen.

Es dauerte nicht lange, bis Zippi ins Zimmer kam. Sie brachte unser Bettzeug mit und warf mir meine Decke zu, damit ich darunter schlüpfen konnte, solange die Heizung warmlief.

„Du kommst noch mal davon", teilte sie mir mit. „Puro hat Dada überzeugt, dass du nur durchgedreht bist, weil du vom Porajmos erfahren hast."

Porajmos. Die Juden sagen *Shoah.* Die Deutschen haben überhaupt kein eigenes Wort dafür, nur den Titel einer amerikanischen Fernsehserie, die meine Eltern auf keinen Fall hatten einschalten wollen, als sie im letzten Jahr ausgestrahlt worden war.

Holocaust, das bedeutet Brandopfer, und komisch, dass Janko nun der Einzige war, der von nichts wusste. Janko und Hühnerblase – das erste Mal, dass ich ihr etwas voraus hatte. Freuen konnte ich mich darüber aber nicht, im Gegenteil; ich wünschte, ich wäre noch die Kascha von gestern gewesen.

Zippi schlüpfte ebenfalls unter ihre Decke und verschränkte die Arme hinterm Kopf. „Was stand denn nun in dem Brief?", fragte sie neugierig.

Wie oft hatten sie und ich vor dem Schlafengehen so gelegen und stundenlang gequatscht! Ich hätte gern dort weitergemacht, aber dafür hatte Zippi die falsche Frage gestellt. Wie sollte ich über den Hugomüller reden? Die ganze Zeit ging mir nicht aus dem Kopf, wie der alte Mann geheult hatte, und dass er es verdient hatte, dieser Verräter, und dass ich überhaupt keinen Grund hatte, mich seinetwegen so mies zu fühlen.

„Was interessiert es dich noch?", gab ich mürrisch zurück.

Meine Schwester richtete sich auf. „Jetzt hör mir mal zu!", sagte sie streng. „Ich bleibe Teil dieser Familie, egal wohin ich mit Donny gehe. Ich bleibe deine Schwester, du bleibst meine Schwester, und du wirst die Schwester von Donny, der sich wie verrückt darüber freut. Schon wegen Ramona. Was ist daran so schwer? Du bist fast zwölf, Kascha, du kommst auch ohne mich zurecht und das weißt du sehr gut!"

„Ich will aber nicht ohne dich zurechtkommen!"

Ich wurde laut. Sie warf ihr Kissen nach mir.

„Das ist dein Problem! Ich habe es jetzt langsam satt, Kascha. Ich habe überhaupt keinen Grund, deinetwegen ein schlechtes Gewissen zu haben, also hör auf damit, verstanden?"

„Aha, und warum musste es ausgerechnet Donny sein?"

Jetzt war es heraus. Sie wurde rot.

„Keine Ahnung. Es ist einfach passiert. Aber Kascha, du warst doch nicht wirklich in ihn verliebt, oder? Du warst doch noch klein. Herrje, du warst *acht!* Das kann doch nichts Ernstes gewesen sein!"

Ich war acht und neun und zehn und elf, dachte ich niedergeschlagen.

Laut sagte ich: „Natürlich nicht. Aber gemein ist es trotzdem. Wenn der Schnee nicht gewesen wäre, wärst du nicht nur plötzlich verschwunden, sondern mit *Donny Leverenz* zurückgekehrt! Das wäre ja sogar ein doppelter Schock gewesen! Ich hätte meine Sprache verlieren können oder so etwas."

„Nimm's mir nicht übel, aber das ist sicher das Letzte, was du verlierst", meinte Zippi.

„Ach ja? Und warum hab ich euch nicht verraten?"

„Dafür sind wir dir sehr dankbar!", versicherte Zippi hastig. „Wir alle beide, wirklich. Und deshalb bist du auch die einzige, zu der ich kommen kann, um mich zu verabschieden."

Ich lag einen Augenblick stumm da und wartete darauf, dass mein Herz stockte, sank oder irgendein Zeichen von Alarm von sich gab, aber es schlug einfach weiter.

„Jetzt?", fragte ich.

„Wir räumen noch mit auf, und dann nehmen Donny und ich den Bus um viertel vor fünf. Wenn du mithilfst, schaffen wir es auf jeden Fall."

„Aber ich darf mich heute nicht mehr blicken lassen, schon vergessen?"

„Doch, darfst du. Puro hat ein Wort für dich eingelegt, Dada hat dir verziehen. Dass du dich bei Herrn Müller entschuldigst, erwartet er natürlich immer noch."

„Na dann frohes Warten!", schnappte ich.

„Bitte sag's ihm erst morgen! Heute wäre ich dir sehr dankbar, wenn du mithelfen würdest, die Scheune aufzuräumen."

„Damit du und Donny mit dem Bus um viertel vor fünf verschwinden könnt."

Sie nickte. Ich warf ihr das Kissen zurück und stand auf. Was gab es auch noch zu sagen? Die äußere Ordnung hilft der inneren, behauptet Puro, insofern war das Aufräumen in der Scheune wohl die beste Idee.

Irgendwo muss man schließlich anfangen.

16

Warum zähle ich eigentlich immer noch, ob alle da sind? Vierzehn Schüler werden morgens um halb acht in der Dorfmitte vom Schulbus abgeholt und wenn einer der sechs Großen fehlt, werde ich nervös. Dass jemand Janko und mich hinterrücks anfällt, erwarte ich gar nicht – in den zwei Jahren, seit wir hier Bus fahren, gab es nicht eine brenzlige Situation. Ich behalte die anderen gern im Blick, das ist alles, nähere mich langsam und aufmerksam und versuche schon von weitem, die Schatten unter der Straßenlaterne zu zählen.

An diesem ersten Schultag nach den Weihnachtsferien fehlten nur noch Birgit und Monika, die gegenüber der Haltestelle wohnen und erst aus dem Haus zu kommen brauchen, wenn die Scheinwerfer des Busses auf der Landstraße auftauchen. Zigarettenqualm waberte zu uns hinüber, als ich mich an unseren üblichen Platz hinterm Telefonhäuschen zurückziehen wollte.

Doch zu meiner Überraschung sagte Janko: „Komm, wir stellen uns zu Kalle", und ohne meine Antwort abzuwarten, ging er schnurstracks an den Großen vorbei zu dem Einzigen außer uns, der allein wartete.

Für Qualle war das Alleinstehen eine neue Erfahrung. Mehrere Meter Abstand lagen zwischen ihm und der Gruppe unter der Laterne, weil seine Mutter gestorben und alle um Worte verlegen waren. Dass Qualle zurzeit sowieso nicht geantwortet hätte, kam den meisten bestimmt sehr gelegen.

Ein gedämpfter Geräuschpegel lag über der Haltestelle; Satzfetzen, die nicht für uns bestimmt waren und in denen es um Verabredungen, Referate oder darum ging, auf welchen Pauker man sich nach den Ferien am wenigsten freute. Der Schnee war zwar noch da, gab als Thema aber nichts mehr her, seit das Leben drumherum wieder normal funktionierte.

„Hallo Kalle", sagte Janko und stellte sich einfach neben ihn.

Qualle warf uns einen Seitenblick zu. Sein Gesicht konnte ich ihm Dunkeln nicht erkennen, aber ich bildete mir ein, ihn nicken zu sehen. Dass es in der Gruppe der anderen still wurde, als wir uns zu Qualle stellten, entging mir nicht, aber es war keine feindselige Stille. Ich glaube, sie wollten nur hören, ob wir es schafften, mit Qualle zu reden.

„Gecko hat mit dem letzten Karussellpferd angefangen", bemerkte Janko. „Vielleicht kommst du ja mal wieder vorbei. Heute zum Beispiel."

Einige Sekunden vergingen. Plötzlich meinte einer aus der Zehnten: „Die Pferde sind echt stark. Hat sich jemand mal den braunen Schecken angesehen? Der grinst wie die Brosius."

Gelächter. Füße scharrten im Schnee. Ich merkte, wie meine Hände in den Anoraktaschen ganz warm wurden.

„Meine Schwester und Kalle haben die Brosius als Klassenlehrerin", sagte Janko in einem Ton, als wäre er in einen Hundehaufen getreten.

„Beileid", erwiderte der Witzbold und das Mädchen neben ihm gab ihm einen erschrockenen Schubs. Aber das war, bevor wir alle sehen konnten, dass Qualle lachte.

Gleich darauf näherte sich der Bus, Birgit und Monika kamen aus dem Haus und stellten sich wie üblich direkt an den Straßenrand, damit sie die Ersten beim Einsteigen waren. Auf dem Weg nach Groß-Mooren hält der Bus nämlich in zwei weiteren Dörfern und es sind nur noch wenige Doppelsitze frei, wenn er bei uns ankommt.

Wären wir in einem der anderen beiden Dörfer gelandet, gäbe es also diese langen Minuten nicht, vor denen Janko und mir jeden Morgen graut.

Denn es ist ja keineswegs so, als ob es nicht genug Sitzplätze für alle gäbe. Die freien Plätze befinden sich lediglich neben anderen Schülern, und die haben ihre Schultaschen dick und breit neben sich geworfen oder rutschen bei unserem Auftauchen kurzerhand auf den Gangplatz, um uns den Weg zum Fenstersitz zu versperren.

Als ich nach den Weihnachtsferien hinter meinem Bruder in den Bus stieg, bot sich mir der gewohnte Anblick: Auf allen noch freien Plätze lagen Schultaschen, auf allen Gesichtern ein kaltes Starren. Mir wurde ganz heiß, während ich hinter Janko durch den Bus lief und auf das übliche Gemecker des Fahrers wartete: „Alle setzen, sonst fahre ich nicht weiter!"

Janko und ich hetzten noch etwas schneller durch den Mittelgang, wie Mäuse, denen man ihr Eingangsloch versperrt hat. „Hier nicht!", fauchte ein Mädchen, noch bevor ich sie überhaupt angesehen hatte.

Am Ende des Gangs wandten wir uns um. Natürlich waren wir die Einzigen, die noch standen.

„Geht das schon wieder los!", dröhnte der Busfahrer. „Macht den beiden endlich Platz oder ich bleibe stehen. Und glaubt bloß nicht, ich lasse euch mittags raus!"

Ich trat den Rückweg an, diesmal vorneweg, und schaute verzweifelt in jede Reihe, ob irgendeine Schultasche inzwischen vom Sitz verschwunden war. Aber deren Besitzer blickten nur intensiv aus dem Fenster, als ob sie das alles nichts anginge.

Als unmittelbar vor mir ein großer Junge aufstand, blieb mir fast das Herz stehen. Es war der Witzbold aus der Zehnten, der so bedrohlich guckte, dass ich ihn beinahe nicht erkannt hätte.

„Es reicht!", erklärte er, griff nach einem x-beliebigen Ranzen und warf ihn dem dazugehörigen Jungen in den Schoß. Der war erheblich kleiner als er und umklammerte seine Tasche erschrocken.

„Hierher", kommandierte der Witzbold und schob mich auf den nunmehr freien Platz. „Dein Bruder kann hier sitzen ..."

Die nächste Schultasche flog. „Und damit ihr's wisst, Leute ..."

Er richtete sich zu voller Größe auf und wandte sich an sämtliche Schüler im Bus. „Die Zigeuner stehen ab sofort unter meinem Schutz!"

Demonstrativ nahm er direkt hinter mir Platz. Mein Kopf glühte, als wollten meine Haare jeden Augenblick in Flammen aufgehen.

„Na endlich!", kommentierte der Busfahrer und gab Gas.

Es wurde die längste Busfahrt meines Lebens. Natürlich war mir klar, dass der Junge in meinem Rücken es gut gemeint hatte, aber was in aller Welt bedeutete *Unter meinem Schutz?* Wie stellte er sich vor, dass es von nun an weiterging? Hatte er darüber überhaupt nachgedacht?

Noch nie, bildete ich mir ein, war es im Bus so still gewesen, und man brauchte kein ehemaliger Krimizuschauer zu sein, um zu spüren, dass das nichts Gutes bedeuten musste. Je näher wir der Schule kamen, desto mehr graute mir vor dem Aussteigen, doch als der Bus hielt, legte unser selbst erklärter Beschützer sogar noch nach.

„Wenn irgendwas ist", teilte er uns so laut mit, dass alle es hörten, „ich heiße Lennart und stehe in der Pause auf dem Raucherhof. Das ist Rieke."

Er wies auf seine Freundin, die überrumpelt nickte. Sie sah aus, als fände sie seinen Einsatz nicht weniger peinlich als ich, wenn auch vermutlich aus anderen Gründen.

Janko dagegen schien um mehrere Zentimeter gewachsen, als er neben mir aufs Schulhaus zuging. „Super!", flüsterte er. „Dieser Lennart ist mindestens eins achtzig!"

„Na und?", zischte ich. „Ich hab keine Lust auf Leibwächter. Ich will, dass sie uns wie normale Menschen behandeln!"

„Aber Kascha!" Mein Bruder blieb verdattert stehen. „Lennart hat uns doch geholfen!"

Der Arme glaubte wirklich daran. Ich musste ihn regelrecht hinter mir herzerren, um zu verhindern, dass wir noch mehr Aufmerksamkeit erregten.

Es gab weitere lange Minuten vor der Eingangstreppe, die erst um Punkt acht freigegeben wird; unten froren wir, oben der Sportlehrer und die Brosius, bis es endlich gongte. Danach verlor ich Janko im Getümmel, sah nur noch für Augenblicke seinen Haarschopf, der von der Menge ins nächste Stockwerk mitgerissen wurde.

Damit wir den Tiefpunkt der Woche gleich zu Beginn hinter uns bringen, hat die sechste Klasse montags als Erstes Heimatkunde bei der Brosius und ich hatte es mir schon gedacht: Nach dem jüngsten Heimat-Großereignis würde sie eine völlig unerwartete Frage auf uns loslassen.

„Was war für euch das Besondere an der Schneekatastrophe, Kinder?"

Arme schossen in die Höhe. Klar, jeder war dabei gewesen. Gefroren hatten alle und mehr oder weniger Hunger gehabt, jemand hatte sich für seine kranke Schwester zu einer zwei Kilometer entfernten Apotheke durchgekämpft. Andere hatten Skilaufen gelernt oder waren auf Schlittschuhen um die im Eis feststeckenden Schiffe gekurvt. Iglus waren gebaut und ein großer Hund vor einen Schlitten gespannt worden, und auch in anderen Dörfern hatte es Opfer unter Hoftieren gegeben.

Die Brosius hielt Stichworte an der Tafel fest und einige Mädchen schrieben eifrig mit, als befürchteten sie, auswendig lernen zu müssen, was wir gerade erst selbst erlebt hatten.

Nach einer Weile legte die Brosius die Kreide hin und sagte: „Nun ist die Tafel fast voll und das Wichtigste an diesen ganzen zehn Tagen hat niemand von euch erwähnt."

Ihr Blick ging durch die Klasse und blieb an mir hängen. „Valentina! Kannst du es dir nicht denken? Gerade du müsstest doch wissen, was ich meine."

Ich kniff die Lippen so fest zusammen, dass mein Mund wahrscheinlich nicht einmal als Strich zu erkennen war, doch der bloße Hinweis auf mich reichte, um zahlreiche Arme wieder in der Höhe schnellen zu lassen.

„Wir saßen alle im selben Boot, Fräulein Brosius!", rief Inge, noch bevor sie aufgerufen worden war.

„Genau!", triumphierte die Brosius und ich sah die Worte unter ihrer Kreide entstehen: *Alle im selben Boot.* „Wir hatten denselben Hunger, dieselben kalten Füße und wir haben gemerkt, dass man in der Not zusammenstehen muss. Für diese zehn Tage", sagte sie und ließ ihren Blick feierlich über die Klasse wandern, „waren wir alle gleich. Was war das für ein Gefühl für euch?"

Niemand sagte etwas.

„Valentina?", bat die Brosius sanft.

„Es war nichts Besonderes", antwortete ich leise.

Sie sah mich verdutzt an. Ich räusperte mich und spürte die kalte glatte Fläche meines Sitzes, als ich unbehaglich an den vorderen Rand rutschte.

„Weil es nicht hält", erklärte ich. „Es war doch nur für ein paar Tage. Und *gleich* waren wir sowieso nicht, wir waren höchstens ... zusammen."

„Aber das war doch *schön!*", erwiderte die Brosius fassungslos. „Ihr Groß-Moorer wart doch sogar in der Zeitung! Habt ihr den Bericht überhaupt gesehen, Kinder?"

Sie griff in ihre Mappe, faltete einen Zeitungsausschnitt auseinander und ging damit durch die Reihen. *Ein Dorf rückt zusammen*, hatte der Reporter seinen Artikel genannt und auf dem Foto erkannte ich meine Cousine Bettina, Herrn Friedrich und mich.

„Du kannst doch nicht behaupten, dass das nichts Besonderes war, Valentina", sagte die Brosius vorwurfsvoll. „Ich finde, ein wenig dankbarer könntest gerade du schon sein. Vielleicht denkst du ja mal ein wenig darüber nach. Und nun ..."

Sie klappte die Tafel mit einer Bewegung zu, als hätte ich alles verdorben, und verkündete unter dem Aufstöhnen der Klasse: „Zurück zu den Bodenschätzen der Kieler Bucht."

In der großen Pause bekam ich mit, dass Lennart aus der Zehnten ab sofort einen Spitznamen hatte. Rieke und die Jungen aus Groß-Mooren nannten ihn *Zigeunerbaron,* und das Beunruhigende war: Ihm schien es zu gefallen.

Aus Hugomüllers Schornstein qualmte es, als wir nach der Schule in unsere Einfahrt einbogen, und obwohl Dada seinetwegen noch immer nicht mit mir redete, war ich ganz froh, dass es unseren Nachbarn noch gab. Zwar glaubte ich nicht, dass er nach dem Verlust unserer Freundschaft an gebrochenem Herzen dahinsiechte, aber seine Tränen ließen sich einfach nicht aus meinem Kopf wischen.

Am Tag nach unserem gemeinsamen Auftritt hatte ich noch verstohlen gehofft, er käme vorbei und entschuldigte sich, zerriss den Brief und alles wurde halbwegs wie früher. Aber seitdem hatten wir ihn nicht mehr zu Gesicht bekommen. Mein Vater hatte mehrmals an seine Haustür geklopft, doch der Hugomüller öffnete nicht. Vielleicht telefonierte er ja gerade mit *dem Anwalt.*

Dadas Ärger nagte an mir, und dass er so wenig Vertrauen zu mir hatte. Ihm kam überhaupt nicht in den Sinn, dass ich einen triftigen Grund gehabt haben könnte, den Hugomüller rauszuekeln.

Und dennoch brachte ich es nicht fertig, den Inhalt des Briefs zu verraten.

Puro war der Einzige, der zu mir hielt, ohne Näheres zu wissen – wenngleich er fand, dass ich mir keinen schlechteren Zeitpunkt hätte aussuchen können, ungehorsam zu sein. „Gerade jetzt, wo deine Schwester uns verlassen hat, kommt dir als ältester Tochter Verantwortung zu", ermahnte er mich.

Als ob ich das noch nicht mitbekommen hätte! Mama hatte so viele Aufträge für mich, als steckte ich in einem Strafbataillon – ihre Art, mir zu zeigen, dass ich in Ungnade gefallen war.

„Der Porajmos ist unser größtes Unglück", klagte sie, „und es ist für jeden von uns ein Schock, wozu die Menschen fähig sind. Aber der Porajmos ist kein Grund, hässlich zu einem alten Mann zu sein, der dir nichts getan hat."

„Der Porajmos war ja auch gar nicht der Grund, Mama", erwiderte ich.

Näher war ich der Beichte nie gekommen, aber meine Mutter hörte nicht einmal richtig zu.

„Natürlich habe ich mich auch schon gefragt, was Herr Müller während des Krieges getan hat", gab sie zu. „Aber solange wir es nicht wissen, haben wir nichts gegen ihn vorzubringen. Wir müssen mit unseren Nachbarn auskommen, Kascha. Geh endlich rüber und entschuldige dich!"

Ausgerechnet meine Mutter! Meine Mutter, die stets bereit gewesen war, den Gadsche alles Mögliche zuzutrauen, war die Letzte, von der ich erwartet hatte, dass ihr der Schnee das Hirn vernebelte. Der Schnee und die Frauen, die in unserer Küche mit ihr gekocht hatten und neuerdings winkten, wenn man sich auf der Straße begegnete.

All das ging mir durch den Kopf, als ich Hugomüllers Schornstein qualmen sah, und obwohl ich genau wusste, dass ich im Recht war, kam es mir vor, als wäre meine Familie weiter als ich. Zufriedener. Dumm, aber glücklich.

„Isst du mit uns zu Mittag?", rief Janko zur Straße zurück, wo sich Qualle in der Nähe unseres Briefkastens herumdrückte. Auf Jankos Einladung setzte er sich sofort in Bewegung; wahrscheinlich hatte Mama ohnehin schon einen Teller für ihn hingestellt.

Oder war es der Teller für Zippi, aus reiner Gewohnheit? Mama mochte noch so oft behaupten, sie hätte schon die ganze Zeit Bescheid gewusst: Dass sie nach Zippis Verschwinden Tränen vergossen hatte, hatte ich bemerkt, und wenn sie das zweite Programm neuerdings mit dem Ausruf einschaltete: „Mainz! Da ist unsere Zippi!", so hielt ich dies für einen ziemlich kläglichen Versuch, sich selbst zu trösten. Sie erwartete wohl kaum, dass meiner Schwester eine Karriere bei der *Drehscheibe* bevorstand, bloß weil sie vor drei Tagen nach Mainz-Gonsenheim gezogen war.

Mainz-Gonsenheim – das klang sogar noch trübseliger als Groß-Mooren! Missmutig öffnete ich die Haustür und warf meinen Schulranzen auf die Treppe, während Janko an mir vorbei in die Küche eilte.

„Mama, wir haben jetzt einen Leibwächter! Er heißt Lennart und ist aus der Zehn..."

Ich hörte ihn stocken. „Mama, was ist denn?", fragte er mit veränderter Stimme.

Sie saß am Tisch, ihre Schultern hingen herab; in ihrer rechten Hand steckte ein kleines Gemüsemesser, als hätte sie mit dem Mittagessen anfangen wollen, aber auf halbem Weg vergessen, was zu tun war.

„Unser Puro muss ins Krankenhaus", sagte Mama und begann zu weinen.

17

Dass man immer denkt, man hätte noch Zeit! Ich wusste seit über einem Jahr, wie krank mein Großvater war, und man sollte meinen, ich hätte Gelegenheit genug gehabt, ihn alles zu fragen, was ich von ihm wissen wollte. Jetzt sagte er: „Kascha, das war wohl mein letzter Schnee", und etwas raste durch meinen Kopf und fegte in weniger als einer halben Sekunde alles hinweg, was ich eben noch für selbstverständlich gehalten hatte.

Mama packte seine Reisetasche, Notarzt und Rettungswagen würden jeden Augenblick kommen, und was mein Großvater und ich uns noch sagen wollten, musste in wenige Sätze passen. Leben hat nur fünf Buchstaben, dachte ich, daran kannst du eigentlich schon auf den ersten Blick erkennen, wie kurz es ist.

„Nun werde ich an deinem Geburtstag doch nicht mehr hier sein", meinte Puro und drückte meine Hand. „Sag Zippi, es ist gut, dass sie dir alles erzählt hat."

„Mach ich, Puro-Dada."

In meinem Kopf war es so leer, als beginne bereits etwas völlig Neues, und zu meiner Überraschung wollte ich nicht einmal weinen, nur sehr gut zuhören und mir jedes Wort merken.

„Du musst deinen Frieden mit den Leuten machen, Kascha. Anders geht es nicht. Mach deinen Frieden, dann kannst du auch bleiben, wer du bist."

„In Ordnung, Puro-Dada."

„Du musst dieses Haus zu deinem Haus machen, und das Dorf zu deinem Dorf, und die Nachbarn zu deinen Nachbarn. Was mit unserer Familie passiert ist, darfst du nicht vergessen, aber lass es auch nicht zwischen dir und deinem Leben stehen."

„Ich versuch's, Puro-Dada."

Das war alles. Er blickte zu Mama, die mit zitternden Händen Schlafanzüge, Bademantel und Wäsche einpackte, und sagte: „Jetzt lass mich bitte allein mit deiner Mutter."

Janko saß auf der Treppe und heulte, Gecko hatte den Arm um ihn gelegt. Einige Stufen weiter oben saß zusammengesunken mein Vater, an der Tür stand Hanno und hielt nach dem Rettungswagen Ausschau. Was man so tut, wenn es nichts zu tun gibt.

Qualle lehnte in der Küchentür und starrte traurig zu Boden. Mich wunderte, dass er überhaupt noch da war; ich hätte erwartet, dass er genug hatte von Krankheiten und Todesfällen.

„Ich gehe mit Muggele", kündigte ich an und pfiff nach meinem Hund.

Dieser bog um die Küchentür und blickte mich halb erwartungsvoll, halb schuldbewusst an. Seine Ohren hingen herab, der Schwanz war auf Halbmast; wahrscheinlich fragte er sich, ob man an einem solchen Tag überhaupt Gassi gehen durfte.

Auch Dada sah einen Augenblick aus, als wollte er mir diese Frage stellen, dann meinte er: „Geh ruhig", die ersten Worte, die er seit drei Tagen mit mir gesprochen hatte.

Die Sonne schmerzte in den Augen, als ich aus der Haustür trat – Sonne, Schnee und blauer Himmel, der größtmögliche Kontrast zu dem, was in meinem Inneren los war, doch wenn dies das Letzte sein sollte, das mein Puro von der Welt sah, hatte man wohl allen Grund, sich für ihn zu freuen. Das versuchte ich mir zumindest einzureden, während Muggele und ich durch den Schnee stapften. Mich umzudrehen vermied ich; wie der Rettungswagen meinen Großvater fortbrachte, konnte ich mir deutlich genug vorstellen.

Wir nahmen den Weg hinter den Weiden. Trotz des schönen Wetters waren nur wenige Spaziergänger zum Strand unterwegs – die Schneekatastrophe war vorüber, es gab keine Entschuldigung mehr, der Arbeit fernzubleiben und die meisten meiner Schulkameraden saßen wahrscheinlich noch beim Mittagessen. Zippis Kolleginnen, die sie in die Fabrik hatten mitnehmen wollen, würden sich an diesem Morgen gewundert haben. Vielleicht hatten sie sogar eine Minute gewartet, worauf ich allerdings keine Wette riskiert hätte.

Die Frachter, die in unserer Bucht feststeckten, waren absichtlich hierher gesteuert worden, um im Eis zu parken, bis die Häfen wieder frei waren. Auf dem Schnee saßen sie wie fremde Raumschiffe, oder als hätte eine riesige Hand sie aus dem Wasser gehoben und mitten in die Landschaft gesetzt.

Es war ein Anblick, der mich unwillkürlich an Onkel Harald mit seinem Spielzeuggreifer denken ließ. Noch auf dem Rückweg nach Hause war er in Überkersen ausgestiegen und hatte vergebens seinen Volvo gesucht, was er uns am selben Abend anklagend berichtete.

„Ich weiß, wo dein Auto ist, Onkel Harald." Ich hatte Mama den Telefonhörer aus der Hand genommen. „Ich habe die Stelle noch genau im Kopf."

„Woher willst ausgerechnet du wissen, wo das Auto steckt?", fragte er mürrisch. „Du bist doch gar nicht gefahren."

„Ich komme vorbei und zeige es dir", erwiderte ich und fügte, ehe ich mich bremsen konnte, hinzu: „Falls Tante Lonny es nicht in der Zwischenzeit schon *gesehen* hat."

„Tante Lonny? Die war ja nicht einmal dabei! Was redet das Kind? Gib mir mal wieder deine Mutter, Kascha."

„Und schöne Grüße an Hühnerblase", sagte ich, bevor ich den Hörer zurückgab.

Danach hielt er mich wahrscheinlich für komplett verrückt, aber dass meine Cousine selbst ans Telefon kam, hatte ich schon erwartet – schließlich war sie es, die mir noch etwas hatte mitteilen wollen. Aber nichts, kein Ton. Typisch! Hier bei uns hatte ihr Mund nicht stillgestanden, aber kaum war sie wieder *unter Blondinen*, hatte sie mir nichts mehr zu sagen.

Der Notarztwagen musste inzwischen eingetroffen sein. Würde Mama ins Krankenhaus mitfahren? Eher Hanno, dachte ich und betete stumm, dass sie gut zu meinem Großvater waren in der Klinik in Kappeln. Er war nicht zum ersten Mal dort und ich wusste auch nicht, was mich so sicher machte, dass er diesmal nicht zurückkehrte. Vielleicht, dass er selbst es spürte. Dass er sich praktisch von mir verabschiedet hatte.

Unzählige Fußspuren führten übers schneebedeckte Eis zum nächstgelegenen Schiff, einem Frachter mit knallrotem Rumpf. Der Besuch bei den Schiffen gehörte zu den Dingen, die jeder in diesen Tagen einmal gemacht haben musste, bevor wieder Tauwetter einsetzte. Am Rande des Schattens, den der riesige Schiffskörper aufs Eis warf, verlor Muggele den Mut und blieb sitzen, also drehte ich die Runde um den Frachter allein. Unser Hund hasst Veränderungen. Alles Ungewohnte ist ihm verdächtig und ich kann es verstehen; leider kann unsereiner nicht einfach stehen bleiben und winseln, wenn uns etwas nicht gefällt.

Still und gespenstisch lag der Frachter da; der polnischen Besatzung war es verboten, das Schiff zu verlassen. In einigem Abstand flatterten rotweiße Absperrbänder, um vor dem Bereich zu warnen, wo das Eis dünn wurde. Wie mochten die Polen sich fühlen – gestrandet im Feindesland? Vielleicht waren sie ja gar nicht scharf darauf, auszusteigen, sondern konnten kaum abwarten, dass es weiterging. An ein freundlicheres Ziel, vielleicht nach Hause. Die hatten es gut.

Während ich um den Frachter stapfte und jeglichen Gedanken daran zu vermeiden versuchte, wie eine Zukunft ohne meinen Großvater aussehen würde, begann sich die Bucht mit Menschen zu füllen. Schlittschuhläufer drehten auf einem von Schnee geräumten Rechteck ihre Runden, Eishockeyspieler begannen einen Puck zu schieben und Spaziergänger blieben stehen, um zuzusehen. Auch ein Polizeiwagen huckelte über den Strand und rollte langsam auf das Eis. Als ich Lennart und Rieke unter den Schlittschuhläufern erkannte, trat ich den Rückweg an. Für heute hatten wir genug voneinander gesehen! Muggeles Gesicht war vor Sorge nahezu zerknittert, als ich endlich zu ihm zurückkehrte.

Dass der Polizeiwagen sich in Bewegung setzte, brachte ich zunächst überhaupt nicht mit mir in Verbindung. Ich dachte, Heinrich & Schulz wollten kontrollieren, ob sich die Polen vielleicht heimlich abseilten. Selbst als die beiden direkt vor mir zum Stehen kamen, schöpfte ich keinen Verdacht, schließlich befand ich mich immer noch in der Nähe des Schiffes.

„Wen haben wir denn da?", begrüßte mich Schulz im Aussteigen.

„Und wieder mal ohne Leine?", ergänzte Heinrich.

Verdammt! Normalerweise habe ich immer eine Leine dabei, falls uns entgegenkommende Hundehalter mit Panik in der Stimme „Rüde oder Hündin?" zuschreien. Das ist eine Art Parole und bedeutet: Ich habe meinen Hund nicht im Griff, also leine deinen Hund gefälligst an!

Aber heute hatte ich in meiner Sorge um Puro die Leine einfach vergessen. Muggele drängte sich an meine Knie; ich spürte, wie sein ganzer Körper vibrierte und konnte nur hoffen, dass er nicht ausgerechnet in diesem Moment auf die Idee kam zu knurren.

„Mein Hund braucht keine Leine", behauptete ich, „er gehorcht aufs Wort."

„Na, das haben wir ja eben beobachtet", meinte Heinrich abschätzend. „Dein Hund saß hunderte Meter von dir entfernt. Wären andere Leute in seine Nähe gekommen, hätten sie gebissen werden können."

„Aber er tut niemandem etwas!"

„Das wollen wir erst mal sehen", erwiderte Heinrich und fasste Muggele streng ins Auge. Dann streckte er langsam die Hände aus und ging auf meinen Hund zu.

Muggele wich einige Schritte zurück und bleckte lautlos die Zähne.

Ich begann zu beten. So etwas macht man in aussichtslosen Situationen, selbst wenn man weiß, dass die tote Verwandtschaft gerade anderweitig beschäftigt ist.

„Pass auf", warnte Schulz, „du musst ihn nicht auch noch provozieren", aber Heinrich machte „Hu!" und tat einen drohenden Sprung in Muggeles Richtung, der selbst einen Golden Retriever aufgerüttelt hätte. Leider ist in Muggeles Ahnenreihe kein Golden Retriever. Ohne auch nur einen Augenblick zu zögern, ging er in Angriffsstellung.

„Da haben wir es", sagte Heinrich zufrieden. „Gib mir das Netz, Schulzi!"

Schulz öffnete den Kofferraum. Der blufft doch, dachte ich verdutzt, aber im nächsten Moment zog der Polizist einen langen Stab heraus, an dessen Ende eine Art Sack hing.

„Muggele, lauf!", kreischte ich.

Ich brauchte es kein zweites Mal zu sagen – mein Hund jagte los, ich hinterher, Türen knallten, der Motor des Polizeiwagens heulte auf und ich musste nicht hinsehen, um zu wissen, was sich in meinem Rücken abspielte.

Das kann nicht war sein. Ich werde von der Polizei gejagt. Ich! Wie konnte das passieren?

Ob echte Verbrecher auch erstmal unter Schock stehen? Schon tauchte der Polizeiwagen wenige Meter neben mir auf und rollte langsam weiter, um mir den Weg zum Strand abzuschneiden. Als ich zur Seite blickte, sah ich Heinrich das Beifahrerfenster herunterkurbeln und grinsen. Kein Wunder – die beiden brauchten ja nur abzuwarten, bis ich nicht mehr konnte, und mich am Ende einfach einzusammeln.

Mich und Muggele, den Hund ohne Leine.

„Muggele, lauf nach Hause!", keuchte ich ihm zu. „Los, nach Hause, schnell!"

Aber dieses Kommando kennt er nicht. Er war ganz gespannte Aufmerksamkeit, gesträubtes Nackenfell, klarer Blick, und wich mir nicht von der Seite, obwohl er viel schneller hätte sein können. Ein guter Hund lässt dich bei Gefahr nicht allein. Das ist seine Aufgabe, das spürt er, und ich glaube, genau darauf bereitet er sich in seinen Träumen vor, wenn er scheinbar gemütlich vor dem Kamin schnarcht und seine Pfoten zu zucken beginnen.

Die andere Hilfe kam unerwartet. Meine bisherigen Visionen waren gänzlich ungebeten und erschreckend gewesen, nichts, wovon ich mir Rettung oder auch nur irgendetwas Brauchbares versprochen hätte. Doch jetzt sah ich auf einmal glasklar vor mir, was ich in wenigen Sekunden tun würde, und dass es mir vorherbestimmt war, und dass es etwas seltsam Beruhigendes hat, wenn du weißt, dass du nicht anders kannst.

Der Polizeiwagen machte einen kleinen Schlenker, als ich zur Seite ausbrach und geradewegs auf die Absperrbänder zu rannte.

Ich hörte die Stimme von Schulz: „Zurück! Bleibst du wohl stehen?"

Aber da hatte ich das Band schon erreicht und schlüpfte darunter hindurch, und als ich mich umdrehte, sah ich das letzte Bild meiner Vision: meine beiden Verfolger, die aus dem Auto sprangen, und dahinter eine Menge Leute, die übers Eis auf uns zuliefen.

Heinrich & Schulz im Auge, begann ich rückwärts zu gehen. Unter meinen Füßen knirschte es; ich war keineswegs überzeugt, dass es nur der Schnee war, aber ich war von einer solchen Sicherheit erfüllt, dass es mich nicht gewundert hätte, wenn ich angefangen hätte zu schweben.

Muggele drängte sich so dicht an mich wie noch nie, als ob er spürte, dass ich wusste, was ich tat.

Oben auf dem Frachter erschienen Köpfe, die eben noch nicht da gewesen waren, und jemand rief mir auf Polnisch eine Warnung zu, die sich in die Rufe der Leute auf dem Eis mischte. Das Eishockeyteam kam als Erstes beim Polizeiwagen an, dahinter mehrere Schlittschuhläufer und rennende Fußgänger.

„Halt! Seid ihr noch recht gescheit?", brüllte der schnellste der Eishockeyspieler. „Wollt ihr sie ins Wasser hetzen?"

„Der Hund ist nicht angeleint! Gesetz ist Gesetz!", brüllte Heinrich zurück.

„Aber das ist ein Kind! Ihr habt ein Kind gehetzt!"

Der Eishockeyspieler schien kurz davor, auf Heinrich loszugehen. Jetzt erkannte ich ihn: Herrn Blücher, dessen Frau an Silvester in unserer Küche gekocht hatte. Eine Woche war das erst her.

Lennart und Rieke bremsten vor dem Absperrband. „Stopp, Kascha, nicht weiter!"

„Sie wollen mir meinen Hund wegnehmen", rief ich ihnen zu.

„Das dürfen die gar nicht! Die dürfen nur herrenlose Hunde mitnehmen!"

Aber ich wies auf Heinrich & Schulz und schrie: „Ich komme erst, wenn die weg sind!"

Die aufgebrachten Zuschauer im Rücken, trat Schulz mit festen Schritten vor das Absperrband. „Immer mit der Ruhe", befahl er. „Du kommst jetzt ganz langsam zurück, Kleine. Deinem Hund passiert nichts."

„Ich glaub Ihnen kein Wort!", schrie ich zurück.

In diesem Augenblick knackte es vernehmlich unter meinem rechten Schuh. Die Zuschauer kreischten auf und einige begannen mich anzuflehen, mich auf den Bauch zu legen und ganz vorsichtig zurück zum Absperrband zu robben.

Verdutzt sah ich zu meinen Füßen hinunter. Es knackte ein zweites Mal, noch lauter, und das war's: Meine visionäre Zuversicht hatte mich verlassen. Ich erstarrte vor Schreck.

Die Frau, die im Dorf die Zeitungen austrägt, rief: „Oh Gott! Sie bricht ein! Hauen Sie doch ab, Mensch!"

„Jetzt beruhigen sich erst mal alle!", versuchte es Schulz von Neuem, aber Herr Blücher unterbrach: „Beruhigen? Sie haben ein Kind in Lebensgefahr gebracht! Runter vom Eis, dann kommt sie zurück. Sie haben es doch gehört."

„Na schön." Schulz gab nach. „Dann werden wir es für heute bei einer Anzeige bewenden lassen. Aber beim nächsten Anleinvergehen ist der Hund fällig!"

Er ging zurück zum Wagen, wo Heinrich sich in der Tür aufbaute und donnerte: „Dieser Hund hat einen Polizisten angegriffen!"

„Ja, weil ihr ihn ganz gemein attackiert habt!", rief die Zeitungsfrau.

„Gerade du, Waltraud", sagte Heinrich bitter. „Gerade du, die dauernd gegen die Zigeuner gewettert hat."

Dann winkte er beleidigt ab und stieg ein; er blickte nicht einmal mehr zu uns hinüber, als der Wagen abfuhr. Wahrscheinlich begriff Heinrich genauso wenig wie ich, was plötzlich in die Leute aus Groß-Mooren gefahren war.

Herr Blücher kletterte unter dem Absperrband durch, legte sich auf den Bauch und robbte auf mich zu. Als er mich erreicht hatte, zog er mich am Arm zu Boden und wir robbten gemeinsam zurück, gefolgt vom treuen Muggele.

Mann, kam ich mir blöd vor. Aber alle klatschten, als ich unter dem Absperrband durchkroch, die Zeitungsfrau gab Muggele einen Keks und wenn ich nicht angefangen hätte zu heulen, wäre wahrscheinlich eine Party ausgebrochen.

„Vorhin war der Rettungswagen bei ihnen", murmelte eine Frau.

„Herrje, bestimmt der alte Großvater ..."

„Das arme Kind. Und dann auch noch dieser Schock!"

Betrübte Gesichter umringten mich, jemand reichte mir ein Taschentuch, in das ich kräftig trompetete. Der Luftausstoß reichte, um mein Hirn wieder zu durchlüften. Plötzlich wollte ich nur noch nach Hause.

„Wir bringen dich", bot Rieke an, aber ich wehrte ab.

„Nicht nötig, es ist doch nichts passiert!"

„Wenn ihr wirklich eine Anzeige bekommt, meldet euch", sagte Herr Blücher. „Wir haben alle gesehen, dass sie deinen Hund provoziert haben."

„Die können froh sein, wenn deine Eltern *sie* nicht anzeigen!", meinte die Zeitungsfrau.

Ich klopfte mir den Schnee von der Hose, nickte und sagte „Tschüs", bevor ich mit weichen Knien davonschlich. Erst nach drei, vier Schritten drehte ich mich um.

Sie standen im Halbkreis und sahen mir nach, einige aufmunternd lächelnd, andere wie Herr Blücher immer noch aufgebracht.

„Und vielen Dank", hörte ich mich leise sagen.

18

In der darauffolgenden Woche verpackte ich drei Stücke meines Geburtstagskuchens in Alufolie, steckte sie zusammen mit der neuen *Hörzu* in meinen Ranzen und teilte Janko mit, dass er nach der Schule allein nach Hause fahren musste.

„Aber ich will mit zu Puro", protestierte er.

„Dich lassen sie gar nicht ins Zimmer, weil du noch keine zwölf bist", erwiderte ich.

Seine Unterlippe schob sich schmollend nach vorn. Ich war überrascht, dass er mir den Schwindel abnahm und fast tat er mir schon wieder leid, aber ich habe wirklich keine Lust, auf jedem einzelnen Schritt und Tritt meinen kleinen Bruder mitzuschleppen.

„Heute fährt nur Janko mit zurück", teilte ich an der Bushaltestelle auch Lennart mit. „Ich besuche meinen Großvater im Krankenhaus."

Es war erstaunlich, wie schnell ich mich daran gewöhnt hatte, dass jemand über Janko und mich wachte. Lennart stieg nun jeden Morgen direkt vor uns in den Bus und sorgte dafür, dass mein Bruder und ich auf Anhieb Plätze fanden. Heute Morgen waren sogar mehrere Doppelbänke unbesetzt gewesen, sodass wir nebeneinander sitzen konnten.

Nicht dass ich dankbar war für die Vorzugsbehandlung – auch wenn es in guter Absicht geschah. Ich hatte einfach beschlossen, es Janko gleichzutun, die Sache von ihrem Ende her zu betrachten und möglichst wenig darüber nachzudenken. Nicht über Lennart, und auch nicht über die seltsamen Veränderungen, die seit meinem Zusammenstoß mit Heinrich & Schulz im Dorf vor sich gingen. Auf der Straße winkte man mir zu, wenn ich mit Muggele spazieren ging, und ich konnte den winzigen Supermarkt nicht mehr betreten, ohne von Leuten, die mir so gut wie fremd waren, angesprochen zu werden.

„Schon was gehört, Kascha? Haben sie euch angezeigt?"

„Nein, bis jetzt noch nicht."

Oder: „Wie geht es eurem Großvater, gibt es etwas Neues?"

„Nein, unverändert, sagt mein Bruder."

Oder: „Kann deine Mutter einen Wintermantel brauchen? Ich habe mir einen neuen gekauft."

„Nein, vielen Dank, meine Mutter hat sich gerade *zwei* neue gekauft."

In Groß-Mooren hatte sich herumgesprochen, dass ich von den Polizisten gehetzt, ins Eis eingebrochen und von Herrn Blücher im letzten Augenblick gerettet worden war. Solange nicht verbreitet wurde, er hätte mich *wiederbelebt*, sollten sie von mir aus erzählen, was sie wollten! Doch leider hatten auf diese Weise auch meine Eltern Wind von der Geschichte bekommen und das war das Ende von Muggeles Freilauf. Mein Vater wollte einen Zaun um unser Grundstück bauen, sobald der Schnee taute, und auf der Straße durfte mein Hund keinen Schritt mehr ohne Leine tun. Dass Muggele überhaupt nichts angestellt hatte, spielte keine Rolle. Meine Schussligkeit war schuld, aber er musste es ausbaden.

Ich hatte nicht gewusst, wie anstrengend es ist, bekannt zu sein, und ein ungeahntes Gefühl von Freiheit ergriff mich, als ich nach Schulschluss die Rücklichter des Busses entschwinden sah. In Kappeln kannte mich niemand! Ich zog mir die Mütze über den Kopf und lief los, ein ganz normales Schulmädchen auf dem vermeintlichen Heimweg. Seit gestern zwölf und kein Kind mehr, aber auch das konnte ja keiner wissen.

Ich selbst verspürte übrigens auch keinen Unterschied. Obwohl Mama sich alle Mühe gegeben hatte, mir trotz der Traurigkeit in unserem Haus eine Marzipantorte zu backen, obwohl der verbliebene Rest der Familie sich am Nachmittag um den Tisch versammelte, von Dada kein einziges vorwurfsvolles Wort mehr kam und Zippi pünktlich zur Kaffeezeit aus Mainz anrief, hatte mir die ganze Zeit etwas gefehlt. Ich wäre am liebsten von meiner eigenen Party aufgestanden. Zwölf zu werden bedeutet nichts, wenn die beiden wichtigsten Menschen in deinem Leben nicht mehr da sind, und je länger man von mir gute Miene erwartete, desto mieser fühlte ich mich.

Schließlich krönte Gecko den Nachmittag mit der Bemerkung: „Jetzt ist sie gerade ein paar Stunden zwölf und schon launisch."

Doch heute war ich deutlich besser gestimmt. Vor dem Krankenhaus stieg ich aus dem Stadtbus und lief die Stufen hinauf. Von Puros letztem Aufenthalt wusste ich noch genau, wo ich hin musste, und fuhr im Aufzug auf die *Innere.* Derselbe Geruch, dieselbe misstrauische Schwester („Der Herr Spindler hat aber heute schon genug Besuch!").

Neu war meine Cousine, die vor Puros Zimmertür auf einem Stuhl saß und in der *Bravo* blätterte. „Hi, Kascha", sagte sie, als hätte sie mich erwartet.

Eine Vielzahl nicht zueinander passender Gefühle stieg mir in den Kopf. „Was machst du denn hier?", fuhr ich sie an.

„Mami ist noch drin." Sie nickte zur Tür. „Hanno geht gerade eine rauchen."

Ich klopfte zweimal kurz und öffnete. Tante Lonny saß an Puros Bett und war von Tränen überströmt. In Puros Nase steckte ein Sauerstoffschlauch, in seinem Arm eine dicke Nadel, die zu einer Infusionsflasche führte.

Mein Herz stand still. Eine schreckliche Sekunde lang dachte ich, mein Großvater sei gestorben, dann blickte er zu mir hinüber und ich erkannte es sofort: Er freute sich nicht, mich zu sehen.

„Warte bitte noch eine Minute, Kind", sagte er knapp.

Ich schloss die Tür und stand wieder im Flur, meine Wangen brannten und plötzlich wusste ich, dass ich einen Fehler gemacht hatte. Mein Puro hatte sich bereits zuhause von mir verabschiedet. Er hatte nicht damit gerechnet, dass ich ins Krankenhaus kam, dass er es noch einmal würde tun müssen. Dass ich nicht verstanden hatte.

„Wie geht's?", fragte Hühnerblase. „Hattest du nicht gestern Geburtstag?"

Statt einer Antwort nahm ich das Päckchen mit dem Kuchen aus meiner Schultasche und drückte es ihr in die Hand. „Guten Appetit", sagte ich. „Es sind leider nur drei Stücke, einer von euch muss mit Hanno teilen. Gib Puro einen Kuss von mir."

„Einen Kuss?", fragte sie entgeistert. „Ich kenne ihn doch kaum!"

„Das schaffst du schon", erwiderte ich und setzte den Ranzen wieder auf.

„Was ist denn jetzt los? Du bist doch gerade erst gekommen! Du hast einen Knall, Kascha Natzweiler, weißt du das?"

„*Weißt du das* ist ein völlig überflüssiges Anhängsel", teilte ich ihr mit. „Es bedeutet überhaupt nichts, du kannst es dir genauso gut abgewöhnen."

Quietsch, quietsch machten ihre Turnschuhe, als sie hinter mir herrannte. Die unfreundliche Schwester guckte und zischte: „Pssst!"

Hanno saß im Raucherraum der Cafeteria hinter einer Tasse, in der der Kaffeesatz schon antrocknete, und paffte eine seiner Selbstgedrehten. Er sah blass aus, kein Wunder nach zehn Tagen im Krankenhaus. Nachts schlief er auf einem Stuhl neben Puros Bett und mein Großvater hatte ihm sicher schon gesagt, er dürfe nach Hause fahren. Aber niemals hätten wir Puro hier allein gelassen.

„Was gibt's Neues?", fragte mein Bruder, nachdem wir uns begrüßt hatten. Er sprach Deutsch, entweder Hühnerblase zuliebe oder um in der Cafeteria nicht aufzufallen.

„Die Groß-Moorer sind alle verrückt geworden", gab ich zurück. „Tun plötzlich wunder wie mit uns befreundet."

„Hab's schon gehört. Herr Blücher hat dich in letzter Sekunde vom Eis gerettet."

Ich holte tief Luft und beeilte mich, meine Erlebnisse richtig zu stellen. Hanno meinte: „Aber das war doch anständig von den Leuten. Bisher haben sie uns die Polizei immer bloß auf den Hals gehetzt, jetzt haben sie dich verteidigt."

„Sogar einen Leibwächter haben wir, der im Bus dafür sorgt, dass wir einen Platz bekommen. Es ist wirklich komisch geworden in Groß-Mooren, man kennt sich gar nicht mehr aus."

Hanno lachte. Es klang so gequetscht, als geriete er aus der Übung.

„Und Puro-Dada?", fragte ich leise.

„Er stirbt, Kascha", sagte mein Bruder ruhig. „Vielleicht morgen, vielleicht nächste Woche. Unser Puro kommt nicht mehr nach Hause."

Ich nahm Hühnerblase, die betreten neben mir stand, das Päckchen mit dem Kuchen ab und bot Hanno ein Stück Torte an. Kaum griff er zu, kam auch schon die Bedienung angeschossen.

„Tut mir leid, junger Mann, aber das geht nun wirklich nicht. Dass Sie eine Stunde vor einer einzigen Tasse Kaffee sitzen, sehe ich Ihnen ja nach, aber Sie können nicht auch noch mitgebrachten Kuchen verzehren."

„Und wenn wir Getränke dazu bestellen?"

Hanno war zu müde, seinen Charme anzuknipsen – ich merkte gleich, dass die Frau hart bleiben wollte. „Es ist nämlich nicht irgendein Kuchen, sondern meine Geburtstagstorte", fiel ich ein.

„Na schön." Sie sah nicht glücklich aus, aber als sie uns Kaffee und Kakao brachte, brachte sie sogar Servietten mit.

Ich beobachtete die anderen Cafébesucher, während Hanno und Hühnerblase sich über meine Torte hermachten. Einige sahen so bedrückt aus, als gehörten auch sie zu einem Patienten, um den es nicht gut stand, und es hatte etwas seltsam Tröstliches, dass wir alle in derselben beschissenen Lage waren.

Nach einer Weile kam Tante Lonny und Hanno drehte ihr erst einmal eine Zigarette.

„Trotz allem", sagte sie durch eine Qualmwolke. „Onkel Franjo ist immer noch er selbst."

„Hast du ihn gefragt?", wollte Hühnerblase wissen, nachdem wir ihre Mutter einige Minuten in Ruhe gelassen hatten.

Tante Lonny nickte. Meine Cousine rutschte auf den vordersten Rand ihrer Stuhlkante und drängte: „Und ...?"

„Er hat etwas vorgeschlagen, Schatz, ich soll es aber noch mit Kascha besprechen."

Hühnerblases Gesicht spiegelte dasselbe alarmierte Erstaunen wider, das sich bei Tante Lonnys Worten in mir ausbreitete. „Was denn besprechen?", forschte ich misstrauisch.

„Meinen Sinti-Namen", erklärte Hühnerblase. „Ich wollte dir schon länger sagen, dass ich keinen habe."

Mir klappte der Mund auf. „Tante Lonny, du hast ihr keinen Namen gegeben?"

Meine Tante lief rot an. „Ich habe ihr einen Namen gegeben: Bettina Elisabeth. Ich dachte, das ist der einzige Name, den sie braucht, aber wenn sie darauf besteht ... Onkel Franjo sagt, als Tinas Freundin sollst du den Namen aussuchen, Kascha."

Tinas Freundin? In letzter Zeit musste ich eine Menge Überraschungen verkraften, aber das war nun wirklich einer der Gipfel.

Hühnerblase lehnte sich schockiert zurück. „Na toll! Kascha wird einen möglichst bescheuerten Namen aussuchen, das ist dir wohl klar, Mama."

„Werde ich nicht!"

Ich war gekränkt. Wenn mein Großvater bestimmte, dass ich einen Namen für meine Cousine aussuchte, dann würde ich das nach bestem Wissen und Gewissen erledigen, selbst wenn ich mich an *Hühnerblase* schon so gut wie gewöhnt hatte!

„Onkel Franjo hat ja auch schon einen Namen vorgeschlagen, Schatz", erinnerte sie ihre Mutter. „Kascha soll nur das letzte Wort haben."

„Na, das ist ja mal was Neues", knurrte Hühnerblase und verschränkte beleidigt die Arme.

Als ich zu Hanno hinübersah, entdeckte ich, dass die Farbe in seine Wangen zurückgekehrt war und er wieder grinsen konnte. „Wieso hast du ihr eigentlich keinen Sinti-Namen gegeben, Tante Lonny?", fragte er.

Meine Tante schüttelte ihre Haare zurück. „Wir leben nicht als Sinti", sagte sie streng.

„Ich weiß, aber ... entschuldige, ich wollte dich das immer schon fragen: Warum hast du dich eigentlich so strikt getrennt?", fragte Hanno. „Ja, ich weiß, man hat weniger Probleme mit den Gadsche. Aber selbst die, von denen niemand in ihrer Umgebung weiß, dass sie Sinti sind, halten doch meistens Kontakt zu ihren Verwandten und kommen zu den Treffen."

„Es gibt eben Leute, die ich nicht wiedersehen möchte", erwiderte Tante Lonny steif. „Und die mich nicht wiedersehen möchten, wenn du so willst. Muss ich dir wirklich sagen, was bei uns passiert, wenn du einen Fehler machst, Hanno?"

„Entschuldige", wiederholte mein Bruder und stand auf. „Ich wollte dir nicht zu nahe treten, Tante Lonny. Danke für die Ablösung. Ich gehe wieder hinauf zu Puro."

„Kein Problem." Sie versuchte zu lächeln. „Ich habe einfach keine Lust, darüber zu reden."

„Das verstehe ich." Hanno gab erst unserer Tante einen Kuss, dann mir und zu ihrem sichtlichen Entzücken auch meiner Cousine. „Ich rufe später an", versprach er mir.

Kaum war er weg, gab es für Tante Lonny kein Entrinnen mehr. „Eine falsche Vorhersage ist kein Fehler, für den du bestraft wirst", bemerkte ich. „Das passiert doch nicht aus bösem Willen. Dafür kannst du doch nichts!"

Einen Augenblick sah meine Tante aus, als wollte sie aufspringen und aus dem Raum laufen. „Woher weißt du das?", fragte sie scharf.

„Puro hat es mir erzählt, als ich wissen wollte, was in meinem Kopf los ist", erwiderte ich. „Er hat nicht gesagt, was dir passiert ist, nur dass man vorsichtig sein muss und auch Schaden anrichten kann."

Tante Lonny zog an ihrer Zigarette. Ihre Hand zitterte so stark, dass Asche auf den Tisch fiel. „Ich kann nicht glauben, dass er es dir erzählt hat. Dazu hatte er kein Recht! Und glaub bloß nicht, ich hätte die Absicht, darüber zu reden."

„Von mir aus kannst du", sagte Hühnerblase gelassen. „Ich weiß schon lange, dass du Dinge sehen kannst, Mami."

Sie beugte sich vor. „Als ich sechs oder sieben war ... erinnerst du dich? In der Pause kamst du über den Schulhof geschossen. *Alle weg, alle weg!* Ein paar Sekunden später krachte ein großer Ast genau an der Stelle herunter, an der wir gespielt hatten."

Tante Lonny schloss für einige Sekunden die Augen.

„Und einmal auf der Autobahn. Du wolltest unbedingt, dass wir auf die Bundesstraße abfahren, aber Papi hat nicht auf dich gehört und dann hatten wir den Unfall mit dem

Motorradfahrer. Ich sehe ihn noch über die Fahrbahn fliegen."

Hühnerblase schüttelte sich. „Dass du das noch weißt", sagte ihre Mutter leise.

Ich platzte heraus: „Ich habe unseren Unfall im Schnee vorhergesehen. Damit fing es an."

„Echt jetzt?", fragte Hühnerblase ungläubig, während es Tante Lonny die Sprache verschlug.

„Seitdem ist es noch zwei Mal passiert, und das alles innerhalb von zwei Wochen. Ist das normal?", drängte ich. „Jahrelang nichts und dann immer öfter? Komm schon, Tante Lonny, du bist die Einzige, die es mir sagen kann! Wie schlimm wird es noch? Wie oft hat man es in Spitzenzeiten? Und kann man es irgendwie unterdrücken?"

„Keine Ahnung", bekannte Tante Lonny. „Ich hab's eine Zeitlang mit Dauerlauf versucht, weil ich dachte, es kommt von den Hormonen. Aber das hat nichts genützt."

„Wie alt warst du?"

„Acht. Mit dreizehn wurde es häufiger und fing an, mich zu stören. Irgendwann merkte ich: Je mehr es mich störte, desto schlimmer wurde es. Am besten, du denkst nicht darüber nach, und das ist auch schon der einzige Rat, den ich dir geben kann, Kascha."

Ich sah sie enttäuscht an. „Ich glaube nicht, dass das funktioniert."

„Tut mir leid, Kascha", erwiderte sie. „Aber ich bin wirklich die Letzte, die dir sagen kann, wie du es in den Griff bekommst."

Ihre Stimme klang bitter. „Wahrscheinlich willst du nicht darüber reden, was schief gegangen ist, oder?", fragte ich diskret.

Es war gemein von mir, das gebe ich zu – in Anwesenheit von Hühnerblase so etwas in den Raum zu werfen. Denn natürlich war mir klar, dass meine Cousine keine Ruhe geben würde, bis sie ihre Mutter restlos ausgequetscht hatte.

„Schief gelaufen?" Sie stürzte sich auf meinen Einwurf wie ein Huhn auf das letzte Haferkorn. „Wovon redet sie, Mami?"

„Von einer dummen Geschichte, die mehr als fünfundzwanzig Jahre her und überhaupt nicht wert ist, noch einmal ausgegraben zu werden", schnappte Tante Lonny.

„Aber die offenbar der Grund war, dass du mit den Verwandten fast nichts mehr zu tun hattest", parierte Hühnerblase. „Komm schon, Mami. Die Natzweilers sind auch meine Verwandten, und vielleicht will ich ja auch nichts mehr mit ihnen zu tun haben. Ja, vielleicht will ich gar keinen Sinti-Namen mehr haben, wenn ich es weiß."

Wieder einmal beschlich mich der Eindruck, dass ich von meiner Cousine noch eine Menge lernen kann.

Tante Lonny biss sofort an. „Die Natzweilers haben nichts damit zu tun", sagte sie widerstrebend. „Die Familie, um die es geht, kennst du überhaupt nicht. Sie hatten einen kleinen Sohn. Bernhard. Eines Tages kam er vom Spielen nicht nach Hause und ich dachte ..." Ihre Stimme wurde leiser. „Ich dachte, ich wüsste, wo er ist."

Eine Küchenhilfe räumte geräuschvoll Teller und Tabletts in einen Geschirrwagen und schob ihn aus dem Raum. So lange dauerte es, bis Tante Lonny weitersprach.

„Ich hatte gesehen, oder vielmehr geträumt, wie jemand in den Fluss fällt und vom Wasser mitgerissen wird. Am Tag danach verschwand Bernhard und ich habe es meinen

Eltern erzählt, die es wiederum seinen Eltern gesagt haben, und auf einmal rannte die ganze Siedlung wie aufgelöst zum Schussenufer. Alle jammerten, Bernhards Mutter konnte man gerade noch davon abhalten, sich ins Wasser zu stürzen. Die Polizei kam, Suchhunde, Taucher ... den ganzen Nachmittag, bis es dunkel wurde, haben sie den Fluss abgesucht."

Ich hielt den Atem an. Tante Lonnys Gesicht, als sie alles noch einmal erleben musste, werde ich nie vergessen.

„Und dann kam plötzlich ein Auto und brachte Bernhard nach Hause", sagte sie. „Er hatte einen Klassenkameraden getroffen und war spontan mit ihm gegangen."

Eine Träne rollte an Tante Lonnys Nase entlang und tropfte auf ihre Bluse.

„Bernhards Familie hat erst Jahre später wieder mit meinen Eltern geredet, als ich wegzog und meine Ausbildung begann. Dabei ist kurz darauf wirklich jemand in der Schussen ertrunken. Nur eben nicht Bernhard."

Da ich nicht wusste, was ich sagen sollte, schob ich das letzte Stück Torte zu Tante Lonny hinüber und sie griff zu.

„Ich weiß wirklich nicht, wie du das Sehen in den Griff bekommst, Kascha. Aber dass du niemandem davon erzählen solltest, das weiß ich."

„Du könntest Gedichte schreiben." Hühnerblase sah nach der Geschichte ihrer Mutter ziemlich mitgenommen aus. „Die Dichterin Annette von Droste-Hülshoff hatte auch das zweite Gesicht. Das steht in unserem Deutschbuch."

„Und? Hat das Dichten ihr geholfen?", fragte ich zweifelnd.

„Geht so. Sie ist ziemlich früh gestorben ...“

„Na, dann lasse ich es wohl besser sein“, meinte ich, worauf die arme Tante Lonny fürchterlich lachen und gleichzeitig weinen musste und Hühnerblase sich auf ihren Schoß setzte, um sie zu umarmen.

Und plötzlich bekam ich so ein ganz seltsames Gefühl, fröhlich und ein bisschen besinnlich zugleich, als ob dies meine eigentliche Geburtstagsfeier wäre. Verrückt, ich weiß: in einer Krankenhauscafeteria mit Tante Lonny und Hühnerblase, während ein paar Etagen höher mein Puro im Sterben lag. Wahrscheinlich gehört das auch zu den Dingen, die man besser für sich behält, aber ich will einfach erzählen, wie es war.

Später standen wir vor dem Krankenhaus, blickten verdutzt über den Vorplatz und Tante Lonny meinte: „Wir sind mit dem Geländewagen von unseren Nachbarn hier. Am besten, wir fahren dich nach Hause, Kascha.“

Es hatte wieder zu schneien begonnen.

19

Phenja war noch vor mir wach. Vollständig angezogen stand sie am Fenster. „Na dann mal los“, meinte sie. „Bringen wir eben alles wieder in die Scheune.“

„Du machst Witze“, antwortete ich entgeistert.

„Sieh es dir an. Der Schnee liegt turmhoch, die Heizung ist kalt, das Licht geht nicht und ich wette mit dir, dass das Telefon auch tot ist.“

Ich sprang aus dem Bett. „Wie spät ist es?“

„Zehn nach acht. Dass sie uns heute Morgen nicht geweckt haben, heißt, dass auch die Schule ausfällt."

In meine Decke gehüllt, sah ich aus dem Fenster und erkannte, dass meine Cousine nicht übertrieb. Auf den schmutziggrauen Schnee vom Dezember, der sich in unserem Hof türmte, war über Nacht mindestens ein weiterer Meter gefallen, die Pfade zur Scheune, zum Mülleimer und zu Muggeles Baum waren verschwunden und selbst das Dach von Hugomüller war nicht mehr zu sehen.

„Großartig", stöhnte ich. „Alles noch mal von vorn – und das ohne Hanno, Zippi und Donny."

„Aber mit Mami und mir!", wies Phenja mich zurecht.

Ich verbiss mir ein Grinsen. Tante Lonny würde mit Sicherheit eine große Hilfe sein! Ihren Mann hatte sie in die Nähe eines Nervenzusammenbruchs gebracht, als er bei seiner Rückkehr nach Hause erkennen musste, woraus meine Tante während des Stromausfalls das Rohr für ihren provisorischen Ofen gebastelt hatte: aus dem Tunnel der Modelleisenbahn! Der Anblick seines verwüsteten Spielplatzes nahm Onkel Harald derart mit, dass er den Keller seither angeblich nicht wieder betreten hatte.

Dafür hatte er sein Auto inzwischen geortet, die Stelle rundum mit Flatterbahn markiert und eine Fahne vom Kieler SV obenauf gesteckt, damit niemand versehentlich auf dem Dach des Volvos herumtrampelte. Wenn Onkel Harald an diesem Morgen aus dem Fenster sah, würde er die Nerven vermutlich ein weiteres Mal verlieren, aber diese Vorahnung behielt ich lieber für mich. Ich hoffte, dass Andi von seiner Mutter genügend Tricks abgeschaut hatte, um sich und seinen Vater durch den zweiten Wintereinbruch zu bringen.

Tante Lonny hatte, als sie mich zu Hause absetzte, Dadas Warnung nicht sofort ernst genommen.

„Wieso soll ich nicht weiterfahren? Ich habe einen Geländewagen!"

„Der wird dir aber leider nichts nützen. Ihr habt Glück, dass ihr es überhaupt bis hierher geschafft habt."

Meine Tante wurde ziemlich still, als Dada die Verkehrsnachrichten einschaltete. Ob auf Autobahn oder Landstraße, überall ließen die Leute ihre Autos stehen und versuchten sich zu Fuß durchzuschlagen – mit dem Ergebnis, dass bald nirgends mehr ein Durchkommen war. Die Bundeswehr hatte kapituliert, nur ein paar Hubschrauber flogen noch herum und hielten nach Lebenszeichen in zugeschneiten Fahrzeugen Ausschau.

Der Nachbar, der Tante Lonny seinen Geländewagen geliehen hatte, reagierte auf die Neuigkeiten gelassener, als sie befürchtet hatte – immerhin stand sein Wagen nun geschützt in unserem Hof und nicht an irgendeinem Straßenrand. Und auch Onkel Harald hatte Tante Lonny gestern Abend noch anrufen können. Dass sie über seine Reaktion eisern schwieg, ließ gewisse Rückschlüsse zu – und auch darauf, wer wieder einmal an allem schuld war.

Immerhin hatten wir diesmal mehr Platz im Mädchenzimmer. Seltsam, dass jemand in Zippis Bett schlief – und mit welcher Bedeutung mein Puro es aufgeladen hatte.

„Phenja", hatte meine Cousine erleichtert wiederholt, als ich ihr nach dem Zubettgehen ihren Sinti-Namen verriet. „Das klingt ja halbwegs normal, oder?"

Schon ärgerte ich mich wieder über sie. „Hör mal, es ist der Name, den mein Großvater für dich ausgesucht hat, also zeig ein bisschen Respekt, ja?"

„Schon gut, schon gut. Hat er zufällig auch gesagt, wie er darauf kommt?"

„Nicht direkt, aber es bedeutet ..."

Ich stockte. Ehrlich gesagt, hatte ich gehofft, dass sie diese Frage überhaupt nicht stellen, sondern Phenja als freundlich klingenden Namen ahnungslos akzeptieren würde. Nicht dass ich kein Vertrauen zu meinem Puro hatte, aber was er von meiner Cousine und mir zu erwarten schien, lief in meinen Augen auf eine ziemlich gewagte Vision hinaus.

„Was?", fragte Hühnerblase besorgt.

„Es bedeutet Schwester", sagte ich mürrisch.

„Ach Gott, wie süß", erwiderte Hühnerblase gerührt.

Ich taute innerlich ein wenig auf, als ich merkte, dass es ihr Ernst war, aber zum Gratulieren schien es mir noch etwas verfrüht.

„Ich hätte eher auf Zicka getippt", bemerkte ich. „Oder vielleicht Blablara."

„Phenja", wiederholte meine Cousine, als hätte sie überhaupt nicht zugehört. „Gilt das eigentlich ab sofort? Wann fangen alle an, mich so zu nennen?"

„Morgen früh um halb sieben."

„Echt jetzt? Wieso denn das?"

„Weil wir an Schultagen um halb sieben frühstücken, du Hühnerblase. Und deshalb mache ich jetzt das Licht aus. Gute Nacht!"

Sie seufzte zufrieden. Mein Puro-Dada!, dachte ich, und mein Herz zog sich zusammen, als ich mir nur eine Sekunde lang vorzustellen versuchte, wie ich ohne ihn auskommen sollte.

Lebensmittel in den Schnee, Pfad schaufeln zur Scheune, Pfad schaufeln zu Muggeles Baum ... in der Schule wäre es gemütlicher gewesen, dachte ich, während wir rackerten, und schüttelte zum wiederholten Mal meine nasse Wollmütze aus.

Sobald der Weg zur Scheune begehbar war, beeilten sich Dada und Gecko mit dem Hereintragen unserer Matratzen, Janko und ich kümmerten uns um den Muggele-Pfad und Phenja packte mit Mama und Tante Lonny die Reisetaschen. In der Erinnerung war unser erster Umzug in die Scheune bereits dabei gewesen, ein schönes Abenteuer zu werden, aber dass ich große Lust hatte, es zu wiederholen, konnte ich nun nicht gerade behaupten.

Janko ging es ebenso. Der Muggele-Pfad schneite, während wir schaufelten, in unserem Rücken unbarmherzig wieder zu und plötzlich warf mein Bruder seine Schaufel in den Schnee und schrie zum Himmel: „So eine Scheiße, jetzt hör endlich auf!"

Ich prustete los, aber Janko fand sich überhaupt nicht komisch.

„Ich kann schon nicht mehr gerade gehen!", kreischte er, den Blick immer noch nach oben zum Verantwortlichen gerichtet. „Ich bin noch im Wachstum, ich sollte keinen Schnee schaufeln!"

Er wirkte ehrlich verzweifelt und ich musste plötzlich an die Riesentafel Schokolade denken, die er sich vom Taschengeld abgespart und mir zum Geburtstag geschenkt hatte.

„Den Rest schaffe ich auch allein", erklärte ich großzügig. „Am besten, du holst schon mal Muggele."

„Gute Idee, dem platzt bestimmt bald die Blase!"

Janko schulterte seine Schaufel und marschierte erleichtert zurück zum Haus. Und kaum war er fort, fiel mir auf, dass ich keineswegs die Einzige war, die hier draußen schuftete. Je näher ich mich in Richtung Mauer zu Muggeles Pappel vorarbeitete, desto deutlicher hörte ich dahinter das charakteristische Schrappen und Schnaufen. Wenngleich in wesentlich langsamerem Rhythmus: Auf drei Schaufeln von mir kam eine vom Hugomüller.

Als Muggele, gefolgt von Janko, durch den Schnee auf mich zukam, machte ich „Psst!" und nickte zur Mauer hinüber. Bruder, Hund und ich lauschten.

„Jetzt schaufelt er gar nicht mehr!", flüsterte ich nach einer Minute.

„Er macht halt eine Pause", raunte Janko zurück.

„Oder er ist umgekippt."

„Herr Müller ...?", rief Janko, und dann noch einmal etwas lauter. Aber es kam keine Antwort.

„Wollen wir mal über die Mauer gucken?", fragte ich unschlüssig.

Janko fand, das könne nichts schaden, zumal wir nicht einmal mehr eine Leiter brauchten: Der harte Dezemberschnee war perfekt zum Klettern geeignet und nebeneinander lehnten wir ruck-zuck über der Mauer und blickten ins Schneegestöber auf der anderen Seite.

„Herr Müller?", rief mein Bruder noch einmal.

Nichts. Kurz entschlossen schwang ich mein Bein über die Mauer und Janko protestierte: „Wollen wir nicht lieber Dada holen?", aber da war ich schon auf der anderen Seite hinuntergesprungen.

Wenn dem Hugomüller etwas passiert, dann ist es meine Schuld, dachte ich.

Der Schnee fing mich auf und sofort begann ich mich mit Händen und Armen zu der Stelle durchzugraben, wo ich den Hugomüller gehört hatte. Zwischendurch blieb ich immer wieder stehen, um zu lauschen, aber um mich herum war es so still, dass ich nur mein eigenes Herzklopfen hören konnte.

„Janko? Am besten holst du doch schon mal Dada ...“

Ein Kraxeln an der Mauer, dann war ich allein. Die Vorstellung, dass der Hugomüller vielleicht ganz in der Nähe auf dem Boden lag, bewirkte, dass ich mich plötzlich keinen Schritt weiter traute.

„Herr Hugomüller?“, rief ich ängstlich.

Als ich auf einmal ein kleines Kind lachen hörte. Ein Kind – hier? Es klang weit entfernt und doch sehr nahe, und als ich mich im Kreis drehte, war es überall um mich herum.

Doch ich hatte keine Zeit, mich zu wundern, denn da kamen sie schon durch den Schnee auf mich zu: meine Puri und die beiden kleinen Tanten. Die Mädchen hatten Lockenköpfe, sie sahen aus wie winzige Versionen meiner Schwester Zippi, meine Großmutter trug ein strahlendes, glückliches Lächeln. Sie breitete die Arme aus, wunderschöne Augen sahen mich liebevoll an und ich flüsterte: „Puri-Mama! Endlich!“

Schon spürte ich, wie ich leicht wurde, wie meine Arme sich meiner Puri entgegenstreckten, als könne ich einfach abheben und auf sie zufliegen. Noch nie war ich so tief in meinem Herzen so glücklich gewesen.

Und so verzweifelt, als die Vision verschwand. Als nichts mehr da war als der Schnee, und ich plötzlich begriff.

„Kascha? Kascha, bist du das?"

Der Hugomüller ruderte mit den Armen wie ein Schaufelradbagger. Er kam aus Richtung des Hauses und hatte wohl einfach eine Pause eingelegt.

„Mädchen, was ist denn los?", fragte er betroffen, als er vor mir stand.

Tränen stürzten über mein Gesicht, tropften zwischen meinen Fingern hindurch und rannen mir in den Mund.

„Mein Puro, mein liebster Puro", schluchzte ich.

20

Qualle spricht noch immer nicht viel. Ich würde gern mit ihm darüber reden, dass der Tod nichts ist, wovor man sich fürchten muss – schon um herauszufinden, ob er es weiß; schließlich hat er genügend Zeit schweigend im Schnee verbracht. Aber dann würde er fragen, woher ich mein Wissen habe, und so nah fühle ich mich den Gadsche auch wieder nicht. Obwohl Qualle inzwischen so dick befreundet ist mit Gecko und Janko, und obwohl so manches passiert ist in Groß-Mooren.

Meinem Dorf. Ich arbeite daran, dass ich es eines Tages so nennen kann, Puro-Dada.

Es fing mit Blüchers, Friedrichs und Schicks an, mit Lennart und Rieke und natürlich mit Phenja, und halt, eigentlich stand ganz am Anfang ja schon der Hugomüller, wenngleich er und ich ein paar Tage gebraucht haben, bis wir wieder richtig Freundschaft schlossen.

Er entschuldigte sich für den Brief.

„Ich habe ihn nicht abgeschickt, Kascha. Ich weiß selbst nicht, warum ich ihn überhaupt geschrieben hatte. Gegen euch hatte ich doch nichts, im Gegenteil, ich hatte nur Angst, dass das Geld nicht fürs Altersheim reicht, wenn ich mein Haus mal verkaufen muss. Wo soll ich denn sonst hin? Ich hab's nicht so gut wie eure alten Leute, für die die Familien sorgen. Meine Söhne haben mich noch nie eingeladen, zu ihnen zu ziehen, und tja, da dachte ich, ich könnte aus dem alten Müller Zwo noch ein bisschen was herausschlagen. Dass ich euch damit treffen könnte, habe ich gar nicht bedacht."

Ich entschuldigte mich dafür, dass ich den Brief geöffnet hatte.

„Ich wollte ihn eigentlich wegwerfen, weil es mir peinlich war, dass ich ihn vergessen hatte. Aber dann sah ich *den Anwalt* und bekam Angst."

„Und du hast deinen Eltern wirklich nicht erzählt, was ich geschrieben habe?"

Das schien Hugomüllers größte Sorge zu sein, und der Grund, warum er sich nicht mehr zu uns hinübergetraut hatte.

„Ich habe ihnen wirklich nichts erzählt, Herr Hugomüller. Meine Eltern können Sie nämlich gut leiden und ich wollte ihnen nicht weh tun."

Der Hugomüller war gerührt. „Wäre es denn dann nicht das Beste, wenn wir beide den Brief einfach vergessen ...?"

„Ja, darüber habe ich auch schon nachgedacht", gab ich zu.

Ich mag keine Bleigießerin sein wie der Rest meiner Familie, aber an Zufälle glaube ich trotzdem nicht. Denn wie kann es ein Zufall gewesen sein, dass ich, während mein Puro starb, ausgerechnet in Hugomüllers Hof war? Dass Puri und die beiden kleinen Tanten mit mir dort waren, und dass es der Hugomüller war, der mich nach Hause brachte. Du musst deinen Frieden mit den Leuten machen, hat mein Großvater gesagt, und der Hugomüller war natürlich derjenige, mit dem ich anzufangen hatte.

Mit hängenden Schultern stand er an dem Tag daneben, während meine Eltern und Brüder, Tante Lonny und Phenja mich erschrocken umringten.

„Sie denkt, euer Opa sei gestorben", sagte er verlegen, da ich selbst vor lauter Schluchzen nichts Verständliches herausbrachte.

Auf den Gesichtern meiner Eltern und Geschwister, die bis zu diesem Zeitpunkt noch nichts von meinen Visionen ahnten, erschienen Fragezeichen.

„Kascha hat das zweite Gesicht", erklärte Phenja schlicht.

„Oh Gott! Oh nein!", rief Mama.

Erst dann schien bei ihnen anzukommen, was ich *gesehen* hatte, und sie glaubten es augenblicklich. Meine Mutter warf sich zu Boden und riss an ihren Kleidern, Tante Lonny leistete ihr klagend Gesellschaft. Dada, Gecko und Janko fielen sich in die Arme, Phenja umarmte Muggele, und binnen Sekunden war unser alter Nachbar umringt von verzweifelt jammernden Natzweilers.

„So ist's richtig", sagte er unbeholfen. „Lasst es nur heraus."

Später, während wir in der Scheune um den Tisch saßen, uns die Tränen abwischten und planten, was zu tun war, kamen mir für kurze Zeit noch einmal Zweifel.

„Wir holen unseren Puro sofort nach Hause", bestimmte Dada.

„Bei diesem Wetter?", fragte Hugomüller vorsichtig.

„Bei jedem Wetter, Herr Müller. Wir müssen vierundzwanzig Stunden Totenwache halten."

„Aber wir haben wieder Fahrverbot. Kein Privatwagen darf auf die Straße! Entschuldigen Sie, wenn ich das so offen sage: Wenn euer Opa zuhause verstorben wäre, dürfte der Leichenwagen ihn abholen, wie es bei *uns* üblich ist, aber ihn aus dem Krankenhaus hierher bringen zu lassen, unter diesen Umständen ...? Ich kann mir nicht vorstellen, dass Sie dafür eine Genehmigung erhalten."

„Aber das ist unser Brauch", erwiderte Dada und bekam mit einem Mal ein ganz trotziges, verbissenes Gesicht, als wollte er am liebsten sagen: Ich lasse mir von den Gadsche viel gefallen, aber irgendwo ist Schluss.

Gecko meinte: „Wir brauchen einen Schneepflug oder einen Panzer, anders kommt der Leichenwagen sowieso nicht zu uns durch."

„Es gibt nicht einmal Telefon", wandte der Hugomüller ein.

„Wir haben Füße", sagte Dada, schlug auf den Tisch und stand auf.

Das war der besagte Moment, in dem mir flau wurde. Was, wenn ich mich getäuscht hatte? Ich sah uns das Haus des Ortsvorstehers belagern, ich sah Panzer und Schneepflüge vor dem Krankenhaus anrücken. Ich sah meinen Puro so munter und lebendig in seinem Bett sitzen, wie wir ihn schon lange nicht mehr erlebt hatten.

Ich sah meine Tante Lonny mir einen Blick zuwerfen.

Bist du sicher?

Ich bin sicher. Leider.
Gut. Dann los.

Als wir aufs Dorf zumarschierten, musste ich an Hanno denken, der im Krankenhaus feststeckte, der nichts von uns wusste, nichts unternehmen konnte. Wir anderen hatten nun wenigstens etwas zu tun. Selbst der Hugomüller kam mit und auf der Dorfstraße schloss sich Herr Blücher an, als er uns vorbeigehen sah und erfuhr, was passiert war.

Der Ortsvorsteher blickte erschrocken auf den kleinen Menschenauflauf in seiner Einfahrt. Schnee sammelte sich auf Dadas Mütze, während er unsere Bitte vorbrachte, und jedes Wort traf mich tief ins Herz, denn als mein Vater es aussprach, wurde es endgültig wahr.

„Unser Großvater ist gestorben. Wir müssen ihn nach Hause holen. Wir müssen Totenwache halten."

„Es tut mir fürchterlich leid, Herr Natzweiler", bedauerte der Ortsvorsteher, nachdem er Dadas Vorschläge angehört hatte. „Aber einen Panzer oder Schneepflug anzufordern, um einem Leichenwagen den Weg zu einer Totenwache zu bahnen – ich muss Ihnen sagen, dass das unmöglich ist."

„Ich glaube, Sie haben nicht richtig verstanden", erwiderte Dada. „Wir müssen unseren Großvater so schnell es geht nach Hause holen. Das ist keine Frage, die ich gestellt habe, ich habe lediglich um Hilfe gebeten. Sie als Ortsvorsteher haben doch die Möglichkeit, Kontakte aufzunehmen – da muss es doch ein Notfalltelefon geben, oder ein Funkgerät."

Mein Vater hatte respektvoll, aber energisch gesprochen, und der Ortsvorsteher plusterte sich sofort ein wenig auf.

„Wissen Sie, was da draußen los ist, Mann? Feuerwehr und Bundeswehr graben Verschüttete aus! Die haben alle Hände voll zu tun, Leben zu retten. Sollen sie das etwa unterbrechen, um einen Toten zu einer Familienfeier zu chauffieren?"

„Absolut nicht", erwiderte Dada unbeirrt. „Deshalb haben wir ja an einen Schneepflug gedacht. Die Kreisstraßen werden doch auf jeden Fall geräumt. Leichenwagen sind vom Fahrverbot ausgenommen. Zu organisieren wäre also nur, dass der Wagen im Schlepp der sowieso eingesetzten Schneepflüge fahren darf. Können Sie für uns Kontakt zur Einsatzleitung herstellen? Und wenn Sie es nicht können: Wer kann es dann?"

Der Ortsvorsteher blickte verdutzt, aber ich bildete mir ein, dass es hinter seiner Stirn anfing zu arbeiten.

„Also, für mich hört es sich alles andere als unmöglich an", bemerkte Herr Blücher.

„Gudrun", rief der Ortsvorsteher zurück ins Haus und griff nach seinem Mantel. „Ich bin noch mal im *Walfisch!*"

Wir saßen an einem Tisch am Fenster, während das Krisenteam vor der Bar gedämpft diskutierte, und sie mochten noch so angestrengt flüstern: Wir verstanden sie doch.

„Was heißt hier Brauchtum? Wir können sie doch nicht mit einer Leiche durch die Gegend fahren lassen. Ja, ich weiß, der Leichenwagen fährt die Leiche, aber darf er sie überhaupt woanders hinfahren als in ein Bestattungsinstitut? Da gibt es doch Hygienevorschriften!"

„Es geht um vierundzwanzig Stunden. Bei diesem Frost. Ich würde sagen, wo der Kühlraum ist, ist egal."

Ihre Köpfe rückten ein wenig enger zusammen, als sie merkten, dass wir zuhörten. Der, der zuerst geredet hatte, beschwerte sich: „Diese ganzen fremden Sitten – muss man das denn auch noch unterstützen? Totenwachen gibt es bei uns nun mal nicht."

„Früher doch." Der alte Mann, der schon beim letzten Mal mit am Krisentisch gesessen hatte, war auch jetzt wieder dabei. „Ich habe es selbst noch erlebt, es war nicht das Schlechteste für die Leute."

Und nach einer Pause hörte ich: „Vergesst nicht, dass wir ihnen noch etwas schulden."

„Schulden? Das war Nachbarschaftshilfe, das war doch selbstverständlich."

„Etwas anderes als Nachbarschaftshilfe erbitten sie jetzt auch nicht ..."

„Aber wir blamieren uns bis auf die Knochen, wenn wir da anrufen!"

Unschlüssig blickten sie zu uns hinüber. Dada stand auf. „Wir können selbst anrufen, wenn Sie uns zeigen, wo."

„Ich glaube, das übernehme ich mal lieber." Der Ortsvorsteher seufzte und gab sich einen Ruck. „Warten Sie hier auf mich. Die Standleitung zur Feuerwehr ist bei mir im Haus."

Pfützen sammelten sich unter unseren Stiefeln, während wir warteten; keiner von uns sprach ein Wort. Ich dachte an Puro, an Hanno; ehrlich gesagt, versuchte ich sogar, Kontakt zu Puri herzustellen, aber so funktioniert es leider nicht. Wir werden gesehen von oben, da bin ich ganz sicher. Aber unsere Familienheiligen entscheiden selbst, ob sie helfen, oder wie.

Als er zurückkam, hatte der Ortsvorsteher dieses komische kleine Grinsen im Gesicht. So sieht jemand aus, der glaubt, dass er gerade verschaukelt wird, aber noch nicht hundertprozentig begriffen hat, wie.

„Tja, das ist in der Tat merkwürdig", sagte er und lehnte sich an die Bar. „Die Feuerwehr weiß nämlich schon alles. Die Leitstelle konnte mir mitteilen, dass ein junger Mann im Krankenhaus in Kappeln seit zwei Stunden verzweifelt versucht, seine Angehörigen in Groß-Mooren zu erreichen, um ihnen zu sagen, dass der Großvater gestorben ist."

„Das", erklärte Dada feierlich, „dürfte dann wohl mein Sohn Hanno sein."

„Der Bestatter in Kappeln wusste auch schon Bescheid", fuhr der Ortsvorsteher irritiert fort. „Er ist bereits auf dem Weg ins Krankenhaus, hat Fahrerlaubnis und wartet auf Anweisungen, hinter welchem Pflug er auf welcher Teilstrecke bis hier mitfahren kann."

„Gelobt sei Gott", rief meine Mutter.

Die Groß-Moorer tauschten Blicke. Dann richteten sich ihre Blicke auf uns.

„Wenn Ihr Sohn Sie noch gar nicht erreicht hatte", sagte der Ortsvorsteher langsam, „woher konnten Sie dann wissen ..."

Er brach ab – wahrscheinlich, weil ihm eine Gänsehaut über den Rücken kroch. Mir wurde selbst ganz heiß, aber in diesem Moment spürte ich, wie meine Familie näher an mich heranrückte, und dass niemand die Frage des Ortsvorstehers beantworten würde.

Auch der Hugomüller hielt dicht. Ohne mit der Wimper zu zucken, behauptete er: „Dass Herr Spindler die nächste Nacht nicht überleben würde, war doch schon gestern abzusehen."

„Und wie geht es jetzt weiter?", fragte mein Vater rasch.

„Gibt es für eine Totenwache etwas vorzubereiten?"

„Natürlich."

„Dann würde ich sagen", meinte der Ortsvorsteher, „fangen Sie schon mal an."

„Ich danke Ihnen", erwiderte mein Vater aus tiefstem Herzen.

Als wir auf die Straße traten, schneite es fast noch dickere Flocken als im Dezember; es war, als würde der Himmel über Groß-Mooren ausgekippt.

„Hoffentlich kommen sie gut an", sorgte sich Mama.

„Was soll jetzt noch schiefgehen, Gili?", erwiderte Dada.

Aber ich war es, der er dabei zulächelte, und als ich hinter meinen Eltern zurück nach Hause stapfte, schob Tante Lonny ihre Hand in meine Anoraktasche, umschloss meine kalten Finger und drückte sie ganz fest.

Und ich? Ich konnte plötzlich sehen, wie die Dorfbewohner am Straßenrand stehen und die Männer respektvoll ihre Hüte abnehmen würden, wenn der Wagen mit meinem Puro durchs Dorf rollte. Dass einige unserer Nachbarn zur Beerdigung kommen würden – Blüchers, Friedrichs, Qualle und sein Vater und natürlich der Hugomüller.

Dass uns die Leute von nun an nicht nur auf der Straße grüßen, sondern für ein Schwätzchen stehen bleiben würden. Dass ich weiter hinter Lennart in den Bus steigen würde, obwohl es vielleicht gar nicht mehr nötig war, dass ich Hugomüllers Briefe zum Kasten bringen, Muggele an der Leine führen und mehr und mehr Nachbarn mit Namen kennen würde.

Dass die Groß-Moorer für alle Zeit überzeugt sein würden, mit uns stimmte etwas nicht, während ich mich jeden Tag fragen würde, was eigentlich mit den Leuten hier oben los war.

Und dass es unwichtiger werden würde. Wichtig war doch nur, dass es uns allen immer weniger ausmachte.

Worterklärungen

Dada: Vater

Django Reinhardt: Berühmter Sinto-Gitarrist und Komponist (1910-1953)

Gadsche: Nicht-Sinti (w: Gadschi, m: Gadscho)

Mulo: Totengeist

Puri: Großmutter (Anrede: Puri-Mama)

Puro: Großvater (Anrede: Puro-Dada)

Roma: Im 14. Jahrhundert vom indischen Subkontinent nach Europa eingewanderte Volksgruppe. Die Bezeichnung leitet sich von *Rom* (Mensch) ab.

Romanes, Romani: Sprache der Roma, die nicht in Schriftform existiert. Die deutschen Sinti sprechen ihre eigene Variante des Romanes.

Sinti: Seit dem frühen 15. Jahrhundert in Mitteleuropa lebende Teilgruppe der Roma mit eigener Kultur und Sprache

Über die Autorin

Anne Charlotte Voorhoeve, geboren 1963, studierte Politikwissenschaften, Amerikanistik und Alte Geschichte an den Universitäten Mainz und Maryland/USA. Sie arbeitete als Lektorin und Redakteurin sowie in der Öffentlichkeitsarbeit, bevor sie sich 2000 selbstständig machte.

Seither entstanden Romane, Drehbücher, Hörspiele und Bühnenstücke. Ihre zeitgeschichtlichen Romane für junge Leser wurden vielfach ausgezeichnet, u.a. mit dem Buxtehuder Bullen, dem Batchelder Award und einer Nominierung für den Deutschen Jugendliteraturpreis. Anne C. Voorhoeve lebt und arbeitet in Berlin.

Anmerkung

Die Schneekatastrophe in Norddeutschland dauerte vom 28. Dezember 1978 bis zum 3. Januar 1979 sowie vom 13. bis 16. Februar 1979. Aus dramaturgischen Gründen wurde für diese Geschichte der zweite Wintereinbruch um einige Wochen vorverlegt.

Zeitfracht Medien GmbH
Ferdinand-Jühlke-Straße 7
99095 Erfurt, Deutschland
produktsicherheit@kolibri360.de